张弛

著

QUN

MENG

群氓

绘帝国
原创长篇小说

百花洲文艺出版社
BAIHUAZHOU LITERATURE AND ART PRESS

图书在版编目（CIP）数据

群氓/张弛著. -- 南昌：百花洲文艺出版社,2018.12

ISBN 978-7-5500-3037-4

Ⅰ.①群… Ⅱ.①张… Ⅲ.①长篇小说－中国－当代 Ⅳ.①I247.5

中国版本图书馆CIP数据核字(2018)第226150号

群　氓

张　弛　著

出 版 人	姚雪雪
责任编辑	游灵通
书籍设计	方　方
制　　作	张诗思
出版发行	百花洲文艺出版社
社　　址	南昌市红谷滩新区世贸路898号博能中心一期A座20楼
邮　　编	330038
经　　销	全国新华书店
印　　刷	南昌三联印务有限公司
开　　本	710mm×1000mm　1/32　　印张　7.625
版　　次	2019年1月第1版第1次印刷
字　　数	150千字
书　　号	ISBN 978-7-5500-3037-4
定　　价	32.00元

赣版权登字　05-2018-413

邮购联系　0791-86895108

网　　址　http://www.bhzwy.com

图书若有印装错误，影响阅读，可向承印厂联系调换。

唯有真爱　化解仇恨

——题记

1

这是一个特别倒霉的星期一早晨。头天晚上，陪着老公和儿子去吃夜市，老公因为骂单位领导骂得太投入，不知不觉多喝了两杯。贾梦桃的全副注意力都放在劝阻老公身上，儿子就趁机一股劲儿地往嘴里塞烤肉，结果老公喝多了，儿子也吃撑了。儿子一晚上哼哼唧唧翻腾个不停，早晨就多赖了半小时的床。等把儿子送进三十九小，只差五分钟就到点了。周一的早晨，派出所户籍室是要排长龙的。贾梦桃一边在心里咬牙切齿地骂还躺在床上醒酒的老公，一边心急火燎地不停地伸手打车。这可是早高峰时段，一辆接一辆的出租车都满座。贾梦桃能感觉到自己从手势到表情都在苦苦乞求，已经毫无女性的矜持可言。可那些拉上座的出租车司机呢，个个目不斜视地踩着油门扬长而去，对流落路边的贾梦桃连瞟都不瞟一眼。

好不容易望见上游方向一辆出租车亮着"空车"的红灯朝她疾驶过来，还没顾上松口气，她就听见身后一阵囊囊的皮鞋声。她一回头，就见一个男的正恬不知耻地试图超过她去抢那辆出租车。刚刚松弛的心一下又提起来了，她也不得不撒开丫子朝出租车扑过去。然而，就在她朝出租车扑去的时候，出租车却与她擦肩而过，好像为了来个公平竞赛，特意刹在了她和抢车男的中间。本来已经慢下来的抢车男，一看峰回路转，又作势欲扑，她也不得不猛一个折返，咬牙朝车门扑过去。就在抓住门把手的一瞬间，她觉得吃重的右脚一个趔趄，脚腕一阵钻心的疼，她还没顾上心疼自己，就望见刚在车门外刹住脚的抢车男，对她摊手耸肩做了一个无赖兮兮的动作，咧开一嘴栅栏一样稀疏的龅牙，尖声嚷道："姐姐，抢啥抢的？混到这岁数还没个车开呀？！"

车子忽地启动起来，这时才顾上脚腕那股子钻心的疼痛。其实脚腕上的疼痛还算不了什么，最刺痛人的倒是抢车男的那句挪揄。类似抢车男这种十字街头摸爬滚打的无赖，在形形色色的市侩斗争中，早练就了一副尖牙利嘴，他们很清楚心尖子上最软弱的那块地方在哪儿，朝哪儿戳能让对手一口气上不来差点就能吐血。被这种货色咬上一口，好几个月都缓不过来……贾梦桃只觉得脸皮木木的，她把脸扭向车窗外，不愿让司机看到，一边悄悄地活动一下脚腕，想试试还能不能上班。虽然还一阵阵地疼，但似乎还没到要上医院的程度。突然，她觉得鞋跟有些不对劲儿，就像一颗松动了的，就快掉下来的牙齿似的，给人一种既害怕又心疼的感觉，她低下头一瞧，真的已经藕断丝连了！那可是上个月才买的爱马仕，花了她差不多半个月的工资，她终于忍不住了，酸热的泪水从眼角涌出来，顺着脸颊慢慢往下淌……

走进建设路派出所的时候，户籍内勤贾梦桃一眼就望见，那条长龙已经盘卷在那里等待着她了，她的情绪彻底跌入了谷底。

办结了排在最前面的十余个群众，沮丧败坏的心情刚刚有点趋于麻木的时候，她听到一个低沉的声音："办落户。"

她并未抬头，只机械地接过那人递过来的材料，刚扫了一眼，第三监狱的鲜红印章赫然映入眼帘，这是一张刑满释放证，而且名字似曾相识，叫代宗义。她心里咯噔一下，不由抬头一望，一张脸正悬在头上不到一尺处，略向下俯视着她。那张脸就像是一块拙劣的、尚未完工就被抛弃的花岗岩雕塑，布满了粗粝的斧凿痕迹，斑斑点点的凹坑就像是月球表面的环形山似的，突显出一种荒凉冷漠的气息，长年累月暴露在旷野之中所经历的风吹日晒雨雪冰雹，好像使沙尘渗进了皮下，恐怕这辈子也别想再清洗干净。尤其那目光，冷漠而又迟钝地凝注在你的脸上，就像是经过多年牢笼圈养仍未驯化好的野兽，混沌麻木的眼神中，兽性若隐若现。

贾梦桃心中一激灵！她猛然想起，此人一个月前就曾来过，记不清当时怎么打发走的，咋又回来了？！他那句低沉的"办落户"又在脑子里回响起来，口气里透着种不容置疑的味道，好像在给她下命令，好像不给落就不行似的！贾梦桃一阵心堵，但又有些莫名地紧张，以她的经验，既然上次办不了，那自有办不了的原因，这次来，不会是来无理取闹的吧？看看那张脸，起码十年大刑出来的。贾梦桃心里越发紧张，做好了对付人的心理准备。果然，当她把身份证号一输入，电脑显示没有此人的户口底册。为慎重起见，她又输一遍，还是没有此人任何信息。

"对不起，没你的底子。"

"没底子到底啥意思？"

"就是我所辖区没你这个人。"

"当年服刑你们给我销了户我当然没底子了，现在我出来了，这不是按政策来恢复的吗？"那人把释放证又往她面前推了推。

看来他脑子里的东西还停留在上个世纪，也许他哥判刑的时候走过这套程序。贾梦桃强压着不耐烦，皱眉解释道："服刑人员早就不销户啦，改革啦！"

两只麻木冷漠的眼珠子愣怔了片刻，好像在费力地理解这件事，终于明白过来了，说："依你说我的户口还在你这儿啦？"

"没有！没有！给你说了没有！没有你这个人！"

贾梦桃终于按捺不住了，把电脑屏幕转向那两只迟钝的眼珠子。眼珠子在电脑屏幕上找不着北地扫视了一番，只看见一行字——"查无此人"，感到更加困惑了。只得按照他的逻辑继续问下去："咋会没有我这个人呢？我这不好好地站在你跟前吗？朝阳汽车配件厂不是在你们派出所管区吗？"

"配件厂早倒闭啦！"

"厂子倒闭户口也跟着倒闭吗？！"眼珠子不再迟钝了，两道凝聚着穿透力的光芒从里面射出来，射在贾梦桃的脸上。

贾梦桃避开他的目光，略带慌张地嘟囔了一句："你找三监重新给你开呀，可以投奔你父母呀。"

"算了吧，你已经这么打发过我一次啦，他们那边只给有钱人落户！"

贾梦桃明白了，他结过婚不符合投靠父母的条件，又没钱买房。她一抬眼，那副挑衅的目光正咄咄逼人地射在她脸上。

"那我就没办法了，下一个！"贾梦桃轻描淡写地说了一句，就再也不理劳改释放犯了。轻蔑是杀伤力最强的武器，自己最省力，却最能刺激对方。

后边的群众把劳改释放犯挤到一边，满脸堆笑地递上自己的材料。贾梦桃一边审看材料，一边心里却并不安定。她眼睛虽盯着材料，实际上并没有看进去，余光一直注意着释放犯，知道他根本就没动窝，依然趴在柜台上，而且那一对迟钝冷漠的眼珠子一直盯在她脸上不放松……他没按常理出牌（暴跳如雷），他想干什么？她管不住似的又偷眼一望，两道真正的凶光，那种暗藏着兽性的凶光，正一眨不眨地凝视在她的粉脸上，好像要用目光把她的脸熔出两个透明的窟窿。她心里不禁打了个寒战，但表面上不得不强撑着。她假装要上电脑查询什么，把自己的脸转向了电脑屏幕，手指盲目地在键盘上操弄着……直到余光告诉她趴在柜台上的释放犯终于走了，她才悄悄松了口气，她费劲地干咽了一口唾沫，问刚才的群众："刚才你说……你叫什么来着？"

"魏广财，名儿太贱，不光您，谁都记不住……"群众不无内疚地答道。

2

代宗义两手插在衣袋里，盲目地在人民路上游荡着。

在监狱里蹲了十五年，外面的变化实在太大了。马路两边高楼大厦耸入蓝天，不但轮廓奇形怪状，而且外表晶莹透亮，好似水晶堆砌。十五年前显得宽阔的人民路，如今被两侧森林般的高楼大厦夹峙着，变得像深山峡谷一般，又深又窄。走在这峡谷里，连太阳都很难照得到。路人一个接一个地从他身边超过去，急急忙忙地不知在奔什么远大前程。尤其令他诧异的是，十五年没见面，全国人民都发财了：当年全配件厂只有厂长才能坐一辆桑塔纳，如今马路被锃光闪亮的小轿车塞得满满的，车流像肠梗阻似的，一截一截地蠕动着。当年全配件厂只有厂长好不容易弄了一部大哥大，动不动在公共场所掏出大哥大"五十万！一百万！"地喊叫着谈项目，如今呢，街上随便什么人都能掏出手机打电话，连一个从垃圾筒里拾塑料瓶的环卫工都从口袋里掏出手机接电话，商量着中午吃凉皮还是吃凉面之类的事。看来，在沙漠农场种糖萝卜的这十几年，社会在高速发展，群众在普遍发财。随便什么阿猫阿狗的，都打上手机了，都开上小轿车了。只有他，从那个时光孤岛似的劳改农场里被扔出来，发现自己的一切都还停留在十五年前，不但两手空空一无所有，而且连户口都莫名其妙地消失了。

一种被时代抛弃的孤独和焦虑，近一个月来已经愈演愈烈，后果就是越发加深了他的仇恨，对这个滚滚向前再也追不上的社会的仇恨。而这份仇恨最终又会具体化，化为对女人的仇恨……十五年的牢狱之灾，十五年的非人折磨，都是一个女人强加给他的。在大田里劳动的时候，他更是发现，有很多狱友都是被女人害到号子里来的。每次陷入这种想法时，一首诞生于三十年前的囚歌就会在脑海里响起那苍凉忧伤的旋律："朋友啊，记住我的教训吧！世上的女人都是毒蛇……"

不知为什么，在十五年漫长的监狱生活中，代宗义对齐惠云一个人的仇恨逐渐地弥散开来，慢慢扩展为对所有女人，尤其是漂亮女人的仇恨，甚至形成一种对女人的"仇恨哲学"。每当他遇见一个狱友，自称是被女人害进号子里的时候，他就特别感兴趣，千方百计地靠近他，打听他的案由和故事。他们那种种被女人所害的遭遇，愈发强化了他的那种观念，为他那"仇恨哲学"的大厦添砖加瓦。他与他们一起对各自的悲剧命运感叹唏嘘，并且一起对女人发出恶毒的诅咒。事实上，熬到最后几年，支撑他熬下去的唯一信念就是，他一定要活蹦乱跳地走出这座监狱农场，等他有了自由之后，他就要慢慢地、极有耐心地实施对齐惠云的报复，他要用一些巧妙的办法折磨她，既让她痛不欲生、生不如死，还要让公检法抓不住把柄，不能把他怎么的。说到更高的理想，他还要想办法当一回女人的统治者，让她们像狗一样围在他的脚边摇尾乞怜，让他随意摆布。

从某种意义上说，这种心理已经成为代宗义的人生信念，是支撑他活下去的精神支柱和力量源泉。这种心理经过多年浇灌滋养，已经在他头脑里盘根错节，并且滋生出许多触觉灵敏的枝枝蔓蔓，顺着脑神经的脉络延伸到各个角落，稍有刺激就会触发起来，引起脑海里的一阵冲动。比如一个小时前在派出所，那位漂亮的女警官当众对他表示轻蔑的时候，他脑子里"蓬"地一下就点燃了一片屈辱和愤怒的火海，有一个瞬间甚至陷入那种无法控制的白热。又比如，半小时前当他精神恍惚地横过马路，被一辆豪华轿车里漂亮时尚的女驾驶员连按刺耳的喇叭驱赶到一边的时候，他激动得立马从地下抠出了一块地砖，准备砸扁那辆轿车的后备箱……不过，经过十五年牢狱生活的磨炼，他学会了控制这种冲动，他不会让其盲目发作，而是要将其转化为一种可控的、执着绵长的力量，为实现最终目标提供动力。

他望着那辆扬长而去的宝马轿车，喃喃地说："卖 × 挣下一辆车，了球不得啦！"把地砖扔到一边，拍拍手，他不知下一步该往哪里去。总感觉今天上午遭受的刺激太多，在胸中窝下了一股邪火，如不想办法发泄一下，心里就过不去似的难受。不知不觉他就从人民路拐进了旁支的小巷，虽然潜意识中有个大致的方向，但七拐八拐的，他也不知自己拐到了哪条小巷。他进去的这些年，大马路之间像蛛网似的新修了许多小巷道，车辆一旦从大马路蠕动的车流中挣扎出来，一头扎进小巷里，就像漏网之鱼似的轻松快捷。他于是明白，新修的这些小巷道是为了让那些多出来的汽车有路可跑的。这些小巷子都是一些倒闭的老企业被肢解开发后形成的新边界或新通道。在这些小巷子里，景观可就没有大马路上那么豪华壮观了，路两边都是老企业老单位那些红砖裸露、墙皮剥落的楼房，锈迹斑斑的铁栅栏院墙。浑浑噩噩的退休老汉老太太，提着小板凳在小巷里挪着脚步，对刺耳的汽车喇叭声浑然不觉。拔鸡毛的、刮鱼鳞的、洗杂碎的、卖菜的、卖肉的、炸油条下馄饨的，毫无章法地拥挤在街边，由于无人管理，满地都是斑驳的菜叶垃圾，鸡毛鱼鳞，猩红的血水顺着街边的洼地细水长流地淌进阴沟的栅栏盖板里去。鸡毛鱼鳞羊杂碎的腥荤膻臭与炸油条卤肉蒸包子的馋人香气混杂在一起，让鼻子有些反应错乱。眼前的情景，反而让代宗义找着了当年的生活气息，感觉很亲切。不像在豪华大马路上那样感到一种排斥和紧张。一条条小巷越来越熟悉，他渐渐地意识到，在懵懵懂懂的大方向的指引下，他终于还是来到了当年生活过的那一片地面。虽然个别夹杂其中的新建筑让他感到一阵陌生和发蒙，但大量的老旧建筑越来越多地与十五前的记忆叠映在一起，许多新开辟的道路，也都一一在记忆中找到了出处。他如鱼得水地在小巷子里游荡着，一种踏实的感觉慢慢地从心底升腾起来。当看到那座绿铁皮屋顶的苏式建筑工人俱乐部时，他终于彻底明白了自己所在的位置——红旗机器厂与他当年所在的朝阳汽车配件厂之间的那条小巷。当年的土路已经被修成了一条柏油马路，路两边开满了小店，东边一排都是小饭馆、小商店，路西边呢，长长一溜不是理发店就是洗头洗脚房。他立刻嗅到了一股熟悉的气息，突然感到那种发泄一下的愿望或许就要实现了。他朝那排小店跟前慢慢地晃悠过去，一边用眼神与坐在店门口的小姐们进行着无声而微妙的交流。小姐们几乎可以说是都光着大腿，把自己晾在街边展览着。然而，她们的神情却颇为倨傲，一副满不在乎的架势睥睨着路人，好像一般人还买不起似的。别看她们那花里胡哨，大白天里面也闪着串串灯的小店，竟也有一副"八字衙门朝南开，有理没钱莫进来"的气派。代宗义与小姐们对眼的时候，对方的目光只在他脸上漫不经心地一瞟就移到别处去了，显然一眼就认出他是个穷光蛋。

代宗义压着邪火，慢慢朝前踱步，快走到那排小店尽头的时候，他望见一家洗头房门口坐着的一个小姐，小姐正把摊在大腿上的超短裙一下一下地撩起来给自己扇凉，穿着黑丝袜的大腿在短裙的幽深处若隐若现。看见代宗义望她，小姐朝他微微一笑，笑容中有种召唤的意味。代宗义两眼紧盯着小姐慢慢蹀过去，走得越近他的内心越感到震动和紧张，小姐的长相似乎越看越像齐惠云，但他忽然意识到，齐惠云的长相应该不会停在十五年前一成不变吧？！他晃了晃脑袋，从那种恍惚感中挣脱出来。一旦清醒，他就有了一丝疑问，小姐为何没有排斥他这个一望便知的穷光蛋？论长相她可比前几个睥睨他的都强多了。不过，看上去唯一有点奇怪的是，小姐大夏天也戴着双黑手套。

"怎么样？忙吗？"代宗义拿他那对富有穿透力的眼珠子凝视着小姐的脸。

"不忙，闲着呢！"小姐笑意更浓，似乎对他的搭讪感到好笑。

"闲着？陪哥潇洒一把，去不？"

小姐对这种十几年前的招嫖用语愈感有趣，忍不住咯咯咯地笑起来："你给多少钱？"

"随大流呗。"

3

直到中午下班时分，贾梦桃才把排队群众打发完。刚休息下来，代宗义那张脸就挤进了她的脑子，他那两只凶光毕露的眼珠子让她印象深刻，始终放心不下。像这种十几年大刑出来的人，心理状态跟一般人不一样。你把他逼急了，万一哪天给你弄出个杀人放火、诛灭九族之类的大事，责任倒查到你头上，就划不来了。即便没有这么严重，像这种没脸没皮的万一哪天大庭广众的给你弄个难看，或者跑到上面去一趟一趟地投诉你，你就划不来了。如今绩效工资比重越来越大，事情弄大了如果影响个人的绩效工资，甚至影响到全所再甚至全分局的精神文明奖，那就更划不来了。

贾梦桃干了十几年户籍内勤，不知跟多少形形色色的人打过交道，吃别人的亏也不少了，早过了那种不蒸馍馍争口气跟人赌气吵架的年龄。如今的她遇上事了，经常用划得来划不来这个标准来衡量。有些事刚想由着性子来，往深里一想，唉，划不来呀，奋拉下脑袋干吧。

就比如代宗义的户口问题，实际上他八成是这里的户口，否则三监是不会无缘无故把他打发到这儿来的。可是为什么电脑的人口信息库里没有呢？原因很简单，别看电脑呀网络呀神通广大，鼠标一点，天涯海角的人都可以给你翻腾出来。可当年从纸质资料往电脑里录的时候，那也是靠人手一指头一指头敲进去的。那时候，电脑还不算太普及，公安网建成还没多久，很多基层的户籍内勤大姐，就是那种四十来岁的中年妇女，提起电脑就头皮发麻。操作程序记不住，抄在纸条上压在玻璃板下面，一到用电脑的时候，看一眼纸条按一下键盘，嘴里还念念有词生怕搞错。那时候电脑还有个毛病，不知怎么惹着它了，它就突然给你来个死机，所有的工作量瞬间消失，真可谓一步不慎，满盘皆输。所以当年的户籍内勤大姐张青霞一提起电脑就满嘴牢骚，甚至说是咬牙切齿也不过分，对于把过去堆积如山的纸质档案资料全部录入电脑，张大姐抵触情绪很大，说电脑还不如过去手抄本方便。她的这种情绪、这种言论经常被所长严厉批评。所长站位很高，说用电脑、用网络，是历史潮流，是大势所趋。张大姐的思想和言论，那是反潮流而动，简单说就是"反动"。

"少拿你那套'反动'言论影响咱们年轻人！"

贾梦桃还记得当年的所长经常用这种半开玩笑的口吻批评她师父张大姐。老所长就有这么个习惯，喜欢用半开玩笑的方式敲打下属，如果你还不当回事，玩笑就变味了，立刻就跟你翻脸让你难以下咽了。因此所长落个绰号"笑面虎"。所长还喜欢以赏识重用年轻人的方式来刺激使唤不动的老同志，给他们制造危机感。这对有些爱面子的老同志还真挺管用，但对张大姐这样破罐子破摔的老油条，那也就没什么效果了。张大姐曾经翻着白眼跟贾梦桃嚷嚷着说："他还能把我咋的？还能把我搞成副民警？！"

那时候，张大姐认为贾梦桃是所长的心肝肝，肯定会把她的这些威慑性言论传到所长那儿去，从而使所长对老同志适可而止。她哪知道，贾梦桃那时过的是何等战战兢兢的日子。一方面自己年轻，胆子又小，在所长面前哪敢造次，唯有努力工作，好好表现。另一方面，所长拿她当红缨枪一次又一次地捅张大姐，张大姐能不恨她吗？可毕竟长年累月的她要在张大姐手下工作啊，虽然电脑强，但户籍业务她可没张大姐熟，还要跟她学习呀。她那时真可谓是风箱里的老鼠，两头受气。好不容易熬到张大姐提前内退了，才结束了这种日子。

贾梦桃由代宗义的户口问题，不知不觉陷入一种怀旧情绪之中，忍不住对自己年轻时的工作和生活回顾咂摸了一番，不容易啊！那时候很多旧的纸质户籍资料，就是张大姐在这样的精神状态和工作情绪之下，录入电脑的。可想而知，挂一漏万的错误之处那是在所难免的。张大姐内退之后的这些年，由她埋下的定时炸弹每年都要炸响那么十几颗。有的是名字写错的，有的是父亲年龄比儿子只大那么三四岁的。群众平常也把这类差错不当回事，一牵涉到现实利益了，就开始心急火燎地找公安。一找就找到她贾梦桃头上了，贾梦桃替张大姐擦屁股，每年都要擦上那么十几回。有些屁股还好擦，比如改个名字什么的。有些屁股可难擦了，比如改年龄，那是要牵涉到很多现实利益的，当官的总想往年轻里改，好延长延长政治生命。劳动人民呢，总想往老里改，好提前过上好吃懒做的退休生活。找上门来的群众可谓各怀鬼胎，真假难辨，每一例都要做大量的调查，稍有不慎，不是遭上级批评，就是遭群众投诉。因此，贾梦桃对于给张大姐擦屁股的事已经厌烦之极了。比如处理眼下代宗义的户口问题，她就得到档案库房里去翻老底子，看看是不是当年被张大姐漏掉了没有录入人口信息库。

然而，去库房翻弄老底子正是贾梦桃极为害怕的一项作业。因为三年前，正是在地下室的档案库房里，发生了令她终生难忘的"猪头灵异"事件。那天，也是为一个难缠的人到地下室去翻老底子。当时天都快黑了，贾梦桃来到黑暗阴森的地下室台阶口，已经有几分犹豫不决。那天也怪，当她咬牙走进黑暗的地下室时，走廊另一端的一个通向地面的出口处，仿佛有个人影飘忽而过。越走心情越紧张，库房门口的灯也坏了，就在她摸索着开门的时候，她的手猛然间触摸到一个冰凉肥厚的嘴唇，那凸出的嘴唇周围布满了扎手的须毛，她吓得一哆嗦，按亮了手机屏幕，在蓝幽幽的微光中，档案库房的门上悬浮着一颗怪异的头颅，头颅的脸面上眼睛半闭着，浮现着一丝冰冷凄凉的微笑……

事后证明，挂在档案库房门上的是一颗猪头，还特意割去了两只耳朵，因而猛一见显得十分怪异可怖。派出所把这件事扎扎实实当作案件来侦办的，因为这不是一个简单的恶作剧，这很可能是打击对象的卑劣报复，往大里说，这是对人民民主专政的挑衅！但是，这个案件始终也没有侦破。派出所的侦破能力究竟有限，但所长又不愿意把这件事捅到外面去。猪头作为物证，就存放在派出所食堂的冰柜里。大约三个月后，新来的食堂大师傅不明情况，把猪头卤成美味的猪头肉，当作所里的早餐小菜。所长听说了恼羞成怒，但也没有办法，只能把这件事捂起来冷处理。时间长了，这个案子也就不了了之，消化在派出所民警们的肚里了。

　　这件事对贾梦桃刺激太大，当时她就被诊断为急性惊恐发作，住了半个月院。时间过去很久了，她心里的病根也没有除去，稍微黑暗一点的地方，她一个人不敢去，非得求人陪着一块去。她很痛苦。所长也慢慢注意到这件事，为了给所谓的"猪头灵异"事件去神秘化，他私下里把这个案子的真相告诉了她：派出所的办公用房问题区里一直拖着不办（嫌派出所在水北区大量的群体性事件处置中不给力）。因此，派出所长年租用着某单位的临街旧楼。旧楼的一楼租给了一家餐厅。这么多年过去了，某单位不敢给派出所涨租金，而餐厅的租金都快翻了一番。餐厅刘老板认为他这是变相替派出所交房租。由此，那年某单位又一次给餐厅涨房租时，餐厅不干了，要增加透明度和派出所攀比房租。两家闹僵之后，餐厅一怒之下搬走了。而"猪头灵异"事件就发生在餐厅搬走之后不久。

　　但去神秘化的效果并不明显，所长的合理推测并不能抹去地下室留给贾梦桃的恐怖诡异的印象。每次不得不去档案库房翻老底子时，必得找一个男民警陪着。贾梦桃人如其名，长相甜美可人。头两年的时候，不管哪个班儿的民警摊上了，都很乐于陪她下地下室。次数多了，很多民警也就不耐烦地开始推托。女人的思维方式跟男人的不一样，贾梦桃首先想到的是自己老了，不吃香了，成了别人眼中的"贾大姐"了。也许对那些男民警来说，如今给她擦屁股就跟她给张大姐擦屁股一样令人生厌。其实，贾梦桃是个貌美心软的好女人，从不愿意亏欠别人半分。女人在单位里混，体弱力亏的，难免经常要男同事帮助。怎么报答男同事呢？贾梦桃无师自通地发现，那就得对男同事大方点。人家跟你套个近乎啦，开个荤玩笑啦，缠在你身边叽叽哝哝半天不走啦，占个口头便宜，甚至腰上腿上不甚要紧的地方揩把油啦，这是人家在真心喜欢你，说明你有女人味、有魅力、有价值。再说啦，人家平常龟缩在地下室里吭哧吭哧帮你乱翻腾，累得满头大汗，这也是报答人家的机会，也是与男同事们打成一片，积攒人缘的一种方式。何必要像某些所谓的冷美人一样，整天板着个脸子自命清高的，拒人于千里之外呢？

然而，一旦发现多年积攒的人脉居然呈萎缩枯竭之势，作为年龄渐长的女人，其酸楚可想而知，对男人的认识，也加深了一层。

这回又要下地下室给代宗义翻老底子，这回求谁呢？贾梦桃满怀酸楚地犯了难。

4

吃饱了肥牛火锅，喝足了啤酒之后，满面桃花的小姐随着"石头哥"（她临时给代宗义起的外号）坐着出租车七拐八弯，不知不觉出了城，来到城郊接合部的不知什么地方。

小姐被石头哥拉着手，朝一座拆了一半的旧楼房走去，楼体上所有的窗户都被卸掉了，只留下一个个破败的黑洞，有的地方外墙都被扒掉了，可以直接看见里面的几个套间，套间里还摆放着几件被丢弃的破家具，活像舞台话剧的布景似的。小姐开始清醒，开始怀疑："这儿没人啊，你朋友在哪儿？"

"就前面！快走！"石头哥的语气第一次现出凶悍的味道。

小姐脚步稍一迟疑，手上立刻感到来自石头哥的强拉硬拽，她一边脚步踉跄地往前走，一边在心里紧张地揣测，以为石头哥带她到这废弃的大楼是想先吸完毒再干她，他会不会逼她跟着吸，慢慢再控制她？她有些后悔，这趟钱不该挣。

当她被石头哥往黑洞洞的地下室台阶里拽的时候，她再也不敢往前走了，一边挣着手，一边用颤抖的嗓音求告："哥，今天不合适，你放我走吧！改天我一定好好伺候你！今天真的不合适，今天我身上不干净！"

石头哥猛地回过头来，来自门洞的一点微光恰好打在他那粗粝的脑袋上，简直就像墓葬地宫大门上的兽头一般狰狞可怕。两道凶光从黑暗中凸显的两颗白眼珠子里射出来，凝聚在她的脸上。她觉得腿都要软了。忽然，石头哥猝不及防地把手伸进她的巢穴里摸索一番，并没有摸到卫生巾之类的东西。随着一声断喝"臭婊子！都想耍老子！"她只觉脸上挨了重重一记耳光，仿佛铁掌打过来一样，打得她眼冒金星，站立不稳。随即就感到头发被抓牢朝下按着，左臂也被铁钳般的爪子钳紧，人就被搡进了一间地下室。

灯绳嗒地一响，漆黑潮霉的地下室里大放光明，小姐被石头哥一掐脖搡到床上，喉咙口如遭铁棍一击，疼痛而窒息。小姐捂住喉咙口剧烈地咳嗽了一阵才缓过来。她惊恐地朝床角的被垛蜷缩过去，眼神惊慌地四处打量，只见潮迹斑驳的屋顶上悬吊着一只100瓦的白炽灯泡，五六平方米的地下室里只·张床，一个床头柜，床上铺着红白格的床单，床头柜是二十世纪九十年代的样式，杂乱地堆放着香烟盒、打火机、剃须刀等物。整个地下室是全封闭的，屋顶下的那个贴地小窗也被砖头砌死了，小姐心情渐趋绝望，更要命的是，此时她望见墙脚处有星星点点的淡红色斑痕，好像清洗过的喷溅状血迹，联想起多日不见的阿瑞，心中更加惊恐，绝望的眼泪顺着眼角管不住地往下淌。

在此期间，石头哥正一件一件地把自己脱光，露出一身嶙峋狰狞的疙瘩肉。他目光专注、一眨不眨地望着蜷缩在床角惊恐绝望的小姐，仿佛对这一刻企盼太久，因而极为珍惜，不忍错过一眼。

"脱！"

小姐只听到一个字的简单命令，她带着哭音边脱边哀求道："哥，你让我干啥都行，保证把你伺候妥帖，求你别伤害我，我家里还有 5 岁的儿子要我养活啊……"

石头哥早没工夫听她啰唆，猛扑上来。

十五年压抑的欲望和仇恨，如同暴风骤雨似的向小姐倾泻而下。他一遍遍折腾她，还利用狱中所学，迫使她摆出各种下流姿势。小姐为求一条生路，竭尽全力迎合他，装出各种表情来满足他、讨好他。当他终于眼神生硬地挣扎了最后几下，像一堵墙似的倒塌在她身上时，小姐也只剩半条命还在苟延残喘。她觉得自己就像一只被石头砸得半死的青蛙，虽然还被压在石头下面，但却不敢从石头底下往外挣，似乎一挣就疼得要了命。

半晌，石头哥终于撑起上半身，眼神迷茫地望着小姐，忽然问道："你叫啥名字？你是不是齐惠云？"

"哥你都问了几遍了，我真的不是齐惠云，不信你看我身份证。"小姐从手袋里摸索出身份证。石头哥拿过来一看，上面显示着"赵薇薇"这个名字。

赵小姐又在下面讨好地问道:"哥,齐惠云是你啥人你这么关心? 是你老情人吧……"

石头哥突然就阴下脸,咬牙切齿地说:"情人?! 跟你一样,是个认钱不认人的臭婊子!"

小姐脸上僵硬了一下,强挤出笑容道:"哥你骂人别捎带我呀,我可是凭良心挣钱,从没做过伤天害理的事……"

"可这个婊子让我整整蹲了十五年大狱,上个月刚出来,你说,我该拿她咋办?"

小姐一惊,赶紧察言观色地讨好着说:"捏死她! 哥你这么壮,捏死她还不跟捏死只蚂蚁一样!"

石头哥脸色阴沉,出神地望着墙道:"没那么容易,我要让她生不如死!"

"对! 死了还要连累哥呢。"

忽然,石头哥注意到小姐全身都脱得精光,可手上戴的黑手套一直就没摘下来过。他好奇地一把摘下右手的黑手套,没什么异常。他又去摘左手,小姐躲着不让,被他硬扯下来。这时他赫然看见,小姐的左手只有四根手指,食指齐根断了,只剩一点光秃秃的残根。他顿时明白小姐为何不排斥他这个一望可知的穷光蛋:她的钱也并不好挣,她的心态是能挣一点算一点。

他慢慢地离开小姐的身体,背靠墙坐好,在此期间一直盯着小姐的脸,最后问道:"这是咋弄的?"

小姐仿佛被人揭短了似的,难堪地别过头说:"在东莞打工,让机器轧的。"

石头哥一时愣住了,过了半晌,他才清醒过来。他从床褥下面拿出一沓钱,数出五张粉红大票递给小姐,说:"你走吧。"

小姐有点不敢相信自己的耳朵,她三下五除二地穿好衣服。

临走前，怯怯地问了句："哥，那我真拿上了。"

石头哥低垂着脑袋，神情显得十分沮丧："拿上走！"他挥了挥手。

小姐拿上钱，轻轻地推开地下室的门，越走越快，最后可以说是连滚带爬地逃离了这座废弃的大楼。

5

贾梦桃正为找谁帮忙下库房犯难的时候，朝阳汽车配件厂的管区民警李效周到户籍室来扯闲篇。望着自投罗网的李效周，贾梦桃灵机一动，代宗义是他的人，不抓他的差抓谁？李效周一听是往他的管区塞刑释解教人员，立马不愿意了，让想办法打发到别处去。贾梦桃解释说此人没别的渠道可打发，再不办要闹出事的。李效周于是一脸无奈，推说自己还有两起打架没调解完。

贾梦桃暗骂了一声"老滑头"，知道混退休的李效周是真靠不住了，不由蹙眉生起闷气来。恰这时，跟老李搭档的社区民警石韬来找他了，老李像捞着救命稻草似的，忙大呼小叫地吆喝上了："石头来了！正好，石头你跟你贾大姐去帮个忙，到地下室翻个老底子！可能是咱们管区的。"

石韬是从特警支队调过来的，大学生出身。当年贾梦桃他们入警的时候，中专生都不多，要么是部队转业，要么是高中生招干，就都当了警察了。那时候社会上对警察的定位就是全武行，跟保镖打手之类的比较接近，没什么文化，就要个凶狠霸气。如今呢，就连大学生好不容易挤进门来都只能当个特警，先从马路巡逻干起。石韬在特警支队只干了两年就能调到派出所，说明是个比较出尖的人物。

贾梦桃是第一次让石韬帮她干活，对方又是大学生出身，一种好奇探究的心理不知不觉就控制住了她，她甚至感到一丝久违了的紧张。她的一举一动不知不觉就有点作起来了。她在抽屉里找钥匙的时候，柜台下边的脚悄悄把图舒服的平绒黑布鞋蹭掉，换上了又细又尖的高跟鞋，钥匙找到了，手又悄悄探进柜台下面，揪住绷在腿上的丝袜弹了两弹，把可能的皱纹弄平，最后起身的时候，两手还把压在屁股下面的制服裙仔细捋平了一把。她轻言轻语地说了句："小石跟我走吧。"说完便袅袅婷婷地走在前面了。

虽然不便仔细盯着石韬看，但交错而过的几眼，加上一路上余光的窥视，让她也感觉出石韬与一般的年轻民警有着显著不同。他的脸上一直挂着一种似乎颇有深意的微笑，即使在没有与任何人交流的时候，也是如此。她开始以为他可能就是人们所讲的长了一副笑模样的类型。但不行，他的那种微笑总让人感到颇有深意，让人忍不住想要反观自己是不是有什么不得体的地方，似乎内含一股让人不得不认真庄重起来的力量。

打开防盗门进入地下室，摁亮电灯，就像走进了帝王陵寝的石椁之中，一股潮霉的气息弥漫在凝滞的空气之中。一个挨一个的铁箱子、木架子森森矗立着，石韬个子高，帽檐不小心碰到了悬吊的灯泡，随着灯泡的摆动，所有铁箱子、木架子投下的森森黑影都摇荡起来了，似乎整个房间都跟着摇荡起来了。贾梦桃有种眩晕的感觉。不知不觉间，她拉住了石韬的手，另一只手捂着口鼻避开从灯泡上纷纷降下的灰尘，朝房间深处装户籍档案的铁箱子走去。她不时地回头朝石韬凄楚一笑，似乎既为自己的工作处境而哀怨自怜，又为连累对方而深深歉疚。石韬呢，脸上的沉静笑容依然让人踏实。但那个装档案的铁箱子前面不知何时塞进了一个半人高的木制五斗橱，贾梦桃不说话，只用手指了指铁箱子，又指了指木制五斗橱。石韬了然，上前展开双臂扣住五斗橱边沿轻轻一提，只见一群受惊的老鼠就像一股黑水从五斗橱底下沿着墙根快速流泻，倏忽不见。

贾梦桃咝地倒抽一口凉气，转身跑出地下室，再也不敢迈进一步。她就那么哆哆嗦嗦地站在库房门口，用嘴巴遥控指挥着石韬翻找代宗义的户口底册。该有的铁箱子里没有，石韬只好把四五个铁皮柜子都翻腾了个遍，还是毫无所得。最后，贾梦桃苦思冥想了一段时间，忽然想起自己当年休哺乳假的时候，临时让一位女同志代管过一段时间。而那段时间恰逢派出所搬家，女同志后来交代，搬家之后把一部分档案放在一个木质五斗橱里了。当她恍然大悟地指挥着石韬打开那个木质五斗橱的时候，意想不到的情况发生了，五斗橱里的户口底册有相当一部分都被老鼠咬成了碎屑。这可把二人吓坏了，他们赶紧把五斗橱弄出来抬到办公室细细翻找，尚存的底册里还是没有代宗义的。当贾梦桃喋喋不休地抱怨那位代管的女同志时，石韬则一直坐在那里，两眼专注地凝视着那堆纸屑，手指在纸屑里耐心地翻检着。翻检出稍大些的，还有囫囵字迹的纸屑，就对着光仔细地查看。一开始，贾梦桃光顾着发牢骚都没明白他在干什么。直到最后，他忽然把一小片纸屑对着光看了半天，然后递给她，说："你看看这两个字。"她捏住碎纸片一看，上面是"弋宗"两字，但左上角还有微微一点像是笔画撇的痕迹，她一下愣住了，转眼去看石韬，石韬脸上略带微笑，目光沉静。她忽然一阵感动，觉得眼前这个年轻人有着一种远超出其年龄的成熟可靠，让人忍不住产生一种依赖感。那一瞬间，她甚至恍惚体会到了十几年前的某种心理状态。

看样子，代宗义的户口底册很可能被老鼠咬成了碎屑。

6

代宗义对那天折腾赵小姐的事感到后悔了。他第一次醒悟到，他所仇恨的，想要整治的，并不是赵小姐这类女人。在号子里的时候，满腔仇恨弄昏了他的头脑，把天下的女人都当成了仇敌。他第一次体会到，当鼓足的力量用错了对象，误伤了不相干的人时，那种懊悔和沮丧。当务之急是要找到齐惠云，而且要先了解了解她这些年有什么动静。但除了王向高，暂时他还不想找其他人，找谁也不如找王向高可靠。但到哪儿去找王向高呢？他又不是个单位人，一抓一个准。此时，不知怎么的，一种直觉浮上心头，或许到赵小姐那里，才能打听到他的下落。但实际上，打听王向高或许只是个借口，驱使他再次去找赵小姐的，还有潜意识里的一种心理。那就是，一想到那天折腾赵小姐的事，尤其是想到她那根光秃秃的断手指头，想到她因为害怕而百依百顺、低三下四的模样，代宗义心中不知什么部位，竟有种隐隐作痛的感觉，这是十五年来第一次体会到这种感觉，第一次发现饱经折磨、结满硬茧的心中居然还有着一小块柔软的地方。代宗义不能不被这一小块绝无仅有的柔软所控制，去做些违反自己逻辑的事。

12时许，太阳已快当顶的时候，阿瑞洗头房的门才懒洋洋地打开。李安娜正对着镜子懒洋洋地梳着头，太阳透过前窗投进一小块光亮，正笼罩在洗脸池上排列整齐的各种洗发水、发胶等花花绿绿的瓶子上。

李安娜把脸凑近镜子，努着嘴把右唇角的皮肤绷紧，两手指甲配合着，专心致志地挤那里的一颗粉刺。下手的时候，脸上流露出一丝心疼的表情，对镜子里出现的另一张脸竟毫无察觉。等她注意到不知何时进入镜子的那张脸时，顿时一声惊叫。她猛地转过身，背靠着洗脸槽一脸惊恐地看着代宗义，结巴着说："哥，你咋……咋又来了？！"

"我来看看你……生气了没有。"代宗义的目光又开始以那种说不上是迟钝还是专注的方式，盯了李安娜的脸上，"要是没生气的话，我还想……找你帮个忙。"

李安娜终于从最初的惊吓中缓过神来，意识到这是在自己的地盘上。她的脸一下子抻平了，语气顿然冰凉下来："你没事就赶紧地该上哪儿上哪儿吧，我不想挣你的钱！"边说，她的眼珠子边在屋里的洗脸槽、玻璃茶几、窗台上逡巡着。

代宗义顺手从沙发角落里拿起手机递给她："给你……找人来收拾我吧，保证不还一指头，然后，咱们就算两清了。说实话，那天怪我认错了人，把你给欺负了。"

他的目光直直地盯着李安娜的眼睛，里面隐含着一丝难以捉摸的微笑。李安娜被石头哥的洞察力吓了一跳，她接过手机塞进口袋，眼睛避开了石头哥的凝视，半天没有吭声。直等到胸脯的剧烈起伏平息下来，她才冷冷地道："算了，都过去了。你走吧，我还要上班呢。"

"那就都过去了。哥再问你个事，你要是知道……"代宗义从后屁股兜里又抽出一张百元钞票放在面前的玻璃茶几上，往前一推。

"王向高，认识吗？小名刚刚。"

李安娜一震，静默了一刹，才反问道："他跟你啥关系？"

"一个小兄弟。"

"你不是说，十五年大刑刚出来吗？"

"十五年前的小兄弟。"

李安娜又静默了半晌，忽然问道："听说，王向高过去有个哥枪毙了，那是啥时候的事？"

代宗义没有料到这个问题，不过他神色未乱，稳稳接住李安娜紧张的眼神看了半天，才说："也是十五年前。"

李安娜不吭声了，半天才说："去工人文化宫一楼动漫城看看吧，这会儿他一般在那儿。"说完，她默不作声地去拿暖瓶，找茶杯，看样子想给代宗义倒水。

代宗义抓住了她的手，暗暗地用力握了一下，说："小赵别倒了，哥还有点事要办，先走一步。那天的事，哥再给你道个歉，咱们后会有期吧。"

代宗义正要出门，听见身后李安娜迟疑着叫了声："哥，以后别叫我小赵，叫我安娜就行了。身份证我就给你一个看过。"

代宗义点点头。李安娜把他送出门，低声说："哥没事了来坐坐，我给你泡好茶喝。"

代宗义走到工人文化宫门口，几张台球案子边围着几个年轻人闲闲地在捣台球。过去"工人文化宫"那几个仿毛体的大字，如今被一块奇大无比的招牌"红旗动漫城"所遮挡，招牌上一片愁云惨雾、电闪雷鸣、世界末日的景象，几个张牙舞爪、浑身铠甲的机器人簇拥着一个神情凛然、乳房呈泰山压顶之势的铠甲姑娘。代宗义抱着胳膊看了半天，也琢磨不出这座动漫城到底是干什么用的。

他信步走进动漫城，看着一排排光怪陆离的机器和屏幕，悟到这可能就是当年的游戏机。他从一排排屏幕前走过，只见屏幕里畸人怪兽奋勇拼搏，枪支炮弹火光四溅，屏幕前的年轻人，个个神情专注，脸色痴迷。有的还坐在仿真的座舱里，活像个褟褓婴儿一般被那个看起来很尖端的座舱野蛮地晃动着，颠簸着。

突然，代宗义身边有个年轻人如丧考妣地大骂起来，两手握拳拼命捶打着机器。

"捶啥呢捶啥呢！捶你妈 × 啥呢！"

大厅深处传来一声不耐烦的吆喝声，好像对此既深恶痛绝又司空见惯。

代宗义循声望去，只见一个身穿火红色 T 恤的光头胖子，饱满硕大的身体深陷在沙发里，脑袋微微耷拉着，蹙紧的眉头下，两个眼珠子定定地朝上翻着，望着这边的动静。随即有个穿二道黑背心，一身腱子肉的小伙子嘴里骂骂咧咧地跑过来，一把就把捶机器的年轻人从椅子上扯下地："捶你妈 × 啥呢！"

"哥，输光了……全都输光了，我这一着急……"

"急球呀！玩不起就滚！毛病还惯出来了！"

"下次不敢了，哥。"

年轻人正要滚，却被小伙子一把薅住脖领子拽回来："机器白砸呀！罚 100！掏口袋！"

"哥，真输光了，就剩这点想吃个拌面……"

"球吃不吃，还拌面！"小伙子一把抢走零钱道，"滚！"

然而，代宗义并未观赏眼前闹剧，他的目光一直凝聚在远处沙发里的那个红胖子身上。红胖子显然也注意到了他，两眼一眨不眨地凝注在他的脸上。

王向高认出代宗义后，先是来了个紧紧的拥抱。在那庞大的、肉乎乎的身体包裹下，代宗义忽然感觉到一阵温暖。随后王向高搂着代宗义的肩膀离开了闹哄哄的动漫城，来到门口一张闲着的台球案子前坐下。

"宗义哥，终于把你盼出来啦！这些年……你受苦了。"

"都过去了。"代宗义点着烟深吸一口，将一缕长长的青烟徐徐吐出。

王向高也不愿在这个话题上过多停留，他心里清楚，当年若不是代宗义替了他，那十五年大刑恐怕就得落在他头上，真那样，他父母恐怕早死了，哪还能活到前年才死？

"哥你打算咋办？要不，先跟我在公司厮混一段时间？"

"你现在都干些啥？"

"跟家武哥干着呢，眼下干着红旗公司动漫城的经理，兼着公司保安部经理。"

连廖家武这个大混混都开上公司啦？代宗义心里又一番震动，他半天没吭声，最后说："我的事先不忙，找你先了解了解外面情况，厂子咋样了，齐惠云这些年都有些啥动静。"

"哥，叫几个人晚上咱们边喝边慢慢说，我先带你兜兜风。"

王向高从台球案子后面推出一辆锃光瓦亮的宝石红豪华大摩托，太阳光打在上面，形成无数个晶莹的亮点灼人眼目。王向高沉重的身躯一跨上去，避震弹簧立刻发出一阵蠢蠢欲动的响应。王向高只挂了个二挡，载着代宗义在当年的红旗机器厂、朝阳汽车配件厂、光明灯泡厂等几家工厂形成的一大片社区里慢悠悠地巡视着，宝石红豪华大摩托载着身躯庞大、霸气十足的王向高和冷峻麻木、形同石雕一般的代宗义在曲里拐弯、四通八达的小巷里巡游，就如同一艘军舰在河道里巡游一般，透着一股逼人的气势，见者无不避让。每当经过棋牌室、酒吧、歌舞厅、游戏机房之类的场所，王向高就停下车按喇叭，喇叭里发出一阵类似警笛的刺耳尖叫，里面立刻有人一溜小跑地出来招呼。王向高于是用那种使唤儿子似的口气道："宗义哥回来啦，晚上都到'大碗居'集合，给宗义哥接个风！"

代宗义隐约认得，跑出来的大多都是当年配件厂和红旗厂的子弟或青工。认出代宗义的立马都露出夸张的惊喜，奔过来寒暄，嘴里连称"宗义哥关照"。但也有少量的外来户并不认识代宗义，他们只是假笑着与王向高应酬，眼光一扫到代宗义身上，就凉下来了。代宗义明白，王向高这是借他当年的名头在镇场子。他预感到，这厮虽说成了什么公司经理，听起来像个单位人了，实际上恐怕吃的还是当年那碗饭。看这架势，想把他也拉进去。代宗义不吭声，只不凉不热地与沿街各路小老板应酬着。

　　兜了一大圈儿，当王向高把车开回到动漫城西侧的春风巷，也就是那排洗头洗脚房跟前时，门口小姐们收拾起那副满不在乎的架势，纷纷热情地招呼"刚哥"进屋喝茶。当"刚哥"把"宗义哥"向众小姐隆重推出之时，代宗义没理众小姐的笑脸，而是远远地去找阿瑞洗头房，目光正与坐在门口的李安娜相撞。李安娜表情复杂地望着他，戴着黑手套的右手用那种小姐撒娇的方式朝他动了动手指头，一丝笑容就像一阵秋风从她脸上匆匆掠过，剩下的只是一片寒凉。

　　闹哄哄的酒席散场之后，代宗义终于等来了说正事的机会。他从王向高那里打听到，齐惠云虽然还住在配件厂这一片，但早已经脱离苦海、鹤立鸡群了。表面上看，似乎还在一家医药公司上班，但日子过得那个滋润，显见得不是靠医药公司上班能支撑住的。隐约听说是前几年就悄悄地傍上个大款了，只是很少见到和那个男人出双人对，也不知道内里究竟是怎么回事。

7

　　星期一傍晚，夕阳沉落的时分，代宗义手插在口袋里慢慢晃荡到枫丹白露花园小区大门口。这个小区实际上就是在朝阳配件厂过去厂区的地盘上兴建起来的，如今与配件厂家属院隔幸福路相望。确切地说，是巍峨壮丽的枫丹白露花园小区怜悯地俯视着匍匐在脚下的配件厂家属院。小区楼群通体用象牙白的瓷砖贴面，欧式风格，花窗玲珑。多层建筑与高层建筑安排得层层叠叠、错落有致。围墙是黑色的铁艺栅栏，完全符合市政府"拆墙透绿"的原则，向过往路人展示出小区里高雅时尚的居住环境，从而激发人们拼搏奋斗、勤劳致富的正能量。而栅栏顶端那一排如同骑士枪矛一般的尖刺，则在夕阳下不动声色地散发出熠熠光芒，时刻警醒着不法之徒勿生妄念。

　　代宗义站在南院这边黄灰色的破败砖墙下，冷冷地望了一眼对面栅栏上的古铜色枪刺，越过小马路朝小区大门走去。小区大门建有高大巍峨的大理石穹顶，洁白细腻的古希腊女神温柔怜爱地俯视着胯下穿梭不息的红男绿女。代宗义刚走到大门口，本来跑前跑后引导车辆进出的保安，像是突然嗅到空气中的一丝异样，立刻刺耳地叫唤着跑过来："干啥的干啥的？！本小区垃圾由市政环卫统一收集！"

　　然而，跑到跟前，保安却愣住了，脸上表情僵硬了一瞬，立刻又挤出了一脸笑容："是宗、宗义哥……前两天听说你出来啦，咋有工夫转到这儿啦？"

　　代宗义也认出是当年青工李继红："出来啦，看看你惠云嫂子，咋的，不让进？"

"哪儿的话，这一片哪有宗义哥不让进的地方？"

代宗义递上一支烟，问道："齐惠云是咋住到这儿来的？"

李继红受宠若惊地凑上火，道："3年前这块地卖给开发商的时候，厂里原来的职工闹腾了一阵。政府说，破产清算早都搞完了，职工也安置完了，这块地跟我们一毛钱关系也没有……最后为了构建和谐社会，答应原厂职工可以优惠价购房。但是，买得起的还不就是厂长、副厂长那几个有钱人？普通职工里也就齐惠云一个人搬进去了……闹到最后，有钱人还是有钱人，穷光蛋还是穷光蛋……像我，给人家当条看门狗，还算沾人家的光了，他妈的……"

李继红的脸上现出一抹无耻的笑容。

代宗义皱眉看着他，又问道："齐惠云哪儿来那么多钱？"

"说是把你们原来那套房子卖了，不过那也还差二十几万呢，从哪儿来的我可就说不清了……"李继红暧昧地一笑，摊了摊手。

"你怕个球呀！刚刚昨天都给我讲了！"代宗义眉峰一耸，目露凶光。

李继红尴尬地一笑，把脑袋凑近压低声音说："好像是前些年挂搭了一个男的，有钱。不过，是那种到处跑着做生意的，很少来，结没结婚也不知道。"

"这一阵儿在不在？"

"这一阵不在。"说到这儿，李继红看了一下左右，小心翼翼地问，"哎，当年你们离婚的时候，咋会把房子全给了她呢？"

代宗义眉峰耸立怒视远方，沉默半晌才说："他们家给受害人赔了7万块钱，说是让我少判几年。离婚啦，房子啦都是人家提的条件，我被押在号子里能咋的？"

李继红长长地"噢"了一声，最后叹口气说："都过去了，算了吧，以后反正各过各的，宗义哥你也是个人物，日后必不久居人下……"

"我进去看看。"

李继红微微一哈腰，做了个请的手势。看着代宗义大摇大摆地走进小区，李继红眼睛展露出一丝意味深长的笑纹。

代宗义先来到小区里的超市，拿了一瓶洋河蓝色经典塞进口袋。昨天跟王向高见面，口袋里又厚实了一层。他面带着快要得逞的微笑朝小区深处踱去，一边数着楼栋号，一边观察着小区里的景观。到处都是修剪得法的灌木，绿茸茸的草坪令人禁不住想要打滚蹂躏一番，赭黄色的石块铺延出弯弯曲曲的园林式小径，不时有高级小轿车穿梭而过，喷泉、仿古大水法、雕塑点缀其间，一天中的最后一次喷灌在小区广场上扫出一片片金黄色的扇面状水雾。

有个坐在童车里的孩子，眼睛一眨不眨地盯着迎面走来的代宗义，看着他脸上那奇怪的、仿佛咬牙切齿一般的微笑，孩子突然吓得号啕大哭起来。年轻的父母诧异地望了一眼擦肩而过的男人，不知发生了什么。

代宗义终于找到了10幢1单元，他在楼下的休闲木椅上坐下来。掏出酒瓶，扭开瓶盖。他坐在渐趋深蓝的夜色里，时不时地举起酒瓶塞进嘴里，喉咙耸动那么几下。随着一个嗝，一股浓烈的酒气升腾起来，刺激着眼鼻，他的眼神湿润起来，湿淋淋的酒气把眼神凝聚为一道专注的目光，投射在一方方亮着灯光的窗户上。他默默地一层层地朝上点数着，一直数到第八层，眼睛定格在那一排宽大的窗户上。

主人大概自恃高居八楼，安全性无虞，为了透气，客厅的窗扇都大开着。客厅没有开灯,但从其他房间泄露出的灯光,隐隐照亮房间一角。客厅旁侧上下贯通的阳台所形成的凹角里,黄色的天然气管道贴着墙角直通楼顶。

代宗义轻轻活动了一下手腕,脑海里不由得想起了监狱里最难熬的那一年。他与几个狱友曾经密谋过越狱,为此所进行的残酷锻炼之一,就是半夜爬起来在高高的铁窗上"挂果子",一挂就是将近一个小时。他的身体就像非洲原始人一样,90%都是肌肉,所蕴藏的强大的牵引力对于他的身体来说,简直是绰绰有余。

手抓天然气管道,脚蹬着墙体,一条人形尺蠖在灯光所不及的黑暗角落里一弓一弓,很快就升上八楼,虫爪一般的肢体,小心翼翼地探伸出去,扣住窗沿,一个松垂,一个悬吊外加上轻微的晃动,紧接着一个引体向上,代宗义就钻进了八楼的那个客厅里。

奶黄色的灯光从卫生间里泄露出来,里面响着哗哗的流水声。看样子齐惠云很讲究卫生,很懂得用水来滋润自己。好好地再滋润一次吧……代宗义咬牙切齿地想。他默默地打量着客厅,墙壁上悬挂着一个又大又薄的黑色屏幕,他猜想应该是电视机吧,想不到电视机都高级到这种程度,像一幅画挂在墙上。厚重大气的木质沙发沉稳气派,扶手表面的木黄色油漆散发出细腻光泽,头顶是巨大的水晶吊灯,一条一条的水晶块悬吊在灯架上,窗外微风吹来,水晶块互相碰撞,发出冰凉细碎的叮当声,晶莹的表面反射着卫生间里漏出的灯光,像宝石一般熠熠生辉。这温馨豪华的居住环境,当它属于别人而不属于你,并且注定永远不会属于你的时候,它将引不起什么欣赏的喜悦,它只能使你体会到排斥和鄙视,从而挑起你内心的仇恨。代宗义的仇恨就这样不断地淤积着,发酵着,这种仇恨的发酵是他在来之前就料到的,从某种程度来说，甚至是他所追求的。仇恨憋在胸中，使头脑发热，太阳穴嘣嘣地跳，很难受，亟待发泄。但不知为什么，他却又追求这份感觉，他是从什么时候变成这样的，十五年了，他说不清，也不想说清。

哗哗声终于结束了，卫生间的门打开了，在奶黄色的灯光照耀下，一个女人的身体半明半暗地侧立在门口。光线的明暗和角度都恰到好处，形成油画一般的效果。虽然有了些年纪，但女人的身体保养得很好，皮肤并无明显的松弛，乳房略微有些下坠，如同成熟的果实。洁白浑圆的大腿此时在灯光下呈现出温煦的奶黄色，更富于细腻的肉感。

齐惠云穿好睡衣，一边梳理着黑亮亮、湿漉漉的头发，一边来到客厅，她打开了水晶吊灯，由于博古架的遮挡，并没有发现坐在沙发角落里的代宗义，她是转到茶几这边寻找遥控器的时候，猛然发现代宗义的。

她没有像一般女人那样发出尖叫，她比一般女人稍稍镇静那么一点，她只是咝地倒抽了一口凉气，本能地问了句："你谁呀？怎么进来的？！"

代宗义死死地盯着她，没有当场吓死她，这让他感到十分窝囊。她居然还敢用那种质问的语气跟他说话！

但他那仿佛能够熔炼金属的目光还是让对方害怕了，他注意到齐惠云握着遥控器的手微微地颤动着。忽然，不知哪根颤动的手指触动了按键，电视机轰然打开，爆炸般的广告声让她浑身一激灵，遥控器也掉在了地上。她赶紧拾起来哆嗦着连按了几下，才把电视机关上。

她强自镇定地看了他一眼，强笑道："宗义，是、是你啊，出来了怎么、怎么也不打个招呼？"

她的声音里满是压不住的紧张虚弱。她的紧张和害怕暴露得越多，代宗义就越感到满足。他不吱声，两眼一眨不眨地盯着她，欣赏着她心虚胆怯的丑态，她被盯得眼神慌乱不知该往哪里看，而他呢，两个眼珠渐渐发出了亢奋的亮光。

她终于招架不住这难耐的沉默，又强笑着问了句："你到底咋进来的嘛，以后想来了打个招呼，随时欢迎做客……"她的语气着重强调了"做客"二字。

"做客？我可不是来做客的！"代宗义狞笑着站起身，"这天儿真热呀！"他随手扒下 T 恤衫，露出了一身狰狰的腱子肉，一把带鞘匕首在皮带上晃荡着。

齐惠云这下再也掩不住恐惧，她声音颤抖道："宗义，我们都离婚这么多年了，请你尊重一下我的生活好不好……"

"尊重？！谁他妈的尊重过我呀？！还有离婚！把我押在号子里拿刑期逼着我离婚，我们家借的高利贷也归了你了，房子也归了你了，现在又跟有钱的阔佬挂搭上了？！轻轻松松一句'做客'就想把我打发了，我请问你，有那么容易吗？！"

代宗义边说边狞笑着朝齐惠云逼过去，齐惠云见势不妙撒腿就往卧室跑，代宗义扑过去只嘶啦一声就扯下了齐惠云的睡衣，光溜溜的齐惠云如金蝉脱壳一般一头钻进卧室，锁上房门。就在她抖抖索索地欲打报警电话的空当，伴随着一声声轰然巨响，墙壁嗡嗡颤抖，最后一下，卧室门就像一记耳光猛扇向墙壁又反弹回来打在代宗义轮胎一般瓷实的腱子肉上。

一丝不挂的齐惠云回过脸惊恐绝望地看着代宗义，手里还拿着电话忘了扔。代宗义走过来一看，电话液晶屏上正显示着"110"的字样，这个阴险举动更惹恼了他，他先扯掉电话线，紧接着一掐脖就把齐惠云揉倒在松软的大床上，他扑上去骑在齐惠云光洁的肚子上，单手轻松地掐住她的脖子，另一只手随随便便就把挣扎着抓挠在他身上的胳膊摘掉。他冷静地看着掐在手里的女人，女人的脸憋得通红，眼神由最初的惊恐绝望而渐趋涣散，终于白眼仁颤颤地浮动上来，她的四肢也像溺水过长的人那样，无力地盲目地挣扎划动着。代宗义此时松开了手，他下了床，把喉咙里发出可怕呼噜声的女人扔在床上缓着，打开了女人的衣柜，从中找出了四条丝巾。

他把稍稍缓过来，不停咳嗽的女人拖下床，扔到一旁的安乐椅上，用四条丝巾把她的手和脚都捆在安乐椅的扶手和椅子腿上，就像当年他在刑警队的约束椅上经历过的一样。他看着女人摊手摊脚地被固定在安乐椅上，嘴里只剩下剧烈的抽泣声，眼泪鼻涕把一头青丝胡乱地糊在脸上，感到十分满意。他随手操了一把安乐椅，说："优待俘虏！"安乐椅于是十分悠闲地摇荡起来。

他从裤腰里解下皮带，折叠起来攥在手中，忽然看见敞开的衣柜里有一格，里面有一顶儿童警察大盖帽，他顺手取出大盖帽扣在头上。他一边绕着安乐椅兜着圈子，一边用皮带在左手上不停地拍打着。忽然他清了清嗓子，一本正经地说："道德法庭，现在开始审讯！被告人齐惠云听着，当年你是怎么向警察告密的？！说！"

一场难挨的拷问开始了，十五年前的那场噩梦在这个宁静的夏夜，在一个不为人知的温馨卧室里，在两个人地位悬殊的对话里以暧昧不清、互相矛盾的多重面貌艰难地重演着。

8

星期二轮到李效周和石韬值班儿。一大早他们就接到报警，枫丹白露小区 10 幢 1 单元 802 发生家庭纠纷。

两人敲开 10 幢 1 单元 802 的防盗门，一进屋就感到房子装修挺气派，一个颇有风致且难辨年龄的少妇红肿着眼睛坐在正面沙发上，而靠窗的单座沙发上坐了个男人，不紧不慢地抠着手指甲泥，时而抬眼看他们一眼，不但毫无紧张，而且面露那种很难缠的微笑。来派出所两年间，与形形色色的人打交道多了，石韬一眼就能辨认出那种难缠的微笑。而且男人的装束打扮包括脸相，明显与这座装修豪华的房屋极不相称，心里大概明了问题的症结出在谁身上。

"咋回事？"李效周铁青着脸，一副马上要发作的气势。

"就是他……赖在我家不走。"少妇怯怯地回答。

李效周的眼珠子放出一股凶光，狠狠地盯在男人的脸上，盯了半天。可是，不见效果，男人依然在抠指甲泥，时而抬头望他一眼，脸上露出难缠的微笑。

"你和她啥关系？"

"她嘛，我老婆。"男人恬不知耻地答道。

"我们早离婚了。"少妇带着哭音辩解。

"当年离婚的时候，我在监狱里押着，很多条款不是我真实的意思表示，那完全是个不平等条约，不能算！"

"你叫啥名字？"李效周一听对方蹲过监狱，立刻警觉起来。

"代宗义。"

"你就是代宗义！"李效周仿佛遭蛇咬似的叫了一声。

石韬心中也一震，一抬眼，正撞上李效周神情复杂的目光。

"刚出来是吧，连个户口都没落你在这儿闹腾啥呢？！"

但李效周没想到本来抢了对方的话，却恰好授人以柄。

"对呀！"代宗义搔着痒处似的，兴奋起来，"就因为你们把我户口弄丢，搞得我现在无家可归！没有户口，二代证也办不了，如今住店也好，租房也好，打工也好，都要看身份证吧，这都是你们公安局规定的吧？你让我住哪儿？你好歹有个地方能让我待也行，你让我待哪儿？我不住我前妻家我住哪儿？！"

代宗义朝两个警察兴奋地摊着手，似乎只要能给警察制造个难处，他个人的难处都不算什么了。

李效周一时噎住了，脸憋得紫红，眼珠子朝外努。石韬知道这是他恼羞成怒的前兆，刚想说两句打圆场的话，少妇的奇怪表现却突然引起了他的注意。少妇本来以那种受欺凌的弱女子姿态，一直低着个头轻声呜咽着，但一听到关于代宗义丢户口的事，一下子抬起了头，连呜咽都忘了。但她并不看代宗义，而是两眼一眨不眨地盯着李效周，显然对这件事极为关注，想要听听他对这件事有什么说法。石韬立马联想到，从一进门他就发现，少妇对这个男人怕极了，投诉的话虽很简单，但可以看出有很多难言之隐未能道出。

李效周脑子里抓挠半天，终于抓挠出话来了："户口的事，该咋办咋办！你出来也有一个多月了，你原来住哪儿？！原来住哪儿还给我住哪儿去！"

"我原来住的是拆了一半的危房，这两天人家挖掘机又开过来挖了，房子摇着呢，我能住吗？！"

"你先到你爸妈那儿住去！"

"我爸妈在外地，我没钱，去不了！"

代宗义摆出了一副死驴不怕狼啃的架势，面对如此无赖，李效周又气又急，感觉在报警少妇面前丢尽了脸面，涨得脸红脖子粗。

少妇一听是没钱，忙说："我给我给，你要多少钱？"

"去你妈的装个球大方！我是要饭的吗？！"代宗义边凶恶地瞪了少妇一眼，边用大拇指朝后面的窗户戳着，"我四十岁的人了还跟我爸妈挤那套五十平方米的破房子吗？我还不如从这儿一头栽下去算了！"

李效周听到这儿再也克制不住，瞪起眼睛指着窗户喝道："你栽呀！你现在就栽，没人拦你！我看你狗日的只配从这儿栽下去！"

代宗义猛地站了起来，一种真正被激怒的凶光从眼睛里迸射出来。不过只一瞬间，他便又浮出了那种难缠的冷笑。他用手指点着李效周的脸说："好！这是你说的！警察让我跳楼的，大家都听见了！"他转身手按窗台轻轻一腾，人就站在了窗台上，然后一把拉过厚重的遮光窗帘……客厅里的人们一时看不见他的举动，只觉得窗帘布簌簌微动。

石韬心一下悬吊起来，再看李效周，脸色也变了，只是面子下不来还强撑着。石韬却撑不下去，冲过去一把拉开帘子，窗台上已无人！这窗帘一关一开之间，就像大变活人的戏法，一个大活人真就不见了！

"快，快上去看看！"李效周声音都发颤了，人已经面如死灰。

石韬一下跃上窗台，脑袋伸出窗户往下一看，见地面无人，着急地往左右一瞥，只见左侧与阳台形成的凹角里有一根黄色天然气管道，顺着往下一看，代宗义顺着管道刚出溜到地面上，拍拍手，脸一仰，阴阴地笑着喊了声："后会有期！"就大摇大摆地走了。

石韬松了口气，下了窗台转身一看，李效周和少妇都眼巴巴地望着他呢，但眼神中的企盼似乎大有不同。石韬忽然灵机一动，道："坏了，摔死人了！"

"什么？！"李效周脸色寡白地冲向窗台，肥硕的身体笨拙地向上翻滚着。石韬趁机观察着少妇，只见少妇明显松了一口气，人也踏实地坐了下来，嘴里轻飘飘地说："咋会这样？这咋办呢？"

这时，李效周也看出了名堂，下来就端了石韬屁股一脚，笑骂着说："石头！你他妈的敢耍你师父！我就说了，像这号无赖，那还不是好死不如赖活着！他真有这份志气，早不会是这副屌样了！"

石韬一边捂屁股笑着躲，一边暗暗观察少妇表现。

"怎么，没死？"少妇从沙发上疑惑地站起了身，朝窗台走去。

石韬向他师父，也是向少妇解释道："身手不错，顺天然气管道出溜下去的。"

"咋不把你摔死去！"少妇愣愣地望着窗外，情不自禁地嘟囔了一句，声音很轻，但可听出是发自肺腑。

李效周一听可不愿意了，眼睛又瞪起来了："我说齐惠云，你这种心态可就毒了点吧。他再怎么无赖也好，再怎么干扰你的生活也罢，那也没达到枪毙的程度，那也是个批评教育的问题。你把他咒死了，你倒落个清静了，黑锅我们替你背呀！"

齐惠云转过身，就这片刻眼泪下来了。一边抹着眼泪一边说："你们不知道，你们不知道他是怎么折腾我的。只要不死他还会来的，我咋办？"

李效周生了她的气，不愿搭理。石韬只好上前安慰，他抽了片纸巾递给齐惠云，对她说："你这个前夫，看起来有股二杆子劲儿。将来还会不会骚扰你，谁也保证不了。我们警察保护你是一方面，但依我看光靠驱赶之类硬碰硬的办法解决不了根本问题，你们之间到底有什么历史恩怨你比我们清楚，你得配合我们做工作，把他的思想疙瘩解开了，你也就安宁了。"

齐惠云抬起泪眼问道："你们还要给他落户口？"

"那我们得依法调查，如果他判刑前是这儿的人，那还得给他落。"

"我求求你们了，你们可不能给他在这儿落户啊，他要在这儿落了户，那我就没法生活了，早晚得死在他手上啊。"

齐惠云拉起石韬的手急得摇晃起来，泪光晶莹的眼睛定定地望在石韬脸上，饱含深深的哀怨和乞求。石韬只好笑着安慰："齐大姐你放心，我们一定把这件事处理好，保证让你过上踏实日子。"

李效周在一旁阴阳怪气地说："齐惠云啊，你前夫这十五年大刑出来，心态和咱们正常人可不一样。你和他之间可得把分寸拿捏好了，现如今走极端反人类仇恨社会的可多了去了，动不动给你弄个鸡飞蛋打鱼死网破。当然，真出了事我们公安机关肯定给你报仇雪恨你放心，问题是他烂命一条没啥奔头了，瞅瞅你这装修就知道你还有几十年好日子在后头呢，你划不来呀！你们两个过去有什么深仇大恨你心里最清楚，俗话说，解铃还须系铃人，外因通过内因起作用。我们虽然能从外面帮帮你，但最终化解矛盾那还得靠你自己。有些个情况说白了那就是舍不得孩子套不住狼，舍不得破财就买不了个安生，你懂的。行啦，人我们也给你清走了。往后咋办，你再好好想想。"

齐惠云一听这番话，刚忍住的眼泪又流下来了。石韬不明白师父为啥要来这么一手。起身的时候，一边朝齐惠云挤眼睛意思是说李效周的话是开玩笑别当真，一边笑着说："没那么严重你放心好了。"

"对，没那么严重的，以后有事了就给我们石警官打电话。他帮你摆平。"李效周笑笑说。

齐惠云眼泪汪汪地把两位警官送出门，一双梨花带雨的泪眼尤其依依不舍地盯在石韬身上，就跟十送红军似的。

9

自从出警见到代宗义本人之后，石韬感到一种潜伏的天性在身体里发动起来了。在派出所工作两年，从未遇到让他印象如此深刻的人。表面上看，他似乎只是跟前妻之间有着什么深仇大恨，但仔细体察，你就会发现，此人内心似乎郁积着一股深深的不平之气，正是在这股气的支撑下，一个刑满释放刚一个月，连户口都没落的人，才敢以非常手段侵入前妻住宅，才敢当面向公安机关叫板，甚至八楼之高，他也敢以那种所谓的"跳楼"向你挑衅示威。

那天一出门，李效周就跟石韬说："此人属于典型的胆大妄为，不计后果。而且八楼之高，上下自如。如不摆平，将来要给咱们惹大麻烦。"李效周说："他最后把少妇好好敲打一番，就是希望她能做出些牺牲，自行化解这个矛盾。她要是一毛不拔，倒头靠在咱们民警身上，非把咱们靠死不可。"但石韬暗自认为，此人恐怕不是靠钱打发得了的，首先是与前妻仇恨太深，其次因为坐牢太久，个人恩怨可能已经弥散为仇视社会、仇视政法机关的倾向。他的这种仇恨是怎么形成的？只有从他早年的生活经历，从他的犯罪经历中去寻求答案。而只有找到了答案，因情施策，釜底抽薪，才能逐步稳控此人，消除隐患。

对于这一切，石韬充满了强烈的好奇和行动的欲望。

李效周明显地感觉出年轻人那可资鼓励的好奇心，他刚好顺水推舟安排石韬调查代宗义的基本情况，先把落户的事办了。

石韬在第三监狱落实了代宗义的户籍地，监狱档案明确记载，"捕前系朝阳汽车配件厂职工"。关于案由，可概括如下：19××年×月，朝阳汽车配件厂青工王向东伙同代宗义对叶继欢（无业、女）实施绑架，并以此向该厂厂长邱作成勒索赎金75000元。绑架期间，王向东欲对叶继欢实施奸污并致其死亡……王向东被判处死刑，代宗义被判处有期徒刑十五年。

然而，这份粗略的档案记载除证明了代宗义的户籍地之外，并没有解开石韬心中的疑团，反而扯出了更多令人疑惑的枝枝蔓蔓：

首先，两人合伙绑架了一个叫叶继欢的女人，勒索对象却是汽配厂厂长邱作成。邱作成这个人他知道，如今是朝阳汽配城老板，民营企业家。他只有一个儿子，老婆也不叫叶继欢。这个叶继欢与邱作成是什么关系？

其次，两人顶着巨大的风险实施了绑架，为何索要赎金仅区区75000元？尤其令人生疑的是，索要的数目居然还有整有零的，这在历史上的绑架案中可谓绝无仅有，背后有何隐情？

最后，按说自己实施绑架犯罪，被判刑入狱乃自作自受，为何却对前妻恨之入骨？而且前妻感觉自己早晚会死在他手里，他的仇恨似在前妻意料之中，这种仇恨也就显得事出有因。

石韬想进一步找管教了解代宗义案件的详情以及改造情况，但管教民警告诉他，代宗义在三监只服了3年刑，头12年是在一监，就是沙漠里那个监狱服刑的。他们对代案的详情知道的并不比档案记载更多。至于改造情况，管教民警是这样说的："代宗义到我手里的时候，还有两年就熬到头了，很老实，没啥管理难度。不过，他的前一任管教老吕当年好像跟我说过，说是他接手的时候据一监方面介绍，代宗义刚入监那两年不认罪，闹抗改，关了半年多单间才老实了。中间哪个年头，同监犯人还揭发过他，说他策划越狱，不过后来查无实据。一监的人好像说过这么个意思，这个人有点那个——吃软不吃硬。不过到我手里的时候挺老实的，啥也没表现出来，你也知道，蹲监狱的都是越到最后越好管，不像咱干部越到最后越难管。他就算有啥心思也不表现了，先混出去再说。

除了监狱档案，还要再到朝阳汽车配件厂提取两份旁证材料，代宗义的落户材料才算齐备。另一方面，对当年代宗义的案由详情，以及他究竟是个什么样的人，石韬从监狱并未得到答案，他那强烈的好奇心和行动欲并未得到满足。然而，没想到在接下来的调查中，不但额外的好奇心得不到满足，就连前期调查已经基本肯定的结论，也开始扑朔迷离、摇摇欲坠了。

石韬首先找的就是配件厂以前的财务科长，想通过他寻找到当年的工资档案。要想落实一个人是否某个单位的职工，工资档案是最有说服力的。当年配件厂的财务科长，现如今是朝阳汽配城的会计，仍然是在邱作成的手下干，不过性质由公转私了而已。石韬是在汽配城财务室里见到王会计的。王会计听说是这一片的社区民警，立刻显出一种夸张的热情，又是让座，又是寒暄，又是倒茶的。不过，听石韬介绍来意之后，王会计立刻皱眉思索起来，片刻之后，满脸困惑地压低声音道："这个代宗义，据我所知，不是本地人，他是从清河镇来的，在我们厂里只是个临时工。"

他这句话活像一记响锣，敲得石韬脑子里"锵——"的一声，余音袅袅不散。

　　"嗯？"石韬发出一声诧异的疑问，同时，他的两眼紧紧地盯着王会计不放。王会计不自在起来，转身拿暖瓶给石韬续水。在此过程中，石韬脑子里在飞速地分析判断着，记载代宗义"捕前系朝阳汽车配件厂职工"的监狱档案……明确开到本派出所的那张释放证……那天翻找户口底册时，翻出的那片被老鼠咬碎的、上有"弋宗"两字的纸片……还有出警那天齐惠云的表现，一切都有力支撑着既定的结论，而这个"临时工"的说法，咋听着咋像是临时编造出来的。看着王会计那不自在的神色，石韬忽然灵机一动，不动声色地问道："那么，有个叫齐惠云的，当年是本厂正式职工吧？"

　　一提到齐惠云的名字，王会计愣了一下，一时不明白石韬的意图，只得愣愣地答道："是啊，怎么啦？"

　　"那个年头，她一个正式工，怎么会嫁给一个临时工呢？"

　　这个问题太突然，而且直捣要害，王会计只好继续愣着，脸上的笑容尴尬地僵持在那里，僵持的时间太长，连石韬都看不下去了，只好如法炮制地端起暖瓶给王会计杯子里续水。

　　王会计如梦初醒，一边受宠若惊地上前拦挡，一边结结巴巴地说："你说的这个……你说的这个……这个我还真没考虑过，这个你只有去问齐惠云自己啦。"

　　齐惠云是不可能出具对代宗义有利的旁证材料的，王会计这脚球还踢得真挺刁钻的。石韬微微一笑，不动声色地继续问道："那么配件厂当年的工资档案什么的，还有没有保存？"

　　"那哪还有啊？厂子都倒闭这么多年啦，破产清算一搞完，谁还留着那个？"这个问题让王会计如释重负，人一轻松，话也开始滔滔不绝，有点转守为攻的意思，"我们企业不像你们国家机关那么严肃认真，什么档案都保存管理得好好的，100年都不会出问题。我们只要厂子一倒闭，那就是树倒猢狲散，人财两空，啥也找不见了！"

石韬听出王会计话里开始夹枪带棒了，他迅速地转移了话题："当年代宗义和一个叫王向东的，绑架了一个叫叶继欢的女人，向你们邱厂长勒索赎金的事你还记得吧？"

一听石韬扯到那起绑架案上，王会计又开始不自在起来，勉强哼哈道："那件事吗？过去那么多年了，有个大概印象吧。"

"这个叶继欢是你们邱厂长什么人啊？"

"那我可不清楚……"王会计本来前倾的身体，此时坐直了，板正地靠在椅背上。呆了片刻，他又小心翼翼地反问道："这跟代宗义落户，有什么关系吗？"

"这倒没什么直接关系，弄清楚当年的案由，是为了便于日后管控帮教。"

至此石韬可以明显看出王会计对后面这些问题的排斥心理，但他还是坚持问下去："两个人冒这么大风险搞绑架，怎么只要了75000元赎金，还有整有零的？"

"那我可不清楚……犯罪分子嘛，谁能知道他心里咋想的？我又没搞过绑架。"王会计强笑着回答，他对石韬的排斥已经显而易见，再问下去难说会出现什么局面。

但石韬还是要问他最后一个问题："那么，我们还想了解点代宗义的其他情况，找谁可以了解到呢？"

对于这个问题王会计又轻松了，他掰着指头介绍道："你找找当年的人劳科科长李德清，找找当年他那个车间的车间主任刘秀和都可以啊。"

王会计能很轻松地给他指路子让他去找李德清、刘秀和等人，石韬先就有种不好的预感。果然，李、刘二人的说法与王会计的如出一辙。不管他们三人的说法如何高度一致，都不能对其内在的矛盾自圆其说，而且与石韬前期调查出入太大。这样一来，三人之间的高度一致，反而更加引起了石韬的怀疑。尤其是在涉及当年绑架案及赎金等问题上，三人都是一副讳莫如深的模样。石韬脑海里，一些事情渐渐地往一块儿凑拢着，互相之间的联系逐渐清晰起来。王会计、李德清、刘秀和似乎都不愿意代宗义在此落户，所以他们之间的说法才会有着高度的一致，这种高度一致隐隐透露出一丝事前统一部署的特征。这就让石韬不得不想到邱作成，他调查的这三人当年都是配件厂的中层骨干、邱厂长的铁杆部下，王、刘二人至今还在邱的汽配城工作。邱厂长作为当年绑架案的被侵害目标，他能眼看着代宗义在他眼皮底下晃吗？至于他们那种早有准备似的高度一致，就不得不让人联想到齐惠云，齐惠云是最先知道代宗义的落户问题遇上麻烦的，而她也恰好是最不愿意让代宗义在此地扎根的人之一，从这个意义上讲，她与那几个恰好能结成同盟。

　　石韬至此感到事情渐露端倪：似乎配件厂当官的都不愿意看见代宗义在此地落户。看样子，要摆脱被动，弄清真相，就得从与代宗义身份相似的配件厂下层群体入手。

10

　　齐惠云开始失眠了，整夜整夜地睡不着觉。每当灯光熄灭，房间陷入一片黑暗，代宗义就进入她的头脑之中，带着一股偏执而亢奋的劲头，缠住她不放。他想出一个又一个点子来折腾她，要完全毁掉她的生活，毁掉她的下半辈子。她在黑暗中圆睁着眼睛，绞尽了脑汁对付他……警察、王向高、他的父母、她自己的父母、孙长生，她想了个遍，没有一个人帮得了她。她就这么一个人咬紧牙关，孤独、无助、绝望地在黑暗中徒劳地抵抗着他的蹂躏。

这天夜里，她终于支撑不住了。他把她纠缠到了忍耐的极限，头脑一度陷入一片失控的白热之中，想起了下午在法制栏目中看到的那起投毒案，她甚至一步一步地设计着步骤……但突然之间她就清醒过来，惊出了一身冷汗，她想起刚才的那些念头，觉得十分后怕，就在那几分钟之内，她完全是认真的。可是一转念间，那种想法就土崩瓦解了，十几年来付出多少拼搏和代价换来的体面、舒适，让人满足而安详的生活，她怎么舍得下啊……她在黑暗中忽地坐起身子两手抱腿蜷成一团，脑袋也耷拉在膝盖上，仿佛只有这样才能感到一丝安全和体贴，然后，呜咽和热泪在那一瞬间迸发出来。也许是在泪水的冲刷下，她的心灵渐渐宁静下来，几天来纠缠心头的恐惧、厌恶和仇恨仿佛被泪水慢慢冲刷干净，她和代宗义几十年的恩怨终于从记忆最深处慢慢翻涌上来。那些她早已经不愿回首的童年往事一时间历历在目。

齐惠云对童年最深刻的记忆就是她家那份彻骨的贫穷。在她的观念中，贫穷带来的不仅是吃不饱、穿不暖这种肉体上的伤害，还带给人精神上的屈辱，这才是对人最深重的伤害，绵延一生都无法愈合。她的父母原本都是农村人。父亲是因为投奔在配件厂的叔叔，才跳出农村在配件厂当了工人。可是一个人变为城里人并不能改变整个家庭烙下的农村印记。她的母亲，因为害怕进城的父亲变心，撇下农村的土地硬跟着进城当了家属。父亲一个人的工资要养活一家四口，农村还有一大帮亲戚，沉重的负担可想而知。小时候一到过年，别人家的孩子都是最开心的时候，而对齐惠云来说，却像是在过关。没有城里孩子的糖果，没有新衣服，她不敢和别的孩子一起玩。她也不知道为什么她从小就那么敏感。当她看到别人家的孩子穿着新衣，吃着糖果，放着鞭炮，而弟弟跟着别人跑来跑去眼巴巴地看着的时候，小小的她就能体会到一种深深的屈辱。她走过去一把拉过弟弟怒气冲冲地往家走，不顾弟弟的嘶声哭号。母亲得知原因，想了一个办法，因为乡下外婆是个接生婆，家里积攒着别人送的红糖，从此，过年的时候姐弟俩也终于有了自己的糖果。那就是存在瓦罐里的，结成一个个硬疙瘩的红糖。过年的时候，她和弟弟终于可以和别人家的孩子一起玩了。别人家的孩子吃糖果的时候，她和弟弟就从口袋里掏出他们的红糖疙瘩。弟弟总是嚼着吃，一块红糖很快就嚼完了。而她呢，总是捏在手里用舌头一下一下地舔着吃。而且别人不吃的时候她绝对不吃，只有当别的孩子拿出糖果吃的时候，她才会拿出她那块舔得黏糊糊的宝贝疙瘩。一疙瘩红糖她可以舔一星期，口袋里总是黏糊糊的。长大后她才明白，她不是为了吃糖，她只是为了表示她也有糖可吃。

她还有一样深刻的记忆就是小时候蹲在公共水龙头下面洗羊杂碎。过年的时候，因为吃不起肉，只能买一大盆羊杂碎解馋。那时候，整个家属院只有两处公共水龙头。她和她妈把一大盆羊杂碎抬到离家近的那个水龙头下面，打开龙头，哗哗地一股冷冽的白水柱就冲进那个巨大的洋铁皮条盆里，妈妈随后就去忙别的，一条盆羊杂碎就都交给她了。她蹲在那里，把羊肚子、羊肠子、羊肺子一样接一样该翻的翻、该捋的捋。随着黄绿色的粪便和血丝一缕一缕地被水冲走，一盆羊杂碎逐渐淘洗干净，肚子肠子肺子胀满了水，个个像节日气球似的，粉红深紫、明光水滑，在条盆里沉浮荡漾，到了那时候，她的手指就冻得活像小红萝卜似的，没有一点知觉了。她把手擦干净，把两手伸进棉袄里夹在肚皮和大腿之间暖和着，肚皮上顿时一阵冰凉。两条腿蹲得时间太长，只觉得腿肚子一阵阵麻刺刺的发虚。如果不扶着水龙头，连站都站不起来。

由于这种明显的差异，她从小就觉得融不进家属院这些城里孩子中间。因为嘴角边老糊着黄色的红糖渍，城里孩子给姐弟俩起外号叫"屄屄嘴"（取屎屄屄之意）。又因为洗羊杂碎老是长时间占着公共水龙头，有些不耐烦的大人就要说难听话了："杂碎妹！你要把一渠水都洗臭呀！"她从小就对城里人充满了一种敌意。

她正是在一次清洗羊杂碎的时候结识代宗义的，那天傍晚，她正蹲着洗羊杂碎，代宗义挑着两只水桶来打水。她早对这个孩子头有些怕，站起来想把条盆给他挪开。他却按住了她的肩膀，道："这个怪好玩的。"就蹲下跟她一起清洗起来。她心里很紧张，从没有人主动帮助过她，她有点受不了，内心只想让他赶快打了水离开，可嘴上又不敢说。恰在这时，另一个玩打仗吃了亏的孩子跑过来洗脸上的土迹，看见她在洗羊杂碎，有了出气的地方，指着骂道："杂碎妹！你要把一渠水都洗臭呀！"

代宗义抬头一望，抓起灌满水的羊肚子不知怎么一挤，一股黄绿色的水柱射得那孩子满脸开花。

孩子哭叫着跑回家了。

代宗义却张开嘴哈哈大笑起来，边笑还边望着她。

那一刻，她本已麻木的心好像忽然解冻了似的，眼泪忍不住流淌下来。代宗义很诧异，问她为什么哭。她低下头抹了一把脸，哽咽着坚决说她没哭。

从那以后，她就知道代宗义开始注意她这个脾性怪异的"杂碎妹"了。

而她呢，耳朵也开始经常逮着"代宗义"这个名字听了。她知道了代宗义是汽配厂家属院里的孩子王，不但比他小的孩子，就连比他大的孩子都跟着他，形成了一个以他为主心骨的帮伙，从而能够与隔壁红旗厂以廖家武为核心的一个更大的帮伙对峙。他带着这帮孩子呼啸来去，喜欢在孩子中间管闲事。有时难免得罪了孩子的家长，找到他家里去骂，骂的就是他管闲事的事。但他爸也拿他没办法，小时候还可以打一打。稍大一些，打也打不了了。有一次，他爸追着他打，他爬到家属院里一棵老槐树的树梢上，他爸在下面吆喝他下来，他死活都不下来，一院子人围着看。他爸气疯了，回家拿锯子来锯树。开始众人还看热闹，最后眼看着锯进去5厘米深了，他爸也没停手的意思，他也没有下来的意思，众人这才慌了神，七手八脚地把他爸劝回家。

从此以后，那棵带着深深伤口的老槐树，就成了代宗义的纪念碑。

初中时候，老师让写作文《我的理想》，他大言不惭地写了一篇《我的理想就是管闲事》，其中引用了很多《水浒传》里的语句，流露出了一股江湖气息。老师看了摇头叹道："这个娃娃，将来不好说……"

10岁那年，齐惠云家里出了件大事。父亲给附近公社修高压电被电死了，当时那个公社宰了头驴，答应电修好了给10公斤驴肉。他又不是电工，只是跟着电工学了几招。为了改善生活，偷偷摸摸出去干些上不了台面的私活。这在那个年代是常有的事。

齐惠云家的天塌了。因为是不光彩的干私活，按规定不可能有任何抚恤，只象征性地给了些丧葬费。齐惠云的母亲带着他们姐弟俩去找厂长闹了，要求像对待别的工伤工亡人员一样，安排家属工作。她母亲是在下班的路上，在职工熙熙攘攘地往家走的时刻，牵着两个孩子突然拦住厂长去路的。此前她已经到办公室找过厂长了，没用。她只得采取这种极端的办法。她一边号啕大哭，一边喝令两个孩子给厂长跪下。齐惠云当时只觉得脑子里一片轰鸣，耳朵里就像进了水似的，周围嘈杂的劝解声、母亲的哭诉声、厂长烦躁的解释声渐渐远去，变得隐约而模糊，她眼睛睁着但焦点虚无，只能模糊感觉到周围簇拥着很多人脸。她一片茫然的心里只有一个念头，不能跪，决不能给这些城里人下跪！这时，她感到已经跪下的母亲突然站起来，歇斯底里地咒骂着朝她的膝弯处猛踹一脚，于是她扑通一声终于跪在了城里人面前。

就在这时，一个半大男孩突然闯到圈子里面，一把将迷迷糊糊跪着的齐惠云拉起来，喝道："跪啥跪的！今天宁可死人，不能跪人！"

齐惠云抬起茫然的眼睛，于是望见了代宗义那张脸，有两道与其年龄不相称的凶光从眼睛里迸射出来，先是扫了她一眼，接着直愣愣地盯在厂长的脸上。

厂长刚骂了一句："×娃娃又来管闲事了！"立刻噤了声。因为他忽然发现，代宗义不是一个人来的，他身后跟着一大群半大小子，大部分是厂子校的初中生，甚至还有个把高中生，他们跟着代宗义围过来，把他围在了中间，一律用一种阴森森的目光盯在厂长脸上。有人带头从胸腔深处发出一种很沉重的，并且连续不断的哼哼哼的喘息声，所有的半大小子都跟着发出这种哼哼哼的喘息声。这种声音如果只是一个人发出来的，可以说什么效果也没有，可是一大群人用完全一致的节奏发出这种声音，就会形成一种非常沉闷压抑、饱含威慑力的气场，就像野兽在发动攻击之前发出的那种低沉的咆哮。厂长隐约听说过，这是汽配厂这个帮伙与红旗厂那个帮伙斗殴的前奏，他从未遇到过这种场面，一时慌了神，最后憋出了这么句话："食堂，把你安排在食堂行了吧……解决啦，解决啦，都散了吧！都散了吧！"

从此之后，齐惠云的母亲在配件厂上了班，算五七工（旧式国营工厂里根据毛主席"五七指示"而形成的一个工人群体，身份略高于临时工，低于正式工）。而配件厂子弟们也都知道了，代宗义是齐惠云的保护人……

黑暗中的齐惠云忽然使劲晃了晃脑袋，她不愿再想下去，也不敢再想下去了……每当想起那不堪回首的少年时代，尤其想起代宗义曾对她的好，曾带给她的所谓恩时，一种深深的恐慌就会把她的脑子搞乱。一瞬间，她觉得自己几十年来所坚持的人生信条被彻底动摇了，现在的结局难道是罪有应得？前半辈子难道都该彻底否定？而后半辈子也将毫无希望？……她觉得心口一阵冰凉，浑身瘫软没有一丝气力，整个身体都有种无休无止的陷落感……她内心拼命挣扎着为自己辩解，代宗义的恩她早已报答过了，她用身体报答，她用婚姻报答，在那个始于激情终于恐怖的"水泥圆管之夜"，她甚至差点用生命来报答他。可他就是无法理解，他和她根本就不是一路人，他与她心目中的理想相去太远，注定走不到底，后来的事实也证明了这一点。可他的人生逻辑就是这么简单，我爱你，你就得爱我。我对你施恩，你就要回报，而且必得拿一生来回报。他对她的纠缠也就出于这种简单、生硬而且愚昧的逻辑！选择在判刑的时候离婚是她没有办法，她还能有什么机会摆脱他呢？人生最美好的年华就那么十几年，人生的关键处也就那么几步，她还能怎么办呢？……她终于又一次说服了自己，灵魂又一次获得了暂时的安宁。

虽然这种内心的折磨让她不堪忍受，但每次挣扎过后，她觉得多少还是有所收获的，她感到对于她和代宗义之间的恩怨看得更通透了，似乎从单纯自我的立场上摆脱出来了，就像是在看别人之间发生的事情。一旦在心理上做到这一步，对很多事情就觉得心平气和了一些。她甚至有些后悔给邱作成一伙通风报信。她想，她必须做好准备，再付出一些隐忍和牺牲，以抚平他那颗仇恨的心。那又有什么呢？她这一生付出的隐忍和牺牲还少吗？大不了就当再经历一次残酷的童年罢了……脸上泪迹已干，皮肤有种紧巴巴的感觉，身心一旦放松，睡意就像一阵浓雾，弥漫在身体的各个角落，她堕入了几天来第一个深沉的睡眠之中。

不知过了多久，漆黑一团的睡眠有了一丝裂隙，裂隙在窸窸窣窣地扩大着，透进来的一丝光亮终于把意识唤醒，刚刚清醒的意识还处在蒙眬懵懂之中，只能感到有一丝丝细微的金属摩擦声在耳膜上摩挲着……几天来的那种预感终于应验了，齐惠云坐起身子，心情压抑而紧张，但没有第一次紧张了。她先是望向窗户，新安装的防盗窗不锈钢花管在夜色微光的映衬下，根根隐约可辨……这么说，声音来自防盗门了。

她拧亮台灯，穿好睡衣，端坐在床头等待着。大概不到一分钟，门开了，有人走进了客厅，与此同时，她听到另一个人的脚步声从楼梯橐橐而下。

卧室的门被无声地推开，代宗义一眼就望见齐惠云端坐在床头，两眼黑洞洞地凝视着自己，泪迹才干的眼睛充满了隐忍的平静，一副耶稣受难的架势。这一幕远出预料，代宗义一时愣住，瞬间感觉女人对他有招儿了似的，有种措手不及的滋味。

双方僵持了半天，代宗义也没啥好招儿，只好放出一副无赖相，笑嘻嘻地说："我又来了！嘀嘀！这回走门不走窗啦，大大方方的。蹲了十五年监狱，没别的好处，结识了不少能人。你还别说，犯群——他们管我们叫犯群，犯群里面能人还真多！如今也算是十八般武艺，样样精通啊！"

代宗义边说边坐在梳妆台前，从口袋里掏出一个小黑皮夹子就着镜前灯摆弄起来。远远地，齐惠云望见小黑皮夹子里面一根一根地排满了很多细巧的金属钩子、探针之类的东西。

代宗义摆弄了一会儿，抬起眼睛望镜子里的齐惠云。齐惠云一句话也不说，仍然是两眼黑洞洞地凝视着自己，眼神充满了隐忍的平静，一副耶稣受难的架势。

装什么逼啊！代宗义心里暗骂道。嘴上却依然笑嘻嘻地说："像我今天干的这个事儿，你知道法律上叫啥吗？"

代宗义看看镜子里的齐惠云，镜子里的齐惠云没反应。

"这叫擅闯民宅，不过，只要我不偷不抢，警察拿我没办法，只能是批评教育。就算是套上个情节严重，"他晃了晃手里的小黑皮夹子，"最多也就一星期拘留。一个星期过完，哎——我又来了！……你说咋办吧，谁让我连个户口都没有，没地方待呀！"

代宗义又抬眼望了望镜子里的齐惠云，齐惠云还是那副眼神，那副架势。

代宗义收起皮夹子，长长地伸了个懒腰，道："睡觉喽！"起身朝另一间卧室走去，心里琢磨着下一个点子。

11

戚爱云周六一早就在等石韬的电话，到 11 点实在端不住了，放下身段给他打了电话。电话接通后，她冷冷地说："你在哪儿？"有一次专版部主任给她连打了几个电话她都没听见，最后电话接通的一瞬间，主任使用的就是这种语气。当时她的心一阵紧缩，至今记忆犹新。她也要对他来这么一下子，以泄心头之恨。

"噢……该死！买衣服的事是吧，差点忘了，我现在在社区，手头有个落户材料要调查一下。"

"就那个劳改犯落户的事吗？"

"是啊是啊，记者就是记性好。"

"看来，我在你心中还不如一个劳改犯是吧。"

"哪儿敢啊，您劳改我得了……这人情况非常特殊。"

"哪里特殊了我听听。"

那边犹豫了一下，压低声音道："这里说话不方便，一句两句也说不清楚，回头讲给你听好吗？有故事！"

戚爱云没有理睬他的讨好。

他的犹豫，还有他所谓的"不方便"，陡然引起了她的怀疑。她想起了上次他到报社来接她的那回，当他出现在专版部的时候，其他几个女记者明显地作起来了，夸夸其谈的夸夸其谈，做女儿态的做女儿态，她当时又得意又有压力。但不管怎么说，他不也就一个派出所的小社区民警么？若不看在带出去长脸这一点上，就凭他一个社区民警？嘁！

"社区星期六也上班吗？"她的语气中暗含着盘查的味道。

"今天他们全体值班，前不久取缔了一个菜市场，怕有闹事的。"

"那你什么时候结束？"

"不好说，完了我打你电话。"

她连个"再见"都没说就把电话压了。压不住的是心头的怀疑，她对他了解还不深，她那种调查的职业本能开始发作起来了。

她下楼把车发动起来，那个社区的位置她知道。

戚爱云上了朝红社区的那座小二楼，她径直走到最里间的警务室，警务室的门紧锁着，不像有人的样子。她觉得心有点下沉，有点发凉。但她不甘心，伸手敲了敲门，那一瞬间甚至还做了更坏的心理准备。但里面毫无反应。她的心彻底凉了。她紧锁着眉头沿着走廊朝外走，但无意中她发现社区的每个办公室都开着，里面都有人。这一点倒和他说的一致，她犹豫了一下，决定再进去问一下。

再给他一次机会，她这么想。其实，潜意识里是想再给自己一次机会。

结果是"多问一句，柳暗花明"，这句话是专版部主任告诉她的，她很庆幸节骨眼上能记取领导的告诫。

社区的人告诉她，石警官刚刚还在，这会儿应该是到红旗厂那边的菜市场找一个叫王咏梅的大姐去了。那人还热心地告诉了她槐荫巷菜市场的具体位置。

戚爱云按照社区的指点开车前往槐荫巷菜市场，柏油路年久失修，坑坑洼洼。因为头天下过雨，几乎每个坑洼里都积满了脏水。她在驾驶座上左摇右晃的，难有一刻安稳，她一路开一路骂，心疼地想，自己这辆洁白的本田轿车，定是浑身污泥浊水，狼狈不堪。上级领导视察的时候，不是人民路、建国路，就是开发区、高新区，这种地方是永远也不会来的。越近菜市场，路边蹬三轮车的越多，车斗里高高地捆绑着摇摇欲坠的青菜、白菜、胡萝卜，白菜青菜帮老叶黄，胡萝卜沾土带泥，与大超市里摘洗得鲜活水灵的蔬菜相比，卖相丑陋之极。蹬三轮的对她的鸣笛报以冷漠一瞥，置若罔闻，依旧挡在前面摇摇晃晃、慢慢吞吞地骑行着。她一路只觉得气越憋越难受，不知不觉间把恼恨都加在了他的身上。忽然，右轮一陷，一大片脏水朝路边摊直扑过去，只见一个中年妇女从板凳上弹跳起来，凶恶的咒骂声从密闭的车窗外隐约传来。从倒后镜里可见中年妇女红嘴白牙地跳着脚咒骂着，一对儿三角眼犀利刺人。她有些着慌，本能地一脚油门逃离现场，见她加速，中年妇女满地转圈似要拾砖，她吓得一步不敢停。直到前面拐了弯，她才把车停下。她抹了一把头上的虚汗，暗骂了句："穷山恶水，泼妇刁民。"问明菜市场还有一站路，她再也不愿开车，慢慢地步行前往。

市场里越来越拥挤，羊腿猪腿脂白血红地挂在肉钩子上，鸡笼里挤满了待宰的母鸡，个个闭眼奄头，一派瘟相。条盆里是成堆的死鱼，血污的鳞片在阳光下泛着暗淡的光泽。炸油条的油槽里，油色就像隔夜陈茶一般呈深褐色，不知已经炸过多少轮油条了。忽然，路边传来一阵暗哑的嘶叫，循声望去，只见一只母鸡正被一只糙手捏住膀子放血，悬在半空的鸡爪徒劳地扑腾着、抓挠着，挣扎稍缓还没死透就被扔进热浪翻滚的开水锅里。

戚爱云今天穿的是一双牌子叫作"可儿"的细跟凉鞋，凉鞋除了尖细的高跟外，只有那么几根细细的带子缠绕在脚上，充分展示出她白皙柔美的纤足。不得不说，可儿牌高跟凉鞋可不是为了走这种巷子而设计的。今天的计划本来是要去逛美美、丹墀这样的高端场所的。戚爱云的脚上难免沾染上一些不明的污迹甚至血水。但事已至此，她就有这么股子劲头儿，她倒要看看石警官星期六在这种地方到底要干什么。

她终于挤到了卖青菜的地盘，她的目光在路边摊贩间逡巡不定，忽然，她发现了目标：街对面，石韬正坐在一张小马扎上，两手环抱着膝盖，与一个卖菜的中年妇女以及另一个穿黑二道背心的愣头青在说笑。说实话开始她还以为那是个市场保安，后来才认出是石韬。她第一反应就是先躲起来。尽管气恼，但第一反应还是给他留些面子。如果硬在这种场合下见面，他一定会感到羞辱甚至自卑，万一对她的动机产生怀疑，事情就弄复杂了。

她悄悄地藏在一座铁皮杂货铺后面，向他那里观望着。

卖菜的中年妇女脖子梗着，表情倔强。黑二道背心低着个头，手里摆弄着一个红袖标，颇显为难。他呢，仿佛在居间调解着什么。尽管猛看像个保安，但只要看到他脸上的神情，立刻就觉得与一般人不一样。他的脸上总浮现着那种安然笃定的微笑，似乎一切尽在掌控之中。而且周围下九流的环境丝毫影响不了他那种自信超拔的精神气质。

他到底是种什么人呢？他身上就是这种让人琢磨不透的气质在吸引着她，让她不舍得撒手。今天算是看到了他的部分真相，说实在的有点失望，甚至有所动摇，但总有一种东西，仿佛藕断丝连似的，还在心里牵挂着难以了断。

12

石韬找到王咏梅的时候，王咏梅正在跟市场管理员为摊位费吵架，管理员吵急了要掀摊子，王咏梅挺着一对儿沉甸甸的乳房在前面护着，弄得管理员没法下手，双方眼看要撕扯到一块，石韬赶紧跑上前喝住并细问原因。原来王咏梅本是在配件厂那边的朝阳市场卖菜，因为市场被取缔，才跑到红旗厂这边的槐荫巷菜市场加塞儿。这两天她才得知，老户摊位费都是 10 元一天，而她这个外来户却是 15 元一天。弄清原委，石韬劝管理员多理解王咏梅的难处，朝阳厂、红旗厂都是倒闭老厂，各家有各家的难处，谁也不敢说一辈子不走背运的，互相多担待点就过去了。石韬又告诉二人一条内线消息，朝阳市场取缔是暂时的，最多两个月风声过了还得开张。他对管理员说："你一天多收个 5 块钱，2 个月也就多收个 300 块，你这么大个市场也不缺这 300 块吧？"

管理员见管区民警把他当回事似的，和颜悦色讲道理，算细账，心里舒坦，乐得卖个面子，答应王咏梅也按 10 块收。王咏梅也利利索索地把摊位费交了。

接着石韬就向王咏梅求证代宗义的身份。王咏梅说："有啊有啊，本地户口正式职工，跟我一个车间的。"顺嘴还带了一句，"代宗义要是不判进去，哪有这帮恶狼杂碎的天下！"石韬问她："哪些个恶狼杂碎？"王咏梅道："就廖家武这一伙啊，你看看现在横行霸道成啥了！朝阳、红旗、灯泡厂，这一片整个成廖家的天下了！"

石韬问："菜市场也归廖家武管？"

"这点地盘人家早看不上了，让手下管着呢。人家现在摊子铺得大，听说还想进军房地产呢。"

石韬看着王咏梅，半晌沉默不语。随后问起王咏梅当年代宗义犯的那起绑架案。王咏梅表情夸张地叫道："那哪叫绑架呀，用书上的话说，那叫为民请命。坏事都坏在工向东那个杂碎身上，他弟王向高也不是个东西，如今跟着廖家武作恶，人五人六的！"

石韬一听"为民请命"四个字，内心一震，绑架案果然另有隐情，怪不得代宗义如此嚣张！

这期间，开始不断地有人过来挑菜买菜。

石韬见不是说话处，就与王咏梅约好晚8点到家详谈，并让她多找几个人就代宗义身份问题做几份笔录。

石韬从小马扎上一起身，抬眼望见斜对面铁皮杂货铺门口有个女子身影怪熟的，但一闪身就隐进杂货铺里了。石韬忍不住心中的疑问，朝杂货铺走去。他一进门，就与藏身货架正朝外探头探脑的戚爱云撞了个对脸儿。戚爱云短促地"啊"了一声，慌乱地看他一眼就低下头翻起包来。

他也一时懵懂，半晌才笑问道："你咋在这儿呀？"

"我……我买东西。"

"你戚贵人会在这儿买东西？"石韬忍不住咻咻地笑起来，"你……咱们不是要到美美、丹璐去的吗？"

"哎哟——真难为你还记得啊！"戚爱云终于逮着了反攻的机会，口气立马尖锐起来，"让我看看这都几点了噢，这都12点了这都！"

戚爱云说罢，一对儿剑眉下的星目狠狠地盯在石韬脸上，最初的慌乱过后，她积攒一上午的恼怒开始泛上心头。

"这就去这就去！本来就准备给你打电话呢！"石韬赶忙拉过戚爱云的手走出杂货铺。

两人各怀心事，谁也不想先开口。终于还是石韬顶不住了，偷眼看看戚爱云脸色平缓了些，笑笑地问了句："今天这是怎么的，跟踪我啊？"

戚爱云道："对，搞个记者暗访，看看咱们人民警察都在忙些什么。"

"你看也看了，觉得怎么样啊？"石韬笑着问。

"不怎么样，不就跟什么卖菜的、戴红箍的坐那儿谝闲传吗？远看就跟个市场保安没啥两样。"戚爱云语气冰冷，听起来不像开玩笑。

石韬没想到戚爱云语锋如此尖酸刻薄，真有点出乎意料。不过他依旧忍痛微笑着，他惦记着这个漂亮的女记者曾对他那份儿主动的关注，他从小受的教育就是滴水之恩涌泉相报。

见他不吭声，戚爱云忽然拉了他一下，停下脚步认真地看着他说："石韬，我问你句话，你心里应该有个长远打算的吧？老是跟这些低层次的人混在一块儿，时间长了把自己混进低素质人群了还不觉得，而且对你的发展也不会有任何好处。"

石韬那一瞬间真想对她说，我从小就在这低层次中长大的！但他忍住了，他惦记着这个漂亮的女记者曾对他主动示好的那一个个瞬间。虽然他渐渐发现了她身上有些他不喜欢的东西，比如那份过了头的追求时尚、迷恋物质、爱慕虚荣，以及那种也许是女记者特有的攀龙附凤的心态。可是，她身上仍然有很多他欣赏的东西，比如聪明勤勉，在与他的关系中表现出的那种无心直率、顺其自然等等。他必须把这些作为一个整体来接受。而且他内心潜藏着一种自信，或许他能够以潜移默化的方式慢慢改变她呢。

石韬沉默了半晌，说："你不了解这些人。这些你所谓低层次的人中，有些人是很好的人，有些人很有本事，也很有意思。是命运把他们抛在这儿的。有空儿了我可以给你讲讲他们的故事。"

戚爱云也觉得自己有些言重了。她忽然想起今天本来是她精心策划的一个快乐星期六，快乐是她的最高追求，她不想因为这些对遥远问题的争执而破坏了眼下的快乐气氛，她长吐了一口浊气，拉着石韬跑向她的车。

二人在城市繁华地段的高端购物场所度过了快乐的一下午。不过，这只是戚爱云计划的一部分，更精彩的是晚上9点的巨星演唱会，她搞到了两张赠票，她与石韬约好9点在体育馆门口见面。她没有注意到石韬的心不在焉。

13

石韬踏进配件厂家属院的时候，正是傍晚时分。夕阳西下，天边彤云翻滚，朵朵云彩厚重饱满，层层堆砌，金碧辉煌。家属院里的大片楼群都沉浸在从天而降的古铜色霞光之中，裸露的墙砖沧桑老旧，霞光映照下，如同鳞甲细密排列。

楼群的北边还有十几排砖砌平房，平房带着小院，小院挖有菜窖。每年夏秋之交，整车整车的萝卜洋芋大白菜拉进家属院，分流进各家各户的小院，最终下到黑洞洞的菜窖里。院里院外时常看见东一摊西一摊晾晒着的红辣椒、萝卜干、豆角干，一丛一丛的干树枝插在院子里的向阳地中，树枝上穿满了一串一串的西红柿干儿。家家房里都备有泡菜坛子，里面泡满了红红绿绿的泡菜。整个冬季，除了过年那几天，你就别指望这里的居民会买几把反季节蔬菜。他们比冬眠的野生动物还善于贮藏。

房顶上电视天线林立，颤颤巍巍伸入蓝天，天线造型各异，好像外星人的星河战队。有线电视公司虽然也在这里布了网，但这两年几乎收不上什么电视费了。还有沥青涂黑的巨大油桶，进水管和出水管蜿蜒曲折地通向某家窗口，这是不花钱的洗澡设施。

楼和楼之间非常开阔，破旧沙发摆在楼下的空地上代替了高档小区里的休闲椅。老人们围着自家小桌打麻将。孩子们满院疯跑，玩着几十年前的"电报开花"游戏。楼间空地都被一些退休老头老太开垦成了菜地，周围用冲压加工后剩下的铁皮料带围成了篱笆。

不知为何，每次来到配件厂家属院，石韬都有种时空错位的感觉，仿佛突然穿越到了二十年前的某个时空，回到了少年时代生活过的那个大院。不仅是老房子老院子，就连活动其中的人，那一举一动也都仿佛做着二十年前的事情。那个捏着一把苞谷粒咕咕叫着喂鸡的老太婆，那个站在房顶上手持一根竹竿拨弄着电视天线的中年男人，在夕阳的映照下，就像是包裹在琥珀里的昆虫一般，把一种久已逝去的生活逼真地呈现在你的眼前。石韬在大院里漫游着，有一种酒后微醺的恍惚和陌生感，一种不知今夕何夕的隐秘的惊诧感。看着大院里那些停留在过去却又不自知的人物，石韬心中溢满了沧桑怀旧，故地重游的温暖和亲切，并且对那一个个人物，都满怀着一种温柔的同情。

石韬带着恍惚和感慨走进了王咏梅家的小院，他没想到王咏梅不但找来了他需要的人，还炒了菜备了酒在等着他。石韬的心中滚过一阵温暖，所长经常教导他们，社区工作要以心换心。在以心换心的过程中他发现，所谓低层次的人，你跟他交心换心很容易，只要你对他好，他就会对你更好。而所谓高层次的人，换他一颗心是很难的，他的心永远属于他自己，不可能属于第二个人。这也就是石韬为什么喜欢跟社区里的底层群体打交道的原因。

此时坐在王咏梅家的小院子里，喝着酒聊着天，石韬有种仿佛和家人在一起的轻松自在，丝毫感觉不到什么工作的压力和烦恼。头顶上就是一盏金黄明亮的电灯，一团光晕笼罩着四个谝闲传的人和一桌花花绿绿的酒菜，再往上，则是星光璀璨的苍穹。十几年前的那段传奇而悲情的故事，就在这你一言我一语的散漫叙述中被娓娓道来，活灵活现。

十六年前，朝阳汽车配件厂已经连续几年走下坡路。在人心惶惶，难以为继的情况下，厂里忽然出台一项措施，要全体职工入股。一来为筹措周转资金，产品更新换代；二来增强职工的主人翁责任感和积极性。当时规定厂级领导一人5万，中层领导一人3万，普通职工一人1.5万。不愿入股的就买断工龄走人。这项政策可把大家为难坏了，入股吧，谁知道将来形势咋样？不入吧，等于立刻失业。少量在社会上有本事有门路的都走了，大部分人在招股红榜上看到厂领导都十万八万地入了，也就将信将疑地跟着入了。有很多人家，一家几口都在配件厂上班，一下子就要拿出五六万元，那个年代对于工人之家来说，真有点天文数字的感觉。当时社会上的人见了配件厂的人都躲着走，亲戚也不敢来往了，怕借钱啊。代宗义家里有三口人都在配件厂上班，一下子就得拿4.5万元，没办法就借了高利贷。本来厂里答应得很好，第二年可以分红，第三年可以退本。不料第二年一分钱红利也没分。慢慢就传出说法来了，原来筹资的目的并不是搞新产品，而是听信了邱作成的点子，看中了当时全国都炒得很热的北海房地产项目，想把钱投到房地产项目里大捞一把。不料钱刚投进去，北海房地产泡沫就破碎了。不但没赚钱，还亏了大本。当时厂领导对外是保密拖延，对内订立了攻守同盟。但大家都传说优先把领导的本金还了。后来代宗义就带着人闹起来了。代宗义这个人，从小就是配件厂子弟里的王，虽说调皮捣蛋，有时也领着他那一帮人打个架什么的，但这个人跟一般的地痞流氓是不一样的，他做事很讲原则，就是一个"义"字。有些事跟他没关系，他看不惯就要管。所以有些人说他爱管闲事，但很多人有事了就去找他，只要符合他那个"义"字，他就出面给你担事，所以时间长了他能聚起人，他也不图什么，就是享受那种前呼后拥的感觉。但那回闹事就不太成功，邱厂长一伙早就料到他要领着人闹的，底下做了好多分化瓦解的工作。放出风来说，厂里经营不善，要裁员啦。闹事的把本金退给你，你就被买断工龄得走人。不闹的继续留岗，与厂子共存亡。这一下好多人害怕了，不跟代宗义干了。代宗义的队伍土崩瓦解了，厂子里渐渐传出风声，说是邱作成要秋后算账，重点收拾代宗义，他只怕不但拿不到本金，连工作也保不住。那段时间，代宗义可以说是英雄末路。他觉得人心涣散，队伍叛变，这都是邱作成的阴谋诡计，心里把邱作成恨得要命，而且他死不甘心，想对邱作成搞个绝地反击。恰在这时候，王向东找上他了。王向东也是个狠角色，不过他没有代宗义的人气，他们兄弟俩就是那种做事只为自己的狼娃子。他们家也入股了3万元，而且当时父亲病重急等用钱。他跟代宗义说："现在人心散了，靠你的办法弄不成事了。不如我们两个合作把叶继欢绑了，咱们也不多要，就把咱们两家的本金要回来就行了。"代宗义那时正是气血攻心，想都没想，两个人就干了……

时间在王咏梅等人的故事中悄然流淌，不知不觉已是月上柳梢头。体育馆门前，戚爱云等得心情焦躁。她本来就故意迟到了十分钟，想把石韬晾晾，以泄心头之恨，不料最后被晾的还是自己。为什么总是我？！她在心中发出了悲愤的呐喊。她暗下决心，今天决不再打电话，半小时内再不赶到，就让他付出代价！

体育馆门前的停车场上，高级轿车已是川流不息，一对儿一对儿的时尚男女，随着砰砰的关门声，离开他们的座驾，向着戚爱云摇曳生姿地走来。洁白修长、性感骄人的大腿，云鬟花颜、顾盼生姿的笑靥，在衣冠楚楚、俊朗帅气的男伴陪同下，带着兴奋而期待的神情朝着戚爱云飘然而至，又飘然远去，她就像一块孤零零的石头，被抛在流水之中茕茕孑立，没人顾及。

体育馆的上空，五颜六色的激光柱已开始在夜空中扫荡，富有激情的音乐和让人血脉偾张的鼓点从头顶上滚滚而去，焦躁的戚爱云再也等不下去了。那种有人陪伴、与人共享才能充分释放的激动和兴奋，看来是要落空了。酝酿一周的情绪，至此已彻底败坏，一个谋划很久的美好夜晚，就这样被石韬彻底毁了……

与此同时，王咏梅的小院里，石韬听得凝神屏气，仿佛已神游到那个年代，代宗义的形象、性格，甚至内心深处的某些东西，已渐渐在他的把握之中。他一边请三人做好为其落户的旁证笔录，一边询问了最后几点疑问：为什么绑架叶继欢？她与邱作成是什么关系？代宗义与齐惠云为什么有如此的深仇大恨？

在王咏梅的讲述下，石韬终于明白了个中原委。

原来，叶继欢当年是邱作成的情妇。厂里有很多关于她的传言，比如说，她在郊外有一套豪华的别墅，是邱作成买给她的，专供二人周末淫乐之用；她开的那辆捷达轿车也是邱作成给她买的，为二人淫乐提供交通便利；邱作成还借着所谓出公差的机会带着她到新马泰旅游。一到国外，二人忘乎所以，还拍下了不堪入目的录像带。在工人们看来，邱作成包养叶继欢，花的是大家的血汗钱。一想到大家辛辛苦苦创造的劳动成果，却被厂长献给了野婊子；大家一年四季吃苦受罪，不但养不了家糊不了口，连个工作都要保不住，而野婊子却可以骑在大家脖子上不劳而获，大家的肺都快气炸了。

厂长家里人都是熟人，绑起来不好下手。而这个叶继欢引起民愤很大，二人绑架她觉得理直气壮，干起来底气很足。绑架之后，王向东负责看管。代宗义指挥着社会上的一个小年轻负责打电话谈判，索要赎金的事。不料王向东看管过程中起了淫心，在奸淫叶继欢的过程中致其窒息死亡。

代宗义与齐惠云结仇，不只是齐惠云一人的问题，她妈妈也有很大责任。当年她妈妈名声虽然不好，但心气却高得不行。仗着齐惠云有几分姿色，根本没把代宗义看在眼里。她也知道女儿在配件厂肯定嫁不到什么上档次的男人，所以一心指望着把女儿嫁给外单位有钱有势的男人，从此好摆脱穷日子。为了这个，她还亲自陪着齐惠云参加别的单位组织的什么联谊会，甚至陪着女儿去社会上的舞厅里跳舞，由此可见攀附有钱人心切到何等程度。

但代宗义也不是省油的灯，在齐惠云身上下足了功夫。那时候，这片厂矿企业集中的地区很乱，流氓混混特别多。齐惠云没爹，弟弟是个脓包，她长得又有几分姿色，若不是代宗义罩着，早不知被祸害多少回了。代宗义对她又特别好。犹豫不决的情况下，生米就做成了熟饭。她妈气得在家属院破口大骂，代宗义的小兄弟都听不下去了，要上去收拾人，都被代宗义挡了，说骂吧，让骂骂吧。后来，齐惠云她妈就按农村的习惯提出 5 万块钱的彩礼。为了跟齐惠云结婚，代家是掏空了家底。恰在此时厂里改革了要求入股。这对代家来说可是雪上加霜，当时曾经跟齐家商量先挪用一下彩礼钱，把代家三口人的工作保住再说。但齐惠云她妈坚决不同意，这个吃够了没钱之苦的老太婆，钱只要到她手里，那就是肉包子打狗有去无回的。最后代家没办法才借高利贷交了厂里入股的钱。第二年听说股本亏了，给大家还不了钱了，债主就开始逼债了。他们不敢找代宗义，就找他父亲的麻烦。老头子一辈子没欠过别人钱，尤其是这么大一笔钱，感觉不还钱就活不下去了。代宗义这才铤而走险与王向东合伙绑了叶继欢。

出事之后，齐家无论如何不能把唯一的女儿，也是唯一的希望葬送在代宗义手里，坚决要离婚。为了补偿代家，齐家七拼八凑了 7 万块钱赔付给叶继欢家里人，算是给代宗义搞了个从轻判决，但房子啦财产啦就都归了齐惠云。当时代宗义人被押在看守所，没办法抗争，但他对齐惠云的仇恨就算是深深刻在了心里。

听完代宗义的故事，石韬陷入了深深的沉思之中。此人经历和性格的复杂性，真的超乎他此前的想象。此人在管区落户之后，会对管区长远的稳定形势造成什么影响，到底该采取什么措施稳控此人，一时还真不好说。石韬有种不好的预感，齐惠云的事，看来只不过是当务之急。照管区里埋藏的这种深刻复杂，源远流长的矛盾来看，一旦有个什么风吹草动，说不定会出什么大麻烦。

忽然，石韬想起了与戚爱云的约定，一看表，演唱会已开场 15 分钟了。他匆匆别过王咏梅三人打的直奔体育馆。

石韬走进体育馆的时候，舞台上正在演唱着意境悠远深长的抒情歌曲，整个舞台笼罩着如同蓝色月光一般的梦幻色彩。台下的少男少女们凝神谛听着歌者的倾诉，眼中饱含着感动的泪水。石韬一路低声道歉，摸向自己的座位。快到跟前他才发现戚爱云身边坐着一个男人，手挡着嘴在跟她小声说话，脸上一副搭讪的表情。石韬弯腰挤到跟前，戚爱云眼睛盯着舞台理都没理他。他只好悄悄拍拍那人肩膀："不好意思，这是我的座位。"

"这是你的座位吗？！"戚爱云斜了他一眼，厉声说道。

石韬尴尬一愣，从口袋里掏出票，示意给那个男人看。

男人也看出些端倪，隐约明白自己只是被旁边女人临时利用一把的道具。他讪讪地起身坐回自己的座位，偷眼看着旁边，发现刚落座的年轻人虽然几度想和女人解释，但女人不给机会，神色凛然地直盯着舞台。

14

齐惠云不知道代宗义到底要闹到什么程度才肯罢休。每天下班回家她都提心吊胆，每次电梯门快要打开的时候，她都会心跳得厉害，暗暗祈祷着、巴望着他已经离开。可一走到门跟前，耳朵里就钻进了电视机发出的那该死的喧哗声，门一开，眼前就出现了代宗义吞云吐雾、四仰八叉的身体。代宗义的目光肆无忌惮地望着她，总是逼得她目光躲闪手足无措。她在自己的家里却有种寄人篱下的屈辱和紧张。只要他还赖在这座房子里，她的内心就无法摆脱那种紧张感，一刻不得放松的神经终于疲惫不堪。她想，这样下去不是个办法，长痛不如短痛，她必须主动采取点措施，软化他的仇恨。她不敢再用言语的方式来跟他沟通，那天他把她绑到椅子上的时候，她就已经绞尽了脑汁，该说的都说尽了。可换来的只是更羞辱的折磨。他是很聪明的，当年可能就猜出了警察是以她为诱饵抓捕他的，那仇恨恐怕已经深深地刻进心里，永难磨灭了吧。那个恐怖之夜，他揪住这点不放，对她进行刑讯逼供，尽管挨了几皮带，但她强忍着疼痛和羞辱，抵死也不承认。事后她都为自己的忍耐力感到惊讶，尤其是在养尊处优了这么多年之后。看来，童年对人的磨炼有多么惊人。她不知道她的表现能不能动摇他的怀疑。她想试探试探，经过这么长时间的隐忍和示弱，他的仇恨是不是已经消磨了几分。

那天早晨她特意起了个大早，弄了两份精致的早餐。她把煎鸡蛋摊在盘子里，热牛奶倒在杯子里，面包切得一片一片的，五颜六色的小菜淋上香油尖尖地堆在小碟子里。她吃早餐时故意弄出声响，以提醒还在睡觉的他，有准备好的早餐。随后她把自己的杯盘收拾干净，把他的那一份显眼地留在餐桌上。

晚上回来的时候，她悄悄地到餐室里查看，发现早餐盘碟已经被席卷一空。她就像马戏团的饲养员初次讨好一只凶猛的野兽，为取得的第一步成功而窃喜。下一步该怎么办？她不由自主地想起了十五年前那短暂的婚姻生活，有时在剧烈的争吵之后，他们靠做爱来缓和关系。

她犹豫了很久，不知这一招还能否管用。最终她还是咬牙决定一试，眼下除了忍辱负重，再也没别的办法了。她准备先到卫生间去洗澡，透过餐室的玻璃门，她悄悄地观察着躺在沙发上的代宗义，他的两只眼睛正一眨不眨地盯在电视屏幕上，就像两只玻璃球儿，看不出什么喜怒哀乐。她不由得想起了小时候曾轰动一时的美国电影《第一滴血》里的越战杀人狂兰博，他就有这样一对儿眼珠，从这种眼珠里你看不出任何人类的情感，甚至连凶恶都没有，就像动物一样，只有冷漠。而她今晚的任务，就是要想方设法安抚这样一只动物。

她毅然地走出餐室，低声地向躺在沙发上的代宗义打了个招呼："什么节目这么好看？"那对儿玻璃球儿猛转过来，盯在她脸上。她的话说得如此慌乱、做作，连自己都感到可笑。他没有任何反应。她有种挫败感，但她必须坚持下去。

她在卫生间里洗澡，故意敞开门，任哗哗的流水声流向客厅。她一边洗一边等待着，内心里是紧张的煎熬，就像无意中激惹了猛兽的饲养员，准备着应对猛兽的攻击，但猛兽毫无动静。

一直到水凉得受不了了，还是毫无动静。她慢慢地擦干身体，穿上孙长生最喜欢的那套半透明睡衣。走出了浴室，发现客厅的灯已经熄灭了。她朝他占据的那间卧室望去，门开着半条缝，灯光从里面透露出来。她咬紧嘴唇慢慢地朝那间卧室走去，她轻轻推开门把自己展现在他面前，正坐在床上翻弄一个小本子的他抬起头来看着她。那张脸在暗黄灯光斜射之下，显得阴森可怖，突然从他的牙缝里挤出几个字："滚！看见你我就恶心！"

她的脸就像被谁猛扇了一巴掌，头脑中轰轰作响。她慢慢走回自己的房间，把脸埋在枕头里无声地饮泣起来。

第二天一早，她向公司请了假。随后她就打了那个社区民警的电话。她的话说得很犹豫，在她印象中，民警永远都是既忙又烦的，催问工作进度往往会令他们很不耐烦。况且代宗义的户口与她有什么相干？但对方的话却令她松了一口气。对方说："快了，再有两三天就可以办下来了。问题是，我怎么找到他呢？"

"你给我打电话好了！"她赶紧说，接着她就不知道再怎么往下说了，但又不舍得挂电话，电话里于是一阵沉默。

"怎么的，他还在缠着你吗？"

她心里一阵温暖，大着胆子道："他现在就住在我家里……石警官，有些事想跟你谈谈，行吗？"

她没料到对方爽快地答应了。于是她把石警官约在了小区里的一片林带里。

她第二个没料到的是，石警官不仅办了代宗义的户口，而且对他们俩多年恩怨似已了如指掌。有些话，出于利害关系考虑，她在叙述的过程中隐瞒下来了，但却被石警官以旁敲侧击的方式指了出来。虽然她有一丝不舒服，但无形中却也增强了她对此人的信任。她感觉，他似乎是要下大力气解决这个问题的，而且已经打下了很好的基础。她最终向石警官咨询的就是，目前这样设法安抚行不行。石警官告诉她，目前这么做是得当的。根据此人的脾性和十五年坐牢的经历，此事只宜慢慢化解矛盾，简单采取刚性措施激化矛盾，不但不利于长远的安稳，还有可能逼其铤而走险，激成变故。

石警官最后说等过两天户口一落下来，就要约谈他一次。这两天不要激化矛盾。

然而，他却越闹越不像话了。有一天她下班回来后，一开门就发现他和王向高坐在沙发上不知在谈什么，满屋子烟雾缭绕。王向高一见她嬉皮笑脸地叫了声："嫂子好！"她不冷不热地答了句腔，就走进了自己卧室。她关上门，感觉自己一进家他们就把谈话声压低了。他们在谈什么？她有种本能的预感，王向高是想拉他去干什么事。她对王向高现在的角色略知一二。他会不会把他从这里拉走？她心里又关注起来，紧张起来。她把耳朵贴在门缝上，专心地倾听着。然而，他们声音太小，实在听不清什么。突然，门被用力一推，她耳朵被撞得嗡嗡作响，代宗义站在门外，鄙夷地看着她，突然用那种命令的口吻道："你出去！"

她捂着被撞疼的耳朵，一时恼羞成怒，积攒太久的愤怒和委屈让她豁出去了！她第一次用那种凌厉的眼神盯着他，咬牙切齿地说："这是我的家！"

他刚要发作，就被王向高从后面抱住劝道："好男不和女斗！好男不和女斗！走，找个地方边喝边谈！边喝边谈！"

那天之后，她找着了一点感觉，暗暗地用一种不卑不亢的态度与他对峙着。她不相信这样的日子他会舒服，总有没意思的那一天，户口也马上给他落下来了。她相信她总能慢慢把他挤出这扇门。然而，她没料到他的黑手会伸向她致命的软肋。

那天是星期六，她正在卧室里整理衣物。客厅里的座机忽然响起。打座机与她联系的人是很少的，单位也好，孙长生也好，从来都是打手机，她的手机永远为他保持着畅通。但漫长的日子中总会有疏忽的一刻。手机是在夜间没电的，她没有察觉到。开始她也没想到什么，只是走出去接电话。但一进客厅她就惊呆了，眼前赫然是代宗义拿着电话："她在……我吗？一个朋友。"

他边说边望着她露出一丝狞笑，似乎从住进这个家以来，就一直等待着这一刻似的。

他把电话递给她，悠悠地笑望着她，那张丑陋的笑脸，看起来是如此可憎。

她怒视着他，边接过电话，边在心里激烈地盘算着，谁的电话？万一是他怎么办？她深深地吸了一口气，努力地保持着平静。

"喂？……"

"喂？……"

对面不吭声。她心知不妙，对面的呼吸似乎都显得有些粗重，有些紧张。她估计是孙长生，但此刻她可不想说出他的名字给他听，只一个劲儿地"喂喂"着。

对面终于说话了："是我。"

"咋不吭声？"她先发制人，用的是嗔怪的语气。

"不知咋回事，嗓子突然哽住了。"

她知道这是借口，但她假戏真做，关心地问道："怎么，感冒啦？吃药了吗？"

"只是一时不舒服，感觉没到吃药的份上。"

"噢，那就好。"

"过段时间我想回来一趟。"

"那敢情好。"

"到时候来接我吧？"

"那是必须的。"

"怎么的，今天情绪不佳？"

"跟你一样，感冒。"她想尽快结束谈话。

"那你也注意吃药休息。"

"好的。"

"家里来的是同事？"他终于图穷匕见。

"不是，原单位一个朋友。"

"好，你休息吧。"

她把电话放下，闭着眼睛长舒了一口气。她转身回卧室，眼睛扫过的刹那，看见了他那张得意地诡笑着的脸。她知道此时只能尽量不动声色，不能让他捕捉到任何信息。她走进卧室关上门，背贴在门上陷入激烈的盘算之中。她没想到他会突然提出回来，他那个工程不是刚上马吗？本以为有足够的时间把这边摆平，现在看来时间紧迫了。

她是5年前认识孙长生的。相交5年，她使尽了手段，费尽了心思。但他也只是帮她买了这套房子，至今没在结婚的事上点头。她想要的可不仅仅是套房子，她想在年龄还许可的最后几年要个孩子，给孩子一个体面的父亲，一个体面的家。更重要的是，孙长生把他从前妻那儿夺到手的儿子带她这儿住过几天。就那么几天的经历，促使她下定了决心，一定得生一个自己的儿子。这就是她的下半辈子。她整个上半辈子那么多的磨难，那么多的惊涛骇浪，都是在为这个目标而努力着。为了蜕掉过去那层硬壳，打造全新的自己，她付出了多少努力，忍受了多少疼痛，绝不能在最后一刻功亏一篑……

她感到自己的软肋又一次捏在他的手中，那种令人窒息的紧张感又一次浮上心头。

当天晚上，她把电话悄悄地挪到自己的卧室里。

果然，晚上他又把电话打进来了。在兜了一大圈之后，他终于以那种关心她的口吻把话题拉到她现在的生活状况、人际关系上，最后装作漫不经心地询问她上午的朋友来家干吗的。她回答说是朋友正想装修房子，来看看她家的装修风格，想参考参考。这种解释再自然不过了，而且即便再次发生，也还可以用上那么一两次。但她警告自己再不能发生了。她决定每天上班后都把电话从线上拔下来带走，晚上回来再接上。

　　但这不是根本办法，根本办法是让代宗义心甘情愿地从这里离开。

15

　　近些日子，石韬不断接到齐惠云打来的电话，对方用的是乞求的口吻。但越是如此，石韬面子就越是挂不住了。作为社区民警，连自己管区的一个弱女子都保护不了，还有何脸面踏进社区一步？可是像代宗义这样一个破罐子破摔的亡命之徒，用的又是这种无赖的办法，你能拿他咋办？把他收拾一顿？拘几天？管用吗？石韬绞尽了脑汁，最后还是觉得对待此人只能是攻心为上。

　　一开始他想到了王向高，只有同类说的话，他才听得进去。如果让王向高去取笑他一番，让他认识到跟一女人纠缠是多么可耻又可笑，或许还能起到点作用。但他经过深思熟虑，坚决否定了这个方案。

　　其一，他对王向高这人没有一点好感，甚至抱着一种警惕的心理。有一次，管区里的一家酒吧发生打架，他跟师父李效周前去处理。可李效周既不调查调解，也不把人往派出所带，只给王向高打了个电话。王向高一来就客客气气把二人让进里面包间喝茶，转身到外面就破口大骂，骂完老板骂服务员，骂完服务员骂打架的愣头青，骂得所有人噤若寒蝉。不到半小时就把事情摆平了。

李效周在包间里只管悠然自得地喝茶。石韬却越坐越感到内心不安和窝火，他妈的，为了省事就把执法权让渡给这些混混。他感到的不是清闲自在，而是一种深深的羞辱。尤其是事情摆平后，王向高进来与他们寒暄，虽然口中连称"不好意思，给二位添麻烦了"，神情中却有种地主一般的得意，一股"我的地盘我做主"的气势，溢于言表。他与李效周称兄道弟，大大咧咧。中间居然还拍了拍他的肩膀，后来在他冷冷的警视之下，才放尊重了些。后来，他就在管区的特情耳目档案上看见了王向高的名字，李效周物建他当特情已经快有八年了。他想，怪不得他这么嚣张。他又想，如果特情这么物建的话，早晚会尾大不掉。就像当年的黄金荣，明明是上海滩的大流氓，却能够干一辈子的租界公安局长（巡捕房总头目）。

其二，就算王向高可以说动代宗义离开齐家，帮助民警解决个小问题，但如果让这二人挂搭到一起，对管区治安来说，绝无半点好处。石韬决定，不管多麻烦，代宗义的工作必须由自己亲自来做。要恩威并施，化解仇恨。

16

这天，代宗义正在配件厂家属区里游荡时，忽然望见有个警察正与三个配件厂的老职工坐在那里聊天。警察望见他，忽然叫道："代宗义，跟我到警务室去一趟。"警察叫他的时候，与旁人聊天的笑意还未从脸上褪去，两眼却直盯盯地望着他。他不知道警察要干啥，忽然想起来那天齐惠云报警的时候，出警的就有这一位，应当是管自己的社区民警。他的逆反心理顿时发作了，摆出一副应对的架势，半眯眼觑着问道："干啥去？我犯啥法了？"

不料那警察扑哧一笑："给你办落户呀，你不是急着落户吗？"那三个老职工看他一副紧张样，也跟着笑起来："石警官给你办好事呀，你急啥？"

那一刻他忽然感到自己陷于某种可笑的境地，心中有些恼怒，但又发作不出来，只得闷头跟着警察往警务室走。

到了警务室，警察只简单对他说了说最近围绕他的身份和原户籍地所做的一系列调查和同意在本管区落户的结果。随后就递给他一沓调查笔录让他仔细看看。

他看到这些调查笔录都是找配件厂熟悉自己的老职工做的，有王咏梅、李西定等人。本以为只是做个简单的身份证明，心里还纳闷为什么会这么厚。等他一页页地看下去，他的内心慢慢地被撼动，终至风云激荡，波涛起伏。警察从十几年前的绑架案问起，问到了当年职工被蒙骗入股的情况，问到了代宗义、王向东以及很多人家面临的极端困境，问到了他领导着职工为退还股金而闹出的风潮，还问到了职工们对厂长邱作成及其情妇叶继欢咬牙切齿的仇恨情绪……看着看着，他就感到心潮澎湃，难以平静。当年在法院的时候，他满脑子都是这些话，可是，他请不起律师，不知如何才能巧妙地按照法律的程序来为自己辩解，对方的律师却巧舌如簧，把人人都知道的事搅得云山雾罩，面目全非。他家沉重如山的痛苦、困境和冤屈，被法院一句"不能成为绑架犯罪的理由"就四两拨千斤地给驳回了，这些话憋在心里十几年，他也由最开始的气血难平、桀骜不驯最终被监狱改造得表面上麻木不仁，实际上把一座火山深埋在心底，待机喷发。他没有料想到，这些话多年之后竟然以这样的方式表达出来，他只觉得一股热流直冲眼鼻，一种久违多年的鼻酸眼热的感觉从心底直冲脑门，那一刻他心中竟一阵慌乱，生怕在警察面前露出丑态，他调动全副意志力强压住那种想要流泪的冲动。他暗自平静了片刻，重新换上平常那副冷漠的目光去打量对面那个警察，却被一种强装的感觉弄得很不舒服，他感到内心多年形成的强悍冷漠的精神支柱，仿佛被什么东西泡软泡酥，要支撑不住似的……对面的警察依然很平静，眼中似笑非笑，此时看上去却大有深意。他忽然感觉到，这个警察似乎很不简单，不简单在哪里，他一时也说不清楚。总之，他无法照以前的逻辑仇视他，也无法照以前的逻辑来应对他或蔑视他。他有种感觉，他是他绕不过去的一个存在。

他只得低下头继续看笔录，他发现，警察对他这个人似乎很感兴趣，问题渐渐离开了案件，涉及他的为人、性格，甚至他年少时的很多往事。在王咏梅等人的陈述中，十几年前他在配件厂聚集一帮子弟和青工，叱咤风云的历史，都一一浮现在眼前，甚至他小时候为齐惠云母亲的工作而带着一帮同学围攻厂长的事都被翻腾出来。老职工们对他仗义执言的性格至今十分赞赏怀念。蹲监狱的十五年，他再也没有与外界接触过，他没想到他在老职工们心目中还有一块位置，他觉得非常感动，冷漠多年的内心体会到一种温暖。

笔录里还详细地记述了他与齐惠云一家的矛盾，那是从别人的眼光看问题的，他们不了解他与她之间的内情，所以尽管对齐惠云一家有所谴责，但对这苦命的一家人毕竟也有所同情。与他的看法并不完全一致。

笔录中还有一件事刺痛了他的心，那就是关于当初王向东为何找他搞绑架。据后来王向高醉酒之后向他人透露出的说法，当初王向东想兄弟两个做这件事，但王向高提出，万一出事，兄弟两个都不能在父母跟前伺候，他们咋办？王向东因此去找的代宗义。

笔录全部看完，已是夕阳西下。代宗义暗自长出一口气，他感觉自己在姓石的警察面前，几乎是透明的人了。他第一次在人前感到一丝疲惫和虚弱。他慢慢抬眼看了看石韬，紫色霞光正从侧面斜照在他的脸上，使之看起来像铜铸的一般，隐隐透露出一丝超出其年龄的深沉凝重。

石韬忽然问他："听说这几天，你一直住在齐惠云那里？"

此时，不知怎么第一反应就是想起笔录里他那叱咤风云的过往，再想起前几天的所为竟有一种强烈的羞耻感，觉得必须在石韬面前挽回自己的形象。

他没有直接回答，只是说："我正在找房子。"

石韬接道："户口本上也须填写你的住址信息。你想租什么价位的房子？我这里租房信息很齐全。"

"一个月五六百元吧。"

"租了房以后呢？以后打算咋过？"石韬盯着他的眼睛。

"以后的事，以后再说吧。"

第三天，代宗义搬进了春风巷17号，配件厂家属院12号楼3单元2楼的一间40余平方米的老房子。窗外小马路边就是那两排临街商铺，代宗义朝对面望去，"阿瑞洗头房"的招牌赫然在目，戴着黑手套的李安娜正寂寞地坐在洗头房门口，脸偏向着巷口方向，不知凝望着什么。

17

以后咋过？自从石韬向他提出这个问题之后，这个问题就像一只钻进脑子里的蚂蟥，叮在那里再也甩不掉了。本来出狱之后看着这日新月异、呼啸而去的时代，他彻底绝望了。绝望之后，除了报仇，他再也想不出这辈子还有什么可干的。但经过这段时间的观察，尤其是看了石韬的那份笔录之后，他才发现，被抛在时代之后的不是他一个，而是一大群，他在这群人的心目中还有着位置，这群人似乎一直在等待着他。他感到有点踏实了，一种模模糊糊的雄心又从心底深处萌蘖而出。正是这一丝萌蘖而出的雄心，使他对前一向的行为感到羞耻，促使他下决心从齐惠云那里搬出来。

但一想到究竟干什么这一具体问题时，他又会陷入一片茫然之中。

那天夜里帮他开齐惠云家防盗门的"锁匠"找过他，鼓动他加入一个靠打电话就能搞钱的团伙。"锁匠"只服过两年刑，是个头脑灵活、紧跟时代的机灵鬼。他掏出一本电话诈骗的剧本，津津有味地给他讲起了角色分配、实施步骤、关键话语、注意事项等等。这里面要用到什么显号软件、音频分析软件、短信群发器，要套取银行卡密码，网上银行转账……"锁匠"说得是摇唇鼓舌、兴致盎然，他却越听越茫然，如堕五里云雾，思想渐渐游离出去……十五年不接触的社会，发展到了何种程度！隔着几千公里连面都不用见就能把别人的钱搞到自己腰包里，他听不懂这个诈骗剧本里说的事情……有一天，他还听谁说大街上到处都安有监控探头，干事之前必须考虑到这一点……干事的时候坚决不能拿手机，拿了别人的手机，跑到天涯海角警察都能找到你……想起这些让他茫然不解的事，他心里就有种空落落的焦灼感。他倒不是想干什么，号子里的狱友近来有好几个找他，想拉着他一起干事，都被他拒绝了，他从来没把自己看作是和他们一样的人。他只是觉得被时代抛下太远了，不知怎么才追得上。

王向高也在找他，找了他两三回了，最近的生活费就花他的。姓石的警察找他之前，他还犹豫过，想先到他那里混一段儿再说。但他找了个以前跟过他，如今在王向高手下混的小兄弟一问，就打消了念头。小兄弟告诉他说，王向高是觉得自己在廖家武手下也算老资格了，不想再干这种打打杀杀的事，想往上迈一个台阶，把他拉进去就是找下家接他的班儿。他一听就火了，王向高给他妈的廖家武当跟班本来就让他看不上眼，如今居然还想让自己给他当跟班，那岂不是成了廖家武跟班的跟班？他就是穷死饿死也不会走这条道。

而那天看过石韬的笔录，才彻底明白王向高是个什么货色……他断然决定，决不能跟廖家武、王向高这一伙沾边。他跟他们是不能混为一谈的，他打小崇尚的是个"义"字，这些年最让他安慰，也支撑着他活下来的，就是当年在一帮兄弟的簇拥下扶危济困、除暴安良的经历和名声，当年赢得的名声流传至今，厂子里一些老人看他出来了，还私下里拉着他低声诉苦，诉的都是王向高、廖家武一伙给他们造下的苦……

这条路不通，那条路也不通，往下的路到底该咋走？代宗义想得脑子发疼。

这天夜里，代宗义就着几颗花生米，正在独酌闷酒，窗外夜色渐浓，幽幽蓝天上升起了一轮金黄的明月，他两眼望着月明星稀的夜空，觉得此时此刻，仿佛应该有个什么人惦记惦记的，可是竟然一个都没有。他心情寂寥地呷了一大口酒，一股热辣辣的酒气直冲眼鼻，他忍不住站起来走到窗前，一种蛰伏太久，想要活动活动手脚的冲动随着血液在周身流动着，他向窗外望去，一溜八九家洗头洗脚按摩店个个灯火通明，整面墙的大玻璃窗里透出粉红、橘黄、淡蓝的光芒，把一条街染得如同彩虹。透过玻璃，店里的情景一览无余，沙发上小姐们半躺半坐，洁白的大腿横七竖八地陈列着，个个脸上慵懒无聊，玩手机的玩手机，闲聊的闲聊。街道上过客们各怀心事，有的目不斜视，匆匆忙忙奔他们的正经事；有的呢，踟蹰四顾，暗自挑选着小姐的卖相。

忽然，对面的阿瑞洗头房传来一阵粗暴的响动。代宗义抬眼朝那儿一看，只见有两个年轻男人正在李安娜的店里面撒野。其中一个满头红毛的男子揪住李安娜的头来回撕扯着，李安娜被撕扯得站立不稳，两手抱着男子的手腕，脚步踉跄，歪歪斜斜，嘴里发出凄厉的哭号和求饶声。

地下室里那不堪回首的一幕陡然浮现，那光秃秃的手指断茬猛地勾起了刺心之痛，代宗义只觉得脑子"蓬"地燃起一片火苗……他一纵身跃上窗台，从二楼跳下，大踏步朝巷子对面的阿瑞洗头房走去。

"撒手！"代宗义看着那个揪着李安娜的男子，简短地命令道。

男子愣了一秒钟，立刻现出一副凶恶嘴脸喝道："你谁呀？！"

"我代宗义。"

"代宗义啥玩意儿？！没听说……"

"过"字还没出口，迎面一拳便打得男子人仰马翻，满脸开花。

旁边的黄毛男子奋起一拳直捣代宗义面门，却被对方闪电般搌住手腕就势往里一带，脚下一别，踉跄几步扑倒在门外。刚爬起上半身，又被对方抢上去一脚端在心窝上，黄毛立刻把身体蜷得像只虾球，喉咙深处发出痛苦的呻吟。

附近几个店里的小姐听到响动，纷纷伸出半张脸来紧张地窥探着，此时，黄毛正艰难地从地上爬起来，满脸鼻血的红毛用纸巾捂着鼻子走出了阿瑞洗头房的玻璃门，代宗义手里提着一把收拢的折叠板凳，直愣愣地盯住红、黄二毛："滚！以后这里少来！"

红、黄二毛相互搀扶着走了，走出几步开外，黄毛回过头来阴森森地盯着代宗义看了半天，道："代宗义，我记住了。不过你也记住，这可是向高哥的地盘。"

代宗义转回店里，李安娜刚把扯乱的头发抚平，她抬起苍白的脸神色凄然地看了他一眼，脸上泪痕未干。她揪下右手的黑手套，用这只五指健全的手轻轻抹去脸上泪迹，强笑着问道："哥你咋突然出现了？"

代宗义在沙发上坐下，道："我刚好路过。"

"哥……你把事……有点搞大了。他们是王向高的人，长年负责收这片管理费的，这一段阿瑞不在，我们店里收入低得很，我给他们咋说他们不信……你一走他们更要找我麻烦了……"

"我走也走不远，我就在对面二楼住着的。"代宗义朝窗外努了努嘴，又接着道，"王向高你不要怕他，有啥事我跟他说。"

李安娜侧过身子，两眼深深地盯住代宗义，半天才说："噢——对了，哥你和王向高是兄弟对吧？上次他还用他那辆大红摩托车载着你转呢……那我还得求你给他说说情吧，我们店本来两个人还凑合，可是阿瑞真的是不见了，快一个月都联系不上她，死活不知，现在一过11点我就关门了，夜里都睡不好，怕得很，哪有生意啊。再者说，我的手不好，只能接待生客，熟客人家都不要我，心里有忌讳，你是知道的……"

李安娜说到后面，声音就渐渐低下去，头也低下去了，神情落寞颓丧，只在最后抬起眼睛望望代宗义，看他的脸色。

代宗义眉头紧锁，喃喃地说："这个没问题，你放心……你是怎么干上这一行的？"

"还不是没办法，那年在东莞把手指轧断之后，老板给完医疗费就再也不管了。找他理论，他说是我不学习安全生产。找劳动仲裁打官司，人家说我没劳动合同。别人打工都给家里盖了小二楼，我不但没赚钱还丢了根手指，回去也不好嫁人了，实在没脸回家。听说阿瑞在这里混得还不错，就投奔她来了。"

"阿瑞是你什么人？"

"一个村的。"

"怎么不见的？"

"谁知道？反正，上个月接待过一个客人，怪怪的。来了就和阿瑞说话，也不干什么，说完话就走了。过后不久，阿瑞就不见了。"

"是这一片的人吗？"

"不好说。"

"你要再看见这个人，就跟我说，我就住对面那座楼的201。"代宗义朝那扇敞着的窗户指了指，就起身欲走。

李安娜忙说："哥，咋联系你呀？"

"刚出来，还没买手机。"

李安娜忙从茶几上抓起手机递过来："哥你先用着。"

"我不会用，再说你用啥？"

"我还有。"李安娜说着凑过来，挨着代宗义肩膀教他拨电话，一股女人的香味在面前蓬勃起来。片刻，抽屉里响起音乐声，李安娜又跑过去从抽屉里拿出另一部手机，教他怎么接通。

两个人面对面拿着电话"喂喂"了一通，代宗义看见李安娜的脸上恢复了血色，并朝着他露出了一个妩媚的笑容。

18

打架过后第二天，王向高就登门了。他对代宗义说："哥，没想到你看上她了。早打声招呼，我给兄弟们都交代一声，她的管理费就免了……不过，李安娜又不是个啥好的，别看脸长得不错，手指头都不齐全，摸着怪瘆人的。为这种货色跟兄弟们翻脸，传出去……"

"传出去咋啦？"代宗义抬起头盯着王向高。

王向高一愣，可这些年说一不二惯了，话到嘴边就感觉咽不下去，硬着头皮说："传出去让人笑话，不值当啊，改日我给你……"

话没说完已被代宗义截断："当年我为 75000 块钱跟你哥绑了叶继欢，换了 15 年大刑，你说是值还是不值？"

王向高一听话不对味儿了，脸色都有些发白，噎了半天，才讪笑着道："哥都随你，都随你。以后李安娜的管理费免了……"

那是王向高第一次和代宗义话不投机，出门之后琢磨了半天，老觉得什么地方不对头，好像有人从中挑唆了什么似的……

这几天，李安娜心里并不踏实。自她来之后只知道这是王向高的地盘，代宗义刚从监狱出来，他的话管用吗？她天天都怕王向高的人来收拾她，因此，一到晚上就打电话让代宗义到店里吃饭。

代宗义也没有料到，李安娜烧菜真的有一手。她炖的红烧肉，汁浓肉酥，入口香甜滑爽。她烧的鱼，河里的有河鲜味，海里的有海鲜味，鱼肉用筷子扒开，一瓣一瓣的，既鲜嫩，又入味。即使素菜，炒出来也红是红，绿是绿，不但颜色搭配得好看馋人，而且菜叶碧绿水灵，宛如生时。代宗义有半辈子没吃过这么可口的饭菜了，再加上两杯酒，一时间真有几分迷醉。有时醉眼蒙眬地看着一起吃饭的李安娜，恍然间一种家的感觉升上心头。待清醒过来，难免一声长叹。李安娜忙问他叹什么气。他说没什么，反问李安娜怎么会有这么好的手艺。李安娜说也没什么，就是天生会弄吃的。刚来的时候，没什么事干，阿瑞嘴又馋，两人又想省钱，天天就是她做饭烧菜给阿瑞吃。也不知为什么，她的舌头特别灵敏，只要是在外面吃过的可口菜，她都能吃出里面放的有什么调料。有的菜十几种调料，她都能一样一样地分析出来。而且根据菜的软硬老嫩等等口感，对烧菜时的火候也能把握个八九不离十。再加上菜谱指导，她很快就无师自通了，现在光阿瑞屡吃屡想、赞不绝口的拿手菜都有几十个了。

代宗义说："像你这手艺，不如开个饭馆，不比干这不清不白的事强？"

一听这话，李安娜就情绪低沉了，愣了半天说："谁不想呀，可是在这片地面上，我一个女人哪撑得起来一个饭馆？再说也没钱啊。"

附近的小姐们眼看着王向高的人还真不敢惹这个"宗义哥"，就陆陆续续地前来巴结了。有时李安娜请代宗义来吃饭时，没生意的小姐们就会提着卤鸡烤鸭啤酒之类的跑到李安娜的店里面凑热闹。吃饱喝足了就打个小麻将，有意输几个小钱给李安娜，店里面一到晚上就人声鼎沸，笑语喧哗，活像个小姐俱乐部。虽然没什么生意了，但店里的人气却越来越旺。自从搭上了代宗义，李安娜心里面越来越踏实起来，有时候甚至一种半生有靠的感觉会忽然袭上心头，但究竟有什么可靠处，认真想想，却又有些茫然。

代宗义渐渐开始和李安娜出双入对。吃的次数多了，代宗义要到菜市场去给李安娜买菜买肉，李安娜就抱着他的胳膊，紧紧地贴着、跟着。

这天，李安娜陪着代宗义到槐荫巷菜市场去买肉，从配件厂这边到槐荫巷，有一条近路，其实就是当年两个厂区的围墙之间形成的一条窄窄的小巷。小巷里非常幽静，墙里多年老树的枝干虬曲蜿蜒地伸到墙外的天空，举起片片绿荫护持着小巷，形成一种清凉宁静的氛围。透过绿荫，一枚淡绿色的太阳在枝叶间闪闪烁烁地游弋，遥远蔚蓝的天空上，白云朵朵。李安娜一时间竟有种自家男人陪着逛公园的安逸闲适，这不就是自己多少年梦寐以求的生活吗？一种感动从内心深处喷涌而出，不自觉地把身子紧靠在代宗义身上。因为沉浸在感动之中，李安娜一开始并未注意到从对面走来的那对儿男女。直到双方越走越近，彼此眉目渐渐清晰的时候，那个女人的异常反应才引起她的注意。那个女的似乎很注意地看了他俩一眼，然后就有点慌了。她先是立刻低下了头，她的头低得有些过分，超出了一般人边走路边低头沉思的那种程度，倒像是刻意在回避什么似的。而且她的手也反应过来了，急切地伸进包包里摸索着什么，很快摸出一副墨镜来往耳朵上挂。显然有些慌张，挂了两次才挂上。即使挂上墨镜，头也还是低着。那个男人似乎也察觉到点儿异常，侧脸望了他女人一眼。李安娜似乎受到什么暗示似的，不由得也侧过脸去看代宗义，结果吃了一惊，代宗义的脸上又浮现出那种狞厉的笑容。记得他俩第一次的时候，那种笑容曾经吓坏了她。她注意到，代宗义紧盯着那个女的，他的狞笑似乎就是针对那个女人的。但女人死低着头，他的笑就没用了，于是转到那个男的脸上。双方已经越走越近了，男人似乎也察觉到代宗义那笑容了，或许是觉得有点莫名其妙，他与代宗义对视起来。但只对视了片刻，他就回避了代宗义咄咄逼人的眼神。

都走过去一阵了，李安娜忍不住悄悄回头一望，却望见那个男人也正回头望着他们，嘴里不知跟女人说些什么。女人呢，依然低头往前走。

代宗义那咬牙切齿的笑容慢慢才收回去。她忍不住问了句："那个女人你认识？"

"不认识。"

但她明显感到，代宗义陷入沉思之中，不知他在想些什么。

19

自从半个月前离开自己的家，代宗义再也没出现过。齐惠云悬着的心渐渐地开始落地，或许他已经折腾够了，或许跟着王向高干什么去了。总之，齐惠云以为已经摆脱了他，摆脱了这场噩梦。加之上周孙长生来了，把她的心占去了一大半，她几乎把代宗义丢在了脑后。直到昨天上午在小巷子里突然碰见，她的心才再次揪紧，感觉到这场噩梦并未终结。她后悔自己的大意，尤其后悔的是，不该让他看见自己和孙长生在一起的场面，天知道他会想出什么新点子，他会放过她吗？单从他脸上那狞厉的笑容来看，就凶多吉少。

不过，这场相遇也多少传递出了一丝让她踏实的信息：他的身边出现了一个新的女人。说实在的，相遇的一瞬间，她吓得半死，尤其看到他那狞恶的笑容，她太熟悉那种笑了，真不知道他会做出什么事来，到时候，她怎么跟瞒了5年的孙长生解释？孙长生能为了她而接受这么个大麻烦吗？可是，他居然什么动作也没有，她曾抬起眼皮偷偷打量他们的下半截身子，结果看到了那个女人紧紧搂着他胳膊的一双手。高度的神经紧张之中，曾有个模糊的联想从脑海中一闪而过：她觉得正是那个女人紧紧的搂抱，才制止了他发作的冲动。她对那个女人不知怎么就产生了好感，觉得是她的救星。即便事后冷静思索，她也觉得这个分析是有道理的。如果他还是老光棍一条，在那天的场景下，天知道他会干出些什么！他现在最需要的就是安抚，就像日本兽兵一样，需要有慰安妇令其狂躁变态的心平静下来。而那个女人或许恰能担此重任。她认得她，她就是春风巷南头那个阿瑞洗头房里的小姐，成天坐在门口晾着双大腿，不知为啥大夏天也戴双手套。但她与他究竟是什么关系？仅仅是肉体买卖，还是有什么深层次关系？

她觉得，有必要在这个女人身上有所作为。

20

接到王蜀荣的电话之后，李安娜一直有些心神不宁。王蜀荣说，阿瑞的父母在找阿瑞，电话打到她那里去了。王蜀荣又说："你们到底在干什么？阿瑞离开厂子都两年了，也不给家里说实话。家里有半年多没她音讯了，电话也打不通，都快急疯了，只是揪住我问，好像我是她家阿瑞奶妈似的！"

王蜀荣是过去东莞工友里的同乡大姐。面对她的质问，李安娜不知说什么好，只是含含糊糊地支吾着。最后王蜀荣气呼呼地说："反正我把你电话地址告诉她爹妈了，你给他们解释吧。"李安娜大惊，顿了片刻，道："是阿瑞先来这里的，我是指头断了之后才来投奔她的，你告诉她爹妈了吧？"王蜀荣不耐烦地说："我咋知道你们谁投奔谁？你们走的时候谁也没给我吭个声。"

放下电话，李安娜就开始心神不宁。一旦刘家把电话打过来，她怎么解释？阿瑞到底去哪儿了？万一刘家的人找过来，看出了端倪，又该如何应付？

这天上午，李安娜正独坐店里百无聊赖。忽然，一个女人走进店里要洗头。李安娜吃了一惊，她们这家店里，极少有女客的。她不由得仔细打量女客一番。女客戴着一副墨镜，衣着打扮虽不张扬，似是前几年的旧衣服，但仔细一看尽是名牌。女客浑身上下有种刻意的低调，但却瞒不过李安娜的眼睛。她猜她很可能是住在枫丹白露那边的有钱人。

待摘掉墨镜之后，李安娜暗自吃了一惊，觉得此人似曾相识。慢慢地，那天与代宗义买菜时的遭遇浮出水面，虽然只是瞬间照面，但越看越像那个女人。此人来得好蹊跷，她来干什么？

洗完头之后，李安娜一边给女人做头部按摩，一边在镜中细细打量女人，无意中又看见镜中自己的脸，两张女人的脸悬浮在镜中。一张高一些，一张低一些；一张睁着眼窥探打量着，一张闭目养神似在享受；一张年轻些，一张虽保养颇佳，但也有些年纪……看着看着，忽然竟有种奇异的发现，两张脸之间有着某种神似，简直像失散多年的姐妹。

在李安娜轻柔的按摩下，女人似感到无比享受，不由得轻轻叹道："妹妹，你的手艺真好，好舒服啊。"

"大姐夸奖了。"

"你这里还有什么服务吗？"

"还……还有全身按摩的。"李安娜真不知道这个女人想干什么，心中疑团越来越大，所以也不想放她走。于是咬牙把伺候男人的项目也抛了出来。

"那待会儿我做个全身按摩吧。"

在里间的按摩床上，女人玉体横陈，眼望着对面的镜子不知在想些什么。李安娜的手还是第一次在女人的身体上抚摸，真还有种……虽谈不上羞涩，但至少是极不适应的感觉。女人保养得很好，肌肤细腻、白皙，身体也还细腰丰臀、乳房饱满，皮肤虽不如少女紧绷平滑，但透露出一种经历过生活的女人的成熟感，当真猜不出年纪。李安娜一边暗自感叹有钱能买时光不老，一边猜度女人下一步究竟还有何意图。果然，经过前一阵铺垫，女人开始显出一副熟络的样子，与她搭讪起来，先是问她家乡何处、来这几年、收入如何、工作劳逸、气候能否适应、饮食是否习惯等等，中间又穿插着介绍自己是本地老人，对附近几家单位的历史掌故如数家珍，了如指掌。说话之间，女人的态度自然、随和、亲切、温暖，李安娜慢慢放松下来。当女人问到她有无对象时，她已毫无戒备，略想一想答道："就算是有吧。"此时，她正按摩到她背部的肌肉，感觉那里很僵硬，那是神经紧张的表现，如果是男人，被撩拨得紧张兴奋，是可以理解的。她一个女人，又是无关紧要的闲聊，她紧张什么？

女人静默了片刻，笑问道："什么叫'就算是有吧'？是不是心里没底儿？若是本地人的话，你告诉我是谁，我还能帮你参谋参谋。"

女人的这番话，声音中已明显透出一丝不自然，有种掩饰着的心虚。况且，这也不像是初次见面时可以说的话。她边想边看

镜子里女人的脸，女人半垂着眼皮，不敢与镜中的她对视，而且
她的眼皮轻微地颤动着。看着镜中两张越琢磨越神似的脸，李安
娜脑海中电光石火一般，忽然闪现出代宗义第一次找她时的一个
细节，恍惚迷离之际，他曾把她当作一个叫齐惠云的女人，她又
联想起那天路上遭遇，顿时有种恍然大悟的感觉。她略一迟疑，
道："你是齐惠云。"

　　手下的女人身子一震，慢慢地翻身坐起来，手捂住胸口的白
毛巾，面色凝重地看了她半天，说："他都告诉你了？"

21

　　代宗义接到李安娜电话的时候，听她语气慌乱，还以为是王
向高的人又来找麻烦了。翻身起床，憋了一股劲就朝店里奔。

　　李安娜见他黑着脸从街对面过来，忙奔出去迎住，低声交代
道："你过来给我撑个场子就行了，可千万别得罪这帮人，这都是
我老家的乡亲，他们要是回去给我乱嚷嚷，我可就回不了家了……
今天你叫我薇薇好了。"说罢紧紧捏了下他的手，眼神儿又嘱咐了
一遍。

　　代宗义道："他们来干什么？"

　　李安娜道："他们来找阿瑞的。"

　　代宗义进屋后，李安娜给大家介绍说是男朋友"宗义哥"。代
宗义也不多说，只黑着脸默默地坐着看。来人有四个，分别是阿
瑞的父母和两个兄弟。两个兄弟目光炯炯，虎视眈眈地盯着代宗
义。阿瑞的母亲开始继续哭诉，大意说女儿出来 5 年了，过去还
经常打个电话，关心关心父母兄弟，帮家里解决个困难。过年还

知道回个家，看望看望家里人。这两年电话也少了，人也不回家了，都不知道是咋回事，没想到干上这没脸没皮的腌臜营生，这都是跟谁学的呀，好端端的一个姑娘，一进城滚了一身腌臜不说，到现在弄得活不见人，死不见尸……让他们两口子咋活嘛……

阿瑞母亲越说越激动，渐渐就哭号起来。李安娜开始还陪着流泪，听着听着，阿瑞母亲的矛头开始指向她了，两兄弟虎视眈眈的目光也凝聚到了她身上，她不得不结结巴巴地解释。

她告诉阿瑞母亲，她们这是正经的洗头美发屋，况且，这美发屋是阿瑞开的，她是去年才来投奔阿瑞的。

"不信，你问我男朋友好了。"李安娜说着看向代宗义。

代宗义眉头紧锁，这时不得不开口道："阿姨，这店子确实是正经的洗头美发屋，你看看门口的招牌，不是阿瑞的是谁？薇薇在这里只是打工的，老乡出门在外互相帮衬嘛。阿瑞在外面打工很辛苦的，还不是为了帮家里人分点忧，你们要多理解她，如今世道，自家女儿都不相信，还能相信谁？"

阿瑞母亲见代宗义说话在情在理，态度和蔼，不像是传说中的混混，吃软饭的叉杆。再说，门口大招牌上明明写的是"阿瑞洗头房"，也不好再说什么。

不料两个哥哥大概进城打过工的，不好糊弄，此时瞪着眼质问代宗义道："正经生意？这一排起码有七八家什么美发屋洗头房的，有那么多头可洗的吗？看看里面那些光屁股，哪有个正经姑娘的模样？一看就是鸡婆！你以为我们都是乡下人好糊弄的吗？我们家阿瑞是个爱出风头的，从小就让别人当枪使，招牌上写她名字，后台老板可不见得是她。一句话，她不见了，你还在，我们就冲你要人！"

两兄弟把凶恶的目光又转向了李安娜。

代宗义越听越火，只是看到李安娜急切制止的眼色，才没发作。他看再待下去，难免激化矛盾，于李安娜不利，于是站起来道："你们家乡人的事，你们在一起慢慢商量，我出去搞点菜，晚上一起吃个饭。"

代宗义出门后并未走远，而是一家店一家店地走了一圈，给小姐们一一交代，都让到阿瑞洗头房去劝解，去作证，而且都让穿得正经点。

小姐们都知道阿瑞失踪的事，都怕事情闹大殃及池鱼，纷纷穿戴整齐跑到阿瑞洗头房去做一家人的思想工作。阿瑞洗头房一时花团锦簇、香氛氤氲，小姐们翻弄三寸不烂之舌，使出哄弄人的看家本领，围着阿瑞一家聒噪不止，中间又夹杂着李安娜的哭哭啼啼，阿瑞一家很快被缠磨得头晕目眩，懵懂混沌之中，对大家的众口一词也只得半信半疑。

直到太阳偏西，代宗义才回到店里，只见阿瑞一家人个个两眼呆滞，目光迷离，显然失去了斗志。问起来，阿瑞兄弟只有一句话："别的不管了，只要能找到妹妹就行。"

代宗义思之再三，这是人家的底线，推脱不掉的，一巴掌拍在大腿上："报警！明天我就陪你们去！"

还留在屋里的几位小姐一听，大惊失色："宗义哥，何必惊动警察呢！估计阿瑞也就跟哪个朋友出去玩几天，一时不想回来受累，过几天玩够也就回来了。"

"报警！哪有一去一个月连电话都不接的！"代宗义不为所动。

阿瑞的兄弟把目光转向代宗义，显见得开始要拿他当主心骨了。

22

　　阿瑞一家的上访闹事，终于引爆了朝红社区的一颗定时炸弹。

　　来到朝红社区不到一年，石韬感觉水是越蹚越深。头几个月熟悉情况的时候，只略略看出些端倪。随着李效周逐渐撒手，他越来越接触到隐藏在社区里的深层次问题。这次给代宗义搞落户调查，更是深入了解了这片工厂区的历史沿革，认识了其中的几个风云人物，掌握了源远流长、错综复杂的矛盾纠葛。由此他深深地感到，要搞好这个社区的治安稳定，绝非易事。怪不得社区的吴主任成天价疲惫不堪，遇事好用拖字诀。怪不得李效周天天喊着退休，靠王向高这样的大混混维持局面。怪不得有人说，把朝红社区摆平，干个副所长没问题。上次取缔朝阳菜市场，就险些引起一场风波。最后，是社区吴主任放出话来，说取缔是争取"卫生城市"的权宜之计，是暂时的，这才把闹事苗头压下去。吴主任说的是真的，还是耍的拖刀计，此事会不会是颗定时炸弹，对此石韬至今心里没底。

　　而阿瑞失踪一案，引爆了社区的又一颗定时炸弹。

　　还有些什么尚未掌握的定时炸弹，隐藏在不为人知的角落里？

　　从教导员沈麒麟骂他的那种态度来看，他对李效周已经是彻底不抱指望了，这个朝红社区算是一股脑交给他了。眼前看，怎么才能把阿瑞失踪案解决好，给她家一个交代？长远看，怎么才能把王向高这一伙摆平？他有什么后台？自己又如何在群众中间树立威信？

　　对于石韬来说，这一个个艰巨的任务，就像耸立在登山爱好者面前的山峰，山峰奇崛险峻、白雪皑皑，一重高过一重，渐渐耸入缥缈蔚蓝、遥不可及的天空，山峰既带来压力和恐惧，更带来挑战的兴奋和冲动……

阿瑞一家的上访闹事，是报案屡次受挫而导致的。开始，他们到建设路派出所报案，派出所给做了个失踪人口登记，告诉他们已经发到公安网上，有情况会与他们联系。三五天过去了，没啥情况。阿瑞兄弟见过些世面，给家里人说，派出所根本就没给咱找，这就跟报纸上登个寻人启事是一样的，效果还不如寻人启事呢。于是又跑刑警队。刑警队说，他们管的是案件，杀人了，得有现场，有尸体；绑架了，得有勒索电话。他们这个事够不上立案条件。谁知道她在哪儿呢？也许跟男朋友跑哪儿潇洒去了。叫他们还是到派出所去让社区民警帮着找找吧。

于是一家又跑到派出所，这回就有些言语呛呛了，派出所被缠得冒了火，叫来了管区民警，说管区根本就没这么个人，因为管区的暂住人口登记表里压根就没有阿瑞。阿瑞一家也不好打发，叫来了代宗义、李安娜，证明阿瑞已在春风巷生活了两年多，正是从这里失踪的。

"谁让她不办暂住证的？！没证就没这个人！我们管不了！"李效周鼓起一对牛眼呵斥。

"没证就等于没人？新鲜！是证重要还是人重要？！我还见过不少人连户口都没有呢，连身份证都没有呢，你把这些人都枪毙？！"这边阿瑞家还没说话，代宗义倒按捺不住，瞪起了眼睛。

"关你球事！这个月思想汇报写了没有？！"李效周见代宗义跟着掺和，气不打一处来。

"写啦，给石警官写啦！"代宗义故意刺激李效周。

"出去！你给我出去！没相干的都出去！"李效周噎得脸红脖

子粗，几把把代宗义操出了派出所。

矛盾由此激化，阿瑞一家回来跟代宗义一商量，代宗义道："现在事情明摆着，公安局这是等着阿瑞尸体从哪儿冒出来，才会管的。"

代宗义还给大伙讲了个耸人听闻的故事：××××年，省公安厅机要科女科长失踪。因为机要科长手里掌握了全国公安系统密电码，这起失踪案引起了公安部的高度重视，严令破案。为了找女机要科长，市里把公盛河上游的分水闸关闭，把河水放干，结果三十公里的河段上现出了十五具尸体……公安机关的失踪人口登记本上，永远都有成串成串活不见人死不见尸的人的名字，而黑黢黢的公盛河底、蜘蛛网似的城市下水道里、北山白石沟臭气熏天的垃圾填埋场，还有城外的戈壁滩，天知道有多少无名尸体还没发现。假如这些无名尸体都像电影里的僵尸一样爬到公安局去报到，那把公安局累死也破不了案。所以不能干等，再等下去，说不定阿瑞就要加入无名尸体的队伍里去了……

这样，就发生了阿瑞一家到市公安局上访闹事的情节。阿瑞一家打出了刺眼的白横幅：还我女儿！建设路派出所不作为！跪求上级首长为民做主！……

好家伙！这下动静大了！市局把骂人的电话打到分局，分局又把骂人的电话打到派出所。所长马宝山到党校学习去了，只得由教导员沈麒麟听骂。

"刚刚好一点了，这又给我出事！告诉马宝山，这件事不摆平，我让他党校白学！"

轮到沈麒麟骂了，骂谁呢？当然骂石韬！骂李效周有球用？大不了他一张退休报告一递，你还拿他有球办法！石韬是自己人，骂骂没关系，对成长有好处。再者说了，朝红社区他已经交给石韬了，他石韬流动人口是咋管的？！一个大活人失踪这么久，连个信息都没有！

石韬的听骂态度很好，不回避、不辩解，还主动揽下了管理不到位的责任。沈麒麟骂够了又开始问具体情况，问对策，所有的话只跟石韬说。二人一唱一和之间，整个儿把李效周晾到了一边，好像他压根不是这个管区的民警似的。看着李效周表面上装不在乎，实际上屁股已经开始不自在地在椅子上扭来扭去了，沈麒麟总算出了一口恶气。觉得石韬今天算是忍辱负重，与他配合得不错，这才是自家兄弟，心有灵犀一点通。

二人离开不久，石韬就悄悄转回来了。他给沈麒麟说，有些话，当着李效周不好说。其实春风巷他早就想动了，打架斗殴、敲诈勒索的案子特别多。但李效周不让他碰，碍于师徒关系，他也没办法。打架斗殴的他让一个叫王向高的出面摆平；敲诈勒索的因为涉黄，嫖客一般也不报案。这个王向高是廖家武的手下，所以，真要动起来，恐怕牵动面还大。这么多年就这么混着，但想不到现在出了大事，要不，趁这个机会，把春风巷彻底清理干净，永绝后患！

石韬的眼睛开始目光炯炯地盯在沈麒麟脸上，盯得沈麒麟心里都咯噔了一下。他知道廖家武的分量，按说石韬去了快一年，这里面的道道不会不知道。居然敢出这个主意，这小子要么是初生牛犊不怕虎，要么就是魄力超常。看来，平常还把他看简单了，这是块干事的料。但为防年轻人莽撞捅娄子，沈麒麟还是交代道："你先访一访，看看这个事情究竟是咋回事，假如真是恶性案件，到时候你听我招呼，咱们相机而动。"

23

　　石韬找李安娜调查的时候，正碰上代宗义在那里。代宗义听说是为阿瑞失踪的事来的，表现得十分客气，请他们在里间细谈，自己就回避出去了。

　　石韬这边和李安娜谈着，渐渐听得外间窸窸窣窣有了人声。他拉开门一看，只见六七个小姐个个双腿并拢规规矩矩地坐在沙发上。石韬心下奇怪，问她们干啥。她们说，不是宗义哥通知的，警察哥要来了解阿瑞的情况吗，她们几个都是等着警察哥问话的。

　　石韬听得一愣。此前，他在所里已经听说了代宗义和李效周吵架的事，同事特意提到代宗义给石韬写思想汇报这个细节，贾梦桃当时还当着其他民警的面很欣赏地说："石韬可以呀，这么快就把大混混代宗义收服了，比你李哥还有威信啊。"当时，石韬虽然听得心里很舒坦，但他知道贾梦桃对他很有好感，说话难免有所夸张。他自己心里很清楚，代宗义不是他们所说的那种一般意义上的大混混，此人比一般的大混混情况要复杂一些。虽然他总觉得只要措施得当，此人说不定能够为我所用，但究竟能不能收服他，他心里至今没底儿。

　　而此时代宗义的行为似乎对他们的说法有所印证。但他心中还是将信将疑，代宗义为什么表现积极，愿意帮他？有什么个人目的？代宗义和李安娜是什么关系？小姐们为什么听他指挥？看样子此人真是能聚人气，不可等闲视之。

　　石韬从众小姐这里，主要了解阿瑞的性格为人，人际关系，有没有仇家，有没有债务，有没有吸毒，有没有关系特别亲密的男人或其他朋友，失踪前有没有什么特殊表现等等。从了解的情况看，阿瑞虽没有什么债务、吸毒之类的事，但由于从事的这种工作，人际关系极为复杂。根据李安娜的反映，她的根本想法也就是钱赚得差不多了，在其他地方找个可靠的男人嫁了，做个什么正经生意之类的。闲时喜欢上个网。唯一可疑的情况就是，失踪前两三周曾有一个表现比较奇怪的客人来过两次，来了又不消费，跟阿瑞在里间不知密谈些什么。

石韬顺便从其他小姐嘴里了解了一下代宗义和李安娜的关系，知道二人关系暧昧，而且代宗义为李安娜已经与王向高的人发生了冲突，他心里对下一步的事感觉更加有底了。

石韬把了解的情况向沈麒麟做了汇报，沈麒麟带着石韬、李效周跑了趟刑警队，把了解到的情况包括阿瑞的手机号、QQ号都通报了刑警队。经刑警队初查，阿瑞高度疑似被侵害。

周一，分局召集刑警队、派出所、网侦等部门开会集体研究。鉴于此案影响重大，加之失踪者高度疑似被侵害，为了对人民群众生命财产安全负责，虽暂时达不到立案条件，但决定予以立线侦查。

沈麒麟提出，失踪者系卖淫人员，其所在的春风巷长期存在卖淫嫖娼等社会丑恶现象，且渐成规模，经常引起一些打架斗殴、敲诈勒索等治安案件，已经成为辖区藏污纳垢的渊薮，群众反应很大。鉴于此案已经引起社会上一定的关注，建议及早对春风巷进行全面整治，铲除污垢，争取工作的主动。

局长听罢，脸色很难看，不耐烦地说："这种事还要跟我请示吗？！《治安管理处罚法》摆在那儿的，该咋办咋办！早都干啥去啦？！"

下来之后，沈麒麟和石韬一分析，觉得局长态度十分暧昧。

这又不是处罚一家两家，而是整个一条巷子七八家。局长起码要安排部署一下，分局治安大队牵个头，派出所派警力配合，这里面还有很多守候、取证、抓人的事，万一审出更大的事情，还要刑警队配合呢。局长却一个四两拨千斤，把这事全拨拉给派出所了，这不像局长的风格啊。

事后，沈麒麟暗中揣度了一番，局长这种态度，说明了其背后的两难处境。一方面眼前出了大事，春风巷的事捂不住了。但另一方面，如果分局出面动作搞太大，廖家武或其背后的什么人那里，恐怕面子上过不去。

可一旦春风巷的事真捅到社会上去，惹出不良影响，局长再一个四两拨千斤，照样把责任拨拉到派出所头上，因为局长已经表过态了呀，依法办事呀，早干啥去了呀！

他妈的滑头！沈麒麟想了半天，猛拍了一把大腿，舍不得孩子套不着狼！趁着马宝山不在，我还就把春风巷给端了！他把石韬叫来授意一番。他这番授意，只交代任务，也不出任何主意，只是把权力充分下放给了石韬，让他放手干。石韬呢，既不显得为难，也不问一句讨主意的话。嘴里只管"嗯嗯"着。似乎只要拿到尚方宝剑，端个春风巷不在话下似的。最后反而搞得沈麒麟不踏实了。

"去吧，有啥压力我顶着。"最后，他拍了拍石韬的肩膀。

看着石韬不紧不慢离去的背影，沈麒麟暗想：看看这小子有啥能耐。

石韬首先找代宗义谈了一次话。石韬的意思是，你代宗义也是条汉子，难不成看着女朋友干这不清不白的营生？代宗义也挺痛快，他告诉石韬，他早就不让女朋友干那下贱营生了，要不他也不会带着阿瑞家里人报警的，他如今也在琢磨下一步该干点啥。

石韬告诉他，派出所马上要对春风巷采取措施了，希望他能给各个店打个招呼，争取个主动。最好让李安娜先带个头，搬走。代宗义提出，将来要是干别的遇上啥困难，希望石警官帮忙。石韬答应称没问题。

石韬给春风巷小姐们留了一星期时间，小姐们都在观望着。观望的结果是，代宗义帮着李安娜搬走了。一看代宗义、李安娜搬走，小姐们开始坐不住了，有的给王向高打电话，有的互相打听消息。王向高给的话是："沉住气，警察不还没来嘛。"

不料一周时间刚过，警察就登门了。

这回，是石韬打头阵，李效周在后面蔫头耷脑地跟着，又带了几个协勤。石韬的策略是，我也不抓你的嫖，我也不抓你的人，我就是隔三岔五地，一到你上班时间就来查你，一个小姐一个小姐地查身份证，查暂住证，一个客人一个客人地查身份证，查暂住证，一个店一个店地查消防安全。

一个星期过去，春风巷里没生意了。

小姐们急得给王向高打电话，王向高让再坚持坚持，他正想办法呢。

于是小姐们咬牙坚持着，不料警察不但没有收手的意思，看见小姐们不动，竟然采取进一步行动了。石韬开来了一辆警用小面包，小面包改装成了宣传车，拉着横幅，挂着喇叭，一到晚上就开进春风巷，声色俱厉地叫喊着"严厉打击卖淫嫖娼，净化社会环境"，厉声宣读着《治安管理处罚法》里的重点章节。

王向高急得到处打电话，但这回不灵了，打到哪儿都碰软钉子。最后给廖家武汇报的时候，廖家武阴沉沉地说了一句话："好了，这条街咱们不要了，大丈夫不争一时短长，咱们别处还有大生意。"

24

　　中央首长的车队在人民路、建设路上风驰电掣般驶过，往日拥堵得如停车场一般的街面，就像用一把巨型扫帚打扫过一样，显得既干净又空旷。戚爱云坐在属于媒体记者的最后一辆丰田面包车上，她斜倚在车窗边，让车窗半敞着，胳膊肘搭在窗沿上，风使她的发丝轻舞飞扬，耳边再也听不见平常那些起彼伏、歇斯底里的喇叭声，只有清爽的风呼呼掠过，让人不由得体会到一种速度的激情。她用眼角瞟着大街两侧，街边的建筑飞快地向身后涌去，每过一个十字街口，被交警拦停的车辆和群众都把目光集中在车队上。更让人心中一动的是，每隔五十米，就有一名制服笔挺的警察，笔直地竖在街边，庄重地向车队敬礼……戚爱云恍惚间觉得，她仿佛跟着车队在检阅着什么仪仗似的，那些被拦停的群众、那些举着右手敬礼的警察，一定都看见了她——整个车队唯一一个在如此庄重的场合偏偏斜倚在车窗边、发丝轻舞飞扬的神秘女子，他们一定在心里猜测着她的身份……此时的戚爱云，不知怎么就联想起了媒体名女人杨澜那本畅销一时的自传《凭海临风》。不能不承认，只有成功人士才能达到这种境界，而成功人士也理当享受这种境界，因为他们聪明睿智，为成功付出了常人难以想象的拼搏和奋斗……不论什么时代，"山高我为峰"的永远是极少数，大多数庸人只能仰望，不管怀着怎样复杂的心情，他们所能做的也只能是仰望。

　　然而，就在此时，戚爱云发现车队已驶进了水北区，她猛然想起了石韬，因为水北区正是石韬他们分局的辖区，看着烈日下肃然竖立的警察，她心中忽然起了一阵紧张，石韬会不会也像个稻草人似的竖在大马路上？不知为什么，她的第一反应就是偷偷瞟了一眼身旁的摄影记者林子豪。林子豪因为有一手人像摄影的绝活儿，业余在娱乐圈涉足颇深，经常应邀拍摄些美女广告、封面女郎、车模什么的，与女人交往很滥。有一段时间，据他私下说为了提高文化品位，居然追起了戚爱云。戚爱云虽然并未认真，但身边有男人围着也并非坏事，因此与他周旋过一段时间。不料吃了几次饭，出入了几回高档娱乐场所后，林子豪居然就敢提出拍什么光屁股的写真集，真是把她当什么人啦！她不仅毫不客气断然拒绝，并且刻薄挖苦道："你给刘一萍拍嘛，把她拍好了她还重用你呢！"（刘是四十未婚的女强人，报社副总编，以乖戾凶悍著称。）不料这种在女人堆里厮混惯了的，脸皮想不到的厚，属于你打了右脸立马把左脸伸过来的那种，有事没事继续纠缠戚爱云。直到戚爱云特意挽着石韬的胳膊在他面前亮了一回相，这才悻悻罢手。记得他还嬉皮笑脸地向她打听石韬的身份，被她响亮地呛了一句："刑警队长！"

刑警队长应该是不会在大马路上竖桩子的，可他并不是刑警队长，他只是个社区民警，社区民警会吗？她对公安机关并不了解，心虚得要命。她一边紧张地望着窗外，一边不时地微微瞟一眼林子豪。不知是因为心理投射还是怎么的，该死的林子豪也两眼一眨不眨地盯着外面的大马路，好像跟她一样，也在焦灼地寻找着石韬的身影！忽然，不知前方拐弯还是怎么的，车队的速度慢了下来，就在快要拐弯的一瞬间，真该死，马路拐弯处竟真的竖着石韬的身影！跟所有的警察一样，汗流浃背地竖在烈日下，还认真地举着右手对车队敬礼，在满脸汗水中努力维持着庄重的表情，呈现出一种既认真又狼狈的奇怪模样，那一刻，心疼怜悯，丢人现眼，紧张心虚，各种滋味一起涌上心头……她再也看不下去了，一边正过身子，悄悄摸出墨镜戴在脸上，一边微眯起双目，然而，眼前却伸过来一张脸，脸上泛着一层别有用心的笑容，轻轻地说了句："哎——那不是你们家石韬嘛！"嘴朝外一努，两个眼珠子饱含狡猾的笑意，盯在她的脸上，她只得假作慵懒地微微一侧目，借着车窗外石韬已被甩到后面去的态势，说了句："没有啊，你看错了吧。"借以糊弄过去。

然而，那天老天爷像是要故意耍弄她似的，在第二个考察点，她又看见了石韬，依然是竖在街边顶着烈日认真地敬着礼……在第三个考察点，还是能看见敬礼的石韬……在最后一个考察点，天哪，又是石韬，那个酷爱敬礼的石韬！简直就像个"敬礼娃娃"，一次又一次地被重复摆放在相应的位置上……戚爱云觉得仿佛进入了一个时空扭曲循环的噩梦，在那个扭曲循环的节点上，总是站立着那个诡异的"敬礼娃娃"……

而每次遇上石韬，林子豪都会大惊小怪地指给她看，好像发现了什么宝藏似的，既然再也糊弄不过去，她索性在第二次就默认并且挺过去了。当他最后一次还要给她指出来的时候，她忽然挂下脸子冷冷地问道："早看见啦，你有意思没意思？！"

最后一个考察点是待改造棚户区，首长要入户，因为空间狭窄，本省记者都被安保人员挡在了门外。"走！咱们看看他去！今天这个缘分，不容易！"林子豪拉着戚爱云去街边看石韬，显得比她热情还高。他撒出一副夸张的热情劲儿，远远地就奔过去握手，嘴里不住地道辛苦："辛苦啦辛苦啦，兄弟辛苦啦。"接着就旁敲侧击地询问石韬的岗位职务，当得知是社区民警的时候，故作惊讶地反问了一句："不是刑警队吗？我以为你在刑警队呢！"意味深长地看了戚爱云一眼。戚爱云呢，铁青着脸一声不吭。接着，林子豪就好奇地询问为什么每个考察点都能看到石韬的身影，一副求知欲旺盛的模样。石韬于是耐心解释："因为警力有限，首长安保路线点多线长，只好分段安保。保完一个标段，利用首长在点上看的时间，民警再赶往下一个标段。"

"就是——拆东墙补西墙？"林子豪恍然大悟，并且夸张地大笑起来，"兄弟你真辛苦！"

这时，石韬忽然指着棚户区严厉地说："快！领导出来了！"

林子豪回头一看，只见首长正在一大群随从簇拥下健步走出棚户区，谈笑风生，显见得对棚户区改造前景十分乐观，多好的镜头！林子豪条件反射般地从路沿石上弹起来，抱紧相机就往首长跟前冲，但还是晚了，各家媒体记者早就一拥而上，一大堆长枪短炮已经把首长围死了。林子豪先是踮起脚尖，把相机高举过头顶，镜头朝下盲拍了几张，回放一看都不行。一咬牙，索性抱紧相机，撅起屁股像只穿山甲似的硬往人缝里钻，不料刚突进去，首长就已经举步行走起来，簇拥着他的那个包围圈也跟着移动起来。这一下把正在取景的林子豪突显在首长眼面前了，这可犯了安保大忌，首长身边的安保人员立刻伸过健壮的胳膊，一把把林子豪拨拉到一边儿去了。林子豪立足不稳，加之人堆一拥，竟一个四仰八叉滚到了圈外，头顶的名牌鸭舌帽骨碌碌滚到人圈里，被无数只急促的脚步践踏而过，急得他边往起爬边叫唤。

石韬远远地观察着这一幕，根据林子豪的口型，喃喃地学道："帽子！我的帽子！"边学边笑望着戚爱云。

但戚爱云并没有看他，她慢慢地坐到树荫下的长凳上，两眼望着前方的虚空，陷入了沉思：

没想到平日看起来沉静的石韬嘴巴子还挺厉害的，几句话就把林子豪的嚣张气焰打下去了。这一方面让她觉得很解气，很痛快，石韬关键时刻真是拉得出打得赢，挺给人长脸的。但另一方面，石韬那些话也让她心里不舒服，似乎把内心引为骄傲的一些东西给彻底动摇了。她一时滋味复杂，到底喜不喜欢这个人，她心里都没底了。想到这她觉得心真的凉了，觉得石韬就像一根鸡肋，食之无肉，弃之有味……

忽然，石韬在叫她："快，车队要走了！"她抬眼一看，领导们都已经上车了。她坐着没动，两眼望着石韬，道："咱们俩正式约会，好像很难约到一块儿？"

"对。"石韬也望着她。

"几次见面，好像都是这种街头偶遇？"

"是奇遇。"石韬笑望着她纠正道。

"那今天就把奇遇进行到底。"她下决心地说，"我不跟车队走了，你也别跟派出所的车走了。咱们吃饭去。"

石韬把她领进了一家朝鲜冷面馆。

她吃着冰凉酸爽、筋道有力的冷面，暑热顿消，有种浸透身心的滋润感弥漫全身。她又一次暗暗体会到石韬那不动声色的体贴，心中又添了几分犹豫。但她还是装作漫不经心地问了句："你们社区警……到底是干什么的？"

石韬愣了下，随即一丝笑容爬上脸颊。那种掌控一切的笑容，仿佛能穿透她的心思，让她心里挺慌，低头装作吃面没敢看他。

"如果用一句话高度概括，就是负责社区治安事务。"

"嗯。"

"也可以用两句话稍做分类：第一句，尽量不出任何影响治安的事；第二句，一旦出事，就尽量摆平它。"

"嗯。"

"如果用四句话来说，就是'发案少，秩序好，社会稳定，群众满意'。"

"嗯。"

"还可以用十二句话来细化分解：群众的矛盾纠纷要化解好；打架斗殴要调解好；小偷小摸等案件如果线索明确要及时破案；较大的刑事案件要协助刑警队进行基础调查提供破案线索；重点人口要进行管控帮教转化防止重新犯罪；出租房屋流动人口要及时登记办证管控，做到底数清情况明；常住人口户籍服务管理；辖区单位各种安保设备如防盗门、防盗窗、监控探头等等要督促安装；辖区单位安保队伍建设、群防群治的落实；官民矛盾、群体性事件要提前掌握苗头信息，要进行化解劝谕制止，要及时报告上级；消防安全、自然灾害的防范要经常进行检查落实；要参加派出所的值班备勤；要完成各种大型活动、首长活动的安保任务，就像你今天看到的……"

"嗯，这样算到头了吧？"

"大概就这些事。不过，这 12 类主要任务还会派生出 40 余条具体措施……"

"你还有没有完？"

"这就叫'道生一，一生二，二生三，三生万物……'"石韬嘴里叼着一根面条，嬉笑地望着她。

"照你这么说，这社区民警还怪不好干的噢？"

"看你咋干了，这么多任务里有的是虚标，有的是实标。都往实里干，将来可以干到所长，甚至局长都没问题。都往虚里干，混退休也没问题，反正你也不能把我搞成副民警。很多活儿……说白了都是良心活儿。"

"估计混的多吧？要不你们社区民警怎么没人家刑警名声大呢？"

"你学啥专业的？"石韬忽然悠悠地笑着反问道。

"我学中文的。"

"秦汉时候，基层有种小官职叫亭长你知道吗？"

"听说过，汉高祖刘邦不就是泗水亭长出身的吗？"

"亭长就是现在的社区民警。"

戚爱云望着石韬，顿了片刻，"切"地一笑："野心不小，大而无当！"

"没啥野心，就是猜着，亭长可能也挺锻炼人的。"石韬也似笑非笑地望着她，忽然又说，"最近我社区里发了件大案，一个洗头房的小姐失踪了，家里人在市局闹呢，分局把我抽到刑警队了，协助破案。"

戚爱云心里咯噔一下，问道："临时抽调，还是借调？"

"就那个意思吧，一回事。"

"以前……有没有因为一起案件，就把社区民警调到刑警队的？"

"有，不过，少见。"

"有没有可能调刑警队？"

"不知道。"

"你好好表现，好好破案啊！"

"你想让我到刑警队？"

"废话。"

"那你支持我呗！"

"那是必须的，案子破了，我找政法口的朋友，看能不能给你宣传宣传。"

"关键是没时间陪你了。"

"没关系，有时间我陪你。"

戚爱云彻底兴奋起来了，长久困扰内心的矛盾快解决了似的，两眼灼灼地望着石韬。

25

实际上，对于抽调刑警队这件事，石韬并不像戚爱云那么乐观，而是感到有几分蹊跷。

这种蹊跷的感觉，从马宝山所长党校学习回来之后就开始有了。当时，他刚刚在沈麒麟的支持下，把春风巷连锅端了。按说，这么大的一件事，马所长怎么的也该在派出所例会上点评点评，以示对民警工作的支持和鼓舞。但是，没有。马所长硬是对清理春风巷一事不置一词。不仅如此，马所长对石韬似乎变冷淡了。过去，马所长对石韬总是很亲热的，有说有笑拍拍打打都很正常，毕竟石韬在年轻一拨民警里那种鹤立鸡群的态势是很明显的，是领导将来要倚重的骨干。但现在，马所长见了面只是点个头，简单哼哈一声就过去了。

他找了个机会旁敲侧击地问了问沈麒麟，清理春风巷事先跟马所长汇报了没有。沈麒麟说："汇报了呀，这事儿你操啥心？"他不好多说什么，但感觉沈麒麟挺不高兴，好像问着了他的什么不愿被触动的心事似的。

而跟他谈抽调刑警队的事时，他不知是鬼使神差还是咋的，竟问了句："那我啥时回来？"马所长当时就绷着脸甩了句："你就给我安安心心地帮人家破案！啥时破案了啥时回来！"

下来之后，他反复咂摸马所长这句话，包括说话时的表情、语气，越咂摸心里越不舒服。好像他这就被赶出了朝红社区，是被放逐到刑警队似的。石韬不由得联想起曾经隐约听到过的一种说法，说当初把他派到朝红社区是沈麒麟力主的，马所长态度比较暧昧。难道，马所长不希望改变朝红社区的现状？难道马所长不希望沈麒麟插手朝红社区的事？难道他被视作沈麒麟的人了？

在决定了他抽调刑警队的事后，沈麒麟跟他谈了一次话，让他这段时间辛苦点，既要协助刑警队把破案工作做好，也要把社区的工作兼顾好。"毕竟社区是你的根据地嘛！"虽然他当时感觉压力比较大，但"根据地"这话毕竟听着亲切，是自己人的话。但不久之后，马所长却又通知：他在刑警队帮助工作期间，由张红武代理他的社区工作。张红武也是所里的年轻骨干，马所长比较欣赏的。有此一番波折，越发加重了他心中的那种猜疑。很多事情，从表面上是看不出来的，表面上总有表面上很正当的理由，底下的暗流涌动，要靠自己凭感觉去悟。而悟的结果是，似乎总感到有一只看不见的手，在背后摆布着自己似的。戚爱云对所里的情况不了解，对朝红社区的复杂社情一无所知，她只觉得刑警队听起来有面子，是公安机关的骨干，有出息。那天还问过公安机关的领导是否大多数都是刑警队出身的话，但她并不明白他所想干的一番事业。而他的理想，一句话两句话也跟她讲不清楚。

那段时间，他心里有点烦，有点乱。跟张红武交接工作的时候，李效周在旁边阴阳怪气地说了句："跟刑警队到社会上多跑跑，好好长长见识吧。"话里话外暗含着讥他不知天高地厚的意思，更透着一股子称心如意的味道。

然而，当他离开警务室，闷闷不乐地走在配件厂家属院的时候，一群在树荫下聊天的退休职工、家属院小媳妇远远地就跟他大声打招呼。他们围着他，七嘴八舌地夸着他端掉春风巷的事。

"那个李警官在这里多少年了，那么长一条脏街，就跟没看见似的！"

"还是石警官厉害，不到一个月就清干净了。"

"石警官把俱乐部那边赌博的事也管管吧，我们家那个家贼，挖家都快挖空啦，别人我们是指望不上的呀！"有人热切地盯着他恳求着。

他很感动，心里很温暖。他知道这些人家都是孩子或老公在春风巷动漫城那里学会了嫖赌，开始糟蹋钱的。他也知道清理春风巷的事已经使他在这一片出了名。因为今天这种场合他已经不止一次地遇上了。坊间一些懂得内情的在传言，王向高遇上对头了。甚至传言，廖家武恐怕是遇上对头了。当然，他明白前一个对头人家指的是他，后一个对头人家指的是更高层的人。但他心里仍然忍不住滋生出一股豪气。在这股豪气的支撑下，他的信心又开始恢复，情绪又开始饱满了。他想，到刑警队锻炼锻炼也好，多长几样本事，老根据地我是迟早要回来的。

26

刑警队压根儿就没把石韬当回事。在他们看来，把受害人基本情况提供完，石韬也就再无价值了。社区民警会干什么？除了办个户口，调解个打架，登记个暂住证，剩下不就混吗？也难怪戚爱云这样的外行瞧不起社区民警，公安机关内部不也一样吗？在他们看来，社区民警就像甘蔗，甚至甜秆，也渣多味少，毫无营养，嚼不了几下就得吐掉。

在刑警队，石韬处处都能体会到这种轻视，甚至无视的滋味。布置起任务来，所有人分派完毕，最后才仿佛突然想起还有个石韬没安置呢，"你跟×××，跑一下×××的情况"，连这个"×××"都不确定，今天这个，明天那个。

分析案情、讨论侦查方向的时候，没有人会看他一眼，仿佛他根本就不存在似的。种种迹象表明，刑警队压根儿没抽调过他，因为在这里，石韬连个聊胜于无都算不上，完全是可有可无，天知道派出所为啥把他打发过来的。种种屈辱，若摊在别人头上，早惹得发牢骚、撂挑子了，但摊在石韬头上，就好像在脑子里拧发条似的，摊上一次，拧紧一圈，摊上一次，拧紧一圈。一股力量就这么在心中越憋越足，暗暗地寻找着一个偶露峥嵘的突破口。

实际上，石韬一开始围绕受害人走访得来的基本信息，远超出一般社区民警所能提供的范围。但因为阿瑞的社会关系极为复杂，光是手机失联前一星期联系过的人员，就达上百人之多，失联最后一天联系的人员也有 20 余人。再加上她还沉迷上网，网上加过 QQ 号的又有几十人。由于其职业特点，这些人成分复杂，鱼龙混杂，而且大多属于社会灰色人群，个个都难逃嫌疑，需要一个一个地去排查核实。这样一来，工作极为庞杂。凡沾上这起案子的刑警，无不头痛欲裂，骂骂咧咧。谁也不会感谢石韬提供的基本信息有多么丰富，因为丰富在这里恰好成为折磨他们的关键因素。但是，谁让他们摊上的是阿瑞这号儿受害人呢？

小姐遇害，从过去发生过的案件看，有多种可能性：与嫖客之间因嫖资发生纠纷招致激情杀人是一种；嫖客中有关系相对持久固定的，小姐为抬高身价周旋于他们之间，导致争风吃醋惹来杀身之祸是一种；小姐从良过程中欺骗男方招致义愤被杀是一种；露财被杀又是一种。由于小姐往往背井离乡，与家人亲友疏于联络，加之属于公安打击对象，往往使用假名、假身份证，在暂住地没有任何信息登记，她们几乎游离在法律保护范围之外，这种现象在社会底层几乎是公开的秘密。除了上交保护费求得黑社会庇护外，在这个弱肉强食的世道上，她们几乎没什么自保能力。所以小姐经常被人盯上，轻则身首异处，重则四分五裂不知所踪。由于假名假身份证、社会关系复杂等诸多原因，公安机关对小姐失踪的案子，一旦沾手就极为头痛。加之小姐往往生前早与家庭决裂，处在一种自生自灭的状态，所以，很多小姐即便失踪了也没人管没人问，就这么一声不吭地从这个世界上消失了，除了老天爷，谁也不知道某小姐的一辈子就这么完了，连杀人的都不知道他杀的究竟是谁。

石韬每每想到这些事的时候，心情就特别沉重。在他从小长到大，而今早已倒闭的那家工厂里，曾有几个小时候一起玩大的姑娘，后来到南方打工再也不见回来，听说也沦落到此行中。每当想起小时候种种天真烂漫、两小无猜的美好片段，再联想到如今她们那龌龊下流、泼辣无耻的生涯，再联想到她们也可能早就一声不吭地消失了，他就觉得心尖子发疼。

正因为如此，清理春风巷的时候他没有采取那种野蛮粗暴的方式，而是用那种几乎可以说是软磨硬泡的办法连续作业一个月，才终于把她们请走。他没有能耐对她们所有人的未来负责，但代宗义提出要帮李安娜在过去的朝阳菜市场开饭馆时，他一口答应帮忙。

眼下面对阿瑞的案子，他的心态也是如此。让跟谁跑就跟谁跑，一个嫖客一个嫖客地调查核实，人前人后从无一句怨言。这就与其他牢骚满腹的刑警们形成了鲜明的对比。连具体抓专案的刑警队长赵京安也开始渐渐注意到他了，赏了"吃苦耐劳"的四字评语。

几十名嫖客核实下来，没有一个出线索的，这些嫖客都是电话上反映出来的。于是石韬老是忍不住去想他未涉足的网上调查。通过电话，只能查出某人跟阿瑞联系过，没有任何其他信息。但网上有双方的对话记录，能够为进一步的分析研判、深入挖掘提供大量的信息。近几天来，石韬注意到围绕电话开展工作的这两组人都松下来了，难道网侦那里已经出情况了？他们在网络空间里都发现了些什么？其实，阿瑞喜欢上网，包括她的 QQ 号都是石韬调查出来提供给刑警队的，但一涉及网侦，人家就不让他沾边了。人家就没把他当自己人看，或者没当个管用的人看。但越是捂在黑匣子里不让看的东西，越能勾起人的好奇心。石韬这段时间就因他那与生俱来的好奇心憋得很难受。因此，当他在分局网侦大队的楼道里看见贾梦桃的时候，他不由得眼前一亮。

27

贾梦桃是来参加分局举办的网络安全技术培训班的。近些年为延伸网络安全管控的触角，要求各派出所也要培训储备这方面的人才。贾梦桃在建设路派出所属于电脑水平较高又有一定工作经验的，就被派来了。来到分局一方面人不熟，另一方面，分局毕竟是机关，氛围和派出所不太一样。人人都显得挺矜持的，说话也得三思而后说。贾梦桃待得很闷，突然看见派出所的小兄弟，又是最有好感的石韬，兴奋和喜悦就表现得有点失控。先是伸手把石韬身上皱巴巴的衣服押直抚平，又问他"挺精神个小伙子咋搞得这么窝窝囊囊的"。石韬告诉她，这两天为小姐失踪案摸排嫌疑对象，那群嫖客白天根本找不见人，天天夜里弄到两三点。"那我给你带回去洗洗呗，单身汉连个洗衣服的地方都没有。"贾梦桃说。

看着贾梦桃的一双纤手在自己的衣服，其实也就是身体上忙碌着，身体无法不感受到那手的柔软和呵护。目光偶然与贾梦桃的相接，成熟女人的一双丹凤眼正专注地凝视着自己，目光中饱含着一种姐姐辈儿的欣赏和怜爱意味，石韬心中滚过一阵既温暖感动，又别扭难受的滋味，就好像小时候冬天烤火离炉子太近时的感觉。石韬感到脸颊有点发热，身体不自觉地微微朝后挪了半步。不过，对打算向贾梦桃张口的为难事，却更有信心了。

果然，一听石韬的求助，贾梦桃求之不得地答应下来。"不能让他们欺负咱派出所！"不过，毕竟网侦属秘密手段，白天不能随便什么人都上手，二人约好等晚上人走光了再上。

是夜，石韬一直在分局刑警大队办公室等贾梦桃的信儿，为掩饰这种多少有些越位的行踪，还不能让刑警队的人看出什么异常。石韬趴在桌子上假装一份一份地翻看着嫖客们的笔录，貌似从海量信息中搜索蛛丝马迹。看着专案组的刑警们一个个打着哈欠离去，无人睬他一眼，他在心里暗暗道：等着吧，今晚就抄你们后路！一种情绪，既饱含发现的期待，又充满报复的兴奋，充溢于他的全身，他的脸上又浮现出那种深不可测的微笑。

大约网侦那边有人加班，直到 11 点半，他的手机才响了一下。他一看是贾梦桃的电话，收拾好桌上笔录，轻手轻脚地朝 5 楼网侦科走去。黑黢黢的楼道尽头，L 形拐弯那头泻出一小片光亮。他慢慢走过去，拐弯，轻轻敲敲门，内心怀着一种私密的兴奋和喜悦。门轻轻打开了，贾梦桃脸上也呈现出一丝私密的兴奋和喜悦，她一边把石韬让进门，一边探头朝楼道两端张望一番，才轻轻合上门。不知为什么，当两人共谋一件极其隐秘的事情的时候，互相之间不知不觉会产生一种很私密的信任和依赖。某种程度上，两人结成了一个安危共同体，这会促使他们之间产生一种潜在的结盟感，不知不觉中增强着彼此的感情。

当贾梦桃上机动用权限的时候，石韬有意识地背过身去。贾梦桃轻笑着说："不用，都到这个份儿上了。"石韬心里咯噔一下，觉得贾梦桃的话总让人听着耳热心跳的，有种既暖心又暧昧的意味在里面。而且，那一瞬间他不知怎么想起一句话，说女人都是感性的动物，一旦对你好起来就一点原则也不讲了。她也不想想，权限外泄是严重违纪的行为。由此他又联想到了戚爱云，戚爱云对他什么时候都是讲原则的，什么要上进啊，要提高素质啊，社区民警是干什么的啊，一个女人如果真心喜欢你，彻头彻尾对你好，那她是讲原则还是不讲原则……忽然，走廊的楼梯上传来隐隐的脚步声，他惊醒了，赶紧跳起来把白亮的日光灯关闭。室内瞬间陷入一片黑暗，片刻之后，电脑屏幕蓝幽幽的荧光里才呈现出贾梦桃的脸，她的两个眼珠在蓝色微光下黑亮黑亮地盯着他，嘴巴也紧张地半开着，直到脚步声远去，她才以手捂嘴，脸上呈现出一个无声的笑容。她的表情就像是孩子在玩一个什么大人不允许的紧张刺激的游戏，那一瞬间他一阵感动，仿佛回到小时候的某个美好片段……他发现他走神了，居然在这种时候走神，而且老是走神……于是他使劲晃晃脑袋，把注意力集中在正事上。

他把阿瑞的 QQ 号报给贾梦桃，她很快就进入了阿瑞的 QQ 空间。阿瑞最后一次留言是给一个叫"机甲超人"的，时间是 6 月 2 日上午 10 时 35 分，留言内容为："星星：南山我去过几次啦，你能不能想个新鲜的地方？"

果然！这岂不是重大线索？指明了受害人最后的联系人及可能的去向！但最初的激动劲一过去，石韬随即冷却下来。假如这条线索很好挖掘的话，专案组就不会在其他方向费那么大的劲了。

石韬不由得沉下心分析起来。这条线索的缺陷究竟在哪里？首先，这是一条开放性的线索，并没有明确的指向。从字面分析，阿瑞这是受到"机甲超人"的邀约打算出外短期旅游。但南山她感到不新鲜了，那么，究竟跟没跟这个"机甲超人"出去？去的话又去了哪里？都不确定。而这是阿瑞最后一次通过QQ与外人联系。后面的事情，是当面商量的，还是通过手机商量的，或其他什么方式商量的？不得而知。怪不得专案组要指派民警围绕手机等其他方式做大量的调查。其次，通过这两天调查手机联系人，石韬对阿瑞手机的使用情况十分清楚，手机的最后一次通话发生在5月31日20时28分，假如截止到6月2日上午10时许，阿瑞依然自由安全的话，为什么6月1日一整天竟然连一个电话都没有？须知阿瑞社会关系极为复杂，平均每天都接打二三十个电话，从无间断，为何6月1日这天没有一次通话记录？6月2日上午，神龙见首不见尾地在QQ上冒了一头，从此就泥牛入海无消息？导致阿瑞失踪的那个事件，究竟发生在哪个时间节点？与阿瑞最后在一起的人，究竟是"机甲超人"，还是别的什么人？近些日子里调查过的那些嫖客、小姐，还有春风巷所谓的"管理人员"，各色人等的面孔——从石韬的脑海里飘忽而过，导致阿瑞失踪的那张脸，说不定就隐藏在这些面孔中，但你就是不知道究竟是哪一张！一种强烈的探究欲深深地把石韬攫住了，使他在夜深人静之际浑身亢奋，毫无睡意。

他看了看一旁的贾梦桃，贾梦桃两眼望着他，也毫无倦色，一副把游戏进行到底的架势。他对贾梦桃简单说了说他的分析，两人决定寻根溯源，追着这个嫌疑最大的"机甲超人"，看看与阿瑞之间是何关系，有何交往。

从过往的聊天记录来看，阿瑞与这个"机甲超人"是通过那种牵线搭桥的交友网站认识的。在聊天中，阿瑞把自己描述成自食其力的小业主，辛苦经营着一家小店，希望觅一位能够遮风挡雨的"大树"，如何如何……当然，阿瑞以此方式结识的男人不止一个，她周旋在他们之间，尽量通过聊天套取对方情况，反映出似欲择优从良的心态。当然，因为大家都在虚拟世界里，男人们也并没有老老实实地信任她，男人们也在转弯抹角地套取着她的情况，男人们自身的动机也并非那么简单纯粹、清澈见底。总之，彼此之间就这样既试探又提防，表面上看像男女朋友一样互开玩笑、互有好感，有时甚至不乏互诉衷肠、以心相许的片段，但字里行间却又留下重重心机，十分微妙。而石韬和贾梦桃就要从这复杂微妙的关系中分析男人们的内在动机和可能的矛盾冲突，从中寻找侦破案件的蛛丝马迹……

28

已经是深夜 12 点半了，戚爱云在床上辗转反侧，难以入睡。不知为什么，今天夜里格外心神不宁。这心神不宁就像一颗种子，从那天与石韬分手就隐隐种下了，随着连续 3 天没接到他的电话，种子像野草一样疯长起来。今晚交稿之后，心思一腾出来就开始对付这片令她心神不宁的野草：她是不是对他太严厉了？他能不能理解，对他严厉，是因为她舍不得他，她不能放弃他，一定要把他塑造成自己理想中的终身伴侣，而不是一根鸡肋？在人生大事上，她是个完美主义者，容不得凑合，容不得迁就。但她转念又想，改变一个人是急不得的，就像专版主任所说的，要像广州人煲汤，文火慢炖，急火是出不来那种深厚绵长的滋味的，弄不好还会搞得一片焦煳。都三天了，他为什么不打电话？是不是她的那份严厉把他吓住了？有些男人骨子里是改不掉大男子主义根性的，自己没出息，也不愿生活在女人的光环和压力之下。面对优秀的女人，反而会在自卑中选择退缩。他会是这种人吗？

如果不打个电话弄清楚，今夜将注定在辗转反侧中度过了，而明天一天都不会有一丝好心情。戚爱云一骨碌坐起来，决然地抓过手机拨起了石韬的电话。

"喂？"

"是你呀……吓我一跳……咋这么晚打电话？"他的声音听起来有几分慌张。

"你吓什么？在干吗？"

"正在……正在工作。"

"这么晚了还工什么作啊？"

"就那个，就那个案子，我告诉过你的。"声音听起来压得很低，好像怕人听见似的，一副做贼心虚的样子。

戚爱云不由得生疑起来，她也压低了声音："你干啥？蹲坑守候吗？"

"那倒不是，回头告诉你，现在不方便。"声音里已经有了克制着的不耐烦。

"那我挂啦？"她试探着问。

"挂了吧。"对面毫不犹豫。

她的心一沉，一种自讨没趣的灰败情绪瞬间弥漫了全身。她愣愣地坐在黑暗中，半天才发现手机仍然不甘心似的贴在耳边。但与此同时，她的心跳加剧了，因为对面不知为何竟没有挂断电话，也许以为她已经挂断了……她竖起耳朵听着对面的情况，先是一个女声：

"谁这么晚打电话？"

"一个朋友。"

接着就没声了，好像特意留给她时间来细细咀嚼品尝这两句话的难咽滋味。

女人的声音虽然听起来略有些年纪，但又糯又甜，透着一股子温柔顺从、贤妻良母的味道，是不思进取、畏惧挑战的男人们最喜欢的那种。而他的话呢，更让她难以下咽——"一个朋友。"就这么轻飘飘地把她概括了，把她打发了。就好像电视上的节目主持人叫："这边的朋友给点掌声好吗？！"难道在他的心目中，她就是这个级别、这个层次的所谓的朋友吗？她的心被深深地刺伤了，但她决不肯放下电话，她预感到还有更深的刺伤在后面等着她，但她好像就在渴望着刺伤、期待着刺伤似的……老天爷都被她这份执着给打动了，在成全着她呢，没等多久手机里又传来对话声，先是那个糯糯的女声，听起来感觉就像硬咽下一个成熟过度的烂芋头一般噎人：

"男人通过征服世界而征服女人，女人通过征服男人而征服世界……"

过了片刻，又糯又甜的声音又响起来：

"……你说的有一定道理，在这个社会上，女人在外打拼真的很难，三头六臂都应付不过来，还老要被人欺负。有句老话讲，女人好比藤缠树。女人找男人图个什么？不就图个可以停靠的港湾，可以半生有靠，少一点辛苦嘛……"

真他妈的恶俗，不但堵心噎人，而且令人作呕！

片刻之后，又糯又甜的声音又响起来：

"……为啥不接我手机？"

"手机没带。"

"为啥不带？我一打就不带？"

"手机又不是鸡鸡，还长在身上了吗？……"

接着是石韬和女声两个人的窃笑……

够了！她在黑暗中把手机从耳边拿下，她的脑子里开始轰鸣，无休无止地轰鸣着，无声的泪水从脸颊上一点一点往下爬行……

29

石韬懵然无知、专心致志地与贾梦桃一起分析研究着"机甲超人"与阿瑞网上相识、交往的过程。从长达几十次的聊天记录可以看出，"机甲超人"与阿瑞之间从不熟悉到逐渐熟悉，从装腔作势到狎戏无度，从没见面到后来见了面。"机甲超人"甚至去过了阿瑞的洗头房，不知他是真被阿瑞巧言蒙骗，还是装糊涂。反正至少在网络这个虚拟空间里，他依然执着地追求着阿瑞。阿瑞则是脚踩数条船，一边用甜言蜜语继续把这个"机甲超人"吊着，一边与其他人同时进行着相同的把戏，活像个表面上和蔼可亲、一视同仁，实则铁面无私、择优录取的考官。

那么"机甲超人"呢，他是在真心追求阿瑞吗？他见识过阿瑞的洗头房，表明他去过春风巷，假定他依然真心追求阿瑞的话（这似乎从阿瑞能够轻而易举吊着他得到某种印证），那么他多半属于社会底层的光棍汉，很可能就生活在这座城市。如果他并不是真心追求阿瑞，那么他又有什么目的？阿瑞一边吊着他一边与其他人周旋，他是否有所察觉？

阿瑞和"机甲超人"的故事虽已露出部分端倪，但这就像冰山的一角，只能预示着更大的未知部分还潜藏在水下。正如老话所讲女人是感性的动物，贾梦桃的思维此时已完全陷入阿瑞和"机甲超人"之间那神秘的未知部分难以自拔了，她只是一味地执着于他们的聊天记录，企图从字里行间琢磨出更多信息，琢磨出事情的真相。但石韬把聊天记录吃透之后，很快就从里面跳出来，从更宽阔的视野开始考虑问题。由此他梳理出了新的疑点。首先，6月2日阿瑞给"机甲超人"的那条商量出门游玩的留言，显得格外孤立，此前的聊天记录中从未提及。当然，也可能是通过手机等其他渠道商量的。但为什么这次非要采用网上留言这种消极方式呢？其次，6月2日之前的聊天记录中，阿瑞都称"机甲超人"为"新新"，唯独6月2日的这次，称之为"星星"。

石韬把他梳理出的疑点告诉了贾梦桃。贾梦桃不以为然，从女性的角度提出了她的解释：阿瑞不愿去南山，但又担心拂了"机甲超人"的兴，因此不愿在电话里面说，采用网上留言的方式。这对女人来说，是很自然的。至于"新新"误为"星星"，现在一般人打字都用拼音，阿瑞这样的所谓低层次人员，更不可能会复杂的五笔输入法。拼音输入时，同音字之误极为常见，只要没歧义，很多人也便不管不顾。

不管怎么说，一切谜底只有找到这个"机甲超人"才能解开。然而，显然"机甲超人"近日并未上网，落地查人便难以进行。看样子，专案组也一直在等着这个"机甲超人"在网上露面。

石韬也只有把他的种种猜测暗埋在心底，等待着专案组那边的动静。

30

　　三天来，石韬隐隐感觉戚爱云有些不对劲了，不但没打一个电话给他，而且打过去十几次都不接。他不能不联想到最后一次通话的那个夜晚。他有些心虚。心虚有两重原因。一是那天晚上有点太怠慢她了。没办法，当时夜静更深，而他正在一个陌生环境里进行违规操作，一旦被人发现，属严重违纪行为。他心情十分紧张，不愿意在深夜静谧的办公楼里发出过多的声响。而且，在如此紧张的心情下，他还要强制自己集中注意力从大量支离破碎、漫无边际的聊天记录中分析阿瑞那乱麻一般变化多端、复杂纠结的人际关系，从中梳理出一条与案件有关的清晰脉络。说实在的，戚爱云的电话来得真不是时候，可谓烦人干扰。第二个原因就更为隐秘了，属于天知地知心知一类：那天夜里的某些个瞬间，他很不地道地拿戚爱云与贾梦桃暗中做了一番比较。贾梦桃身上让他心动的一些东西，其实正是戚爱云让他感到有所缺憾的地方。当然，离开了那天夜里的特殊情境和氛围，他立刻就清醒过来，为自己的心猿意马感到羞惭。贾梦桃虽然对自己有好感，并且有着戚爱云稀缺的那种无条件的温柔、顺从和支持，可她是大姐啊，是有家室的人。尽管他也只是一闪念地比较了一下，但他仍然为心灵的一闪念感到羞惭。转念再想，戚爱云虽然对自己讲原则，加压力，归根结底也是因为爱你，否则你一个大头民警关人家什么屁事呢？你一个工人家庭里走出来的孩子，能够得到省报美女记者的青睐，已属高攀了，还不许人家偶然地掂量掂量自己，提提要求吗？

石韬感到自己那天对戚爱云的确太怠慢了，况且她那么晚打来电话，八成也是有了什么烦心事需要倾诉的，却被自己无情地拒之门外。趁着专案工作陷于停顿的间隙，石韬决定找上门去，跟戚爱云好好赔个不是。

　　石韬咋也没想到省报大楼的门禁制度如此严格，走的时候因为脱换制服把证件落在制服口袋里，看门老头说啥也不让进，好说歹说最后同意打个电话，征得对方同意后才放人。

　　看门老头打电话的时候，石韬不知怎么紧张起来，眼巴巴地望着他。只见看门老头边听着那边的回话，边把脸抻平了，严肃地望了他一眼。他不觉干咽了一口唾沫，心中有种不祥的预感。果然，老头撂下电话，严肃地望着他道："不认识你。"

　　"什么？！"他一时愣住了，不理解或者不敢相信老头话里的意思。

　　"人家不认识你！"老头表情更加严肃。

　　"怎么……怎么会不认识呢！"他急切地扑到老头跟前，"咱们报社民生版的首席记者戚爱云呀，跟您说实话吧，她是我女朋友，前两天有些误会，今天来就是需要好好解释一下的，您就放我进去吧……"他急得连说带比画，见老头不为所动，又急切地掏出手机调出戚爱云的照片给老头看，"您看，这是我给她照的！"

　　老头抬起柴火棒似的干胳膊挡开石韬的手机，生硬地说："你认识她不见得她就认识你，我们报社很多女记者那可都是公众人物，接触的人多了去了，一不小心就会被别人纠缠的……领导给我们有交代，要提防这种情况。未经本人同意的，坚决不得放入！"

　　石韬一看老头油盐不进，只得叹口气，退而求其次地坐在大厅沙发上等。不料老头属于那种认真得让人恨不得扇他的类型，只见他目光严肃而倔强地走到石韬面前，语气生硬地道："你别坐这儿。"

"为啥？"石韬诧异地问。

"你坐在这里，不还是想纠缠我们女记者吗？我是门卫，有责任保卫本单位职工的安全。"

"不是……我谁也不找了，就坐在这里休息休息不行吗？"

"报社重地，闲人免进，对面人民公园可以休息。"

"那我要是硬不走呢？"石韬其实已经做好了惹不起躲得起的打算，不过，在走之前，他还想试探试探老头究竟能认真到什么程度。

"那我要报警的。"老头大无畏地望着他。

石韬笑着抬起了屁股，突然用手指着自己鼻子道："报什么警啊？我就是警察！"

"你是警察？"老头不相信地望着他，"证件呢？警察脸上又没刻字。"

石韬走出大楼，来到炽热的阳光下，搭眼一望，大楼前的人行道旁有一片树荫，树荫里有一张休闲椅。他刚坐下，总觉得有些不对劲，好像被谁盯着似的。抬眼一看，看见报社大楼的门厅玻璃上，车水马龙的镜像之后，隐约藏着一双执着而警惕的眼睛。石韬拿不准老头会不会真报警，在这个老头身上，他真的失去了判断力。他向二三十米开外的另一处休闲椅望去，那张休闲椅可是无遮无拦地暴晒在阳光下，他无奈地起身走出那双眼睛的视野，坐在那张被阳光炙烤着的休闲椅上，心中暗想：不愧是省报啊，随便一个看门老头都这么尽责，也不知道他们是从哪儿把他淘来的。如果自己管区的协勤员、保安、红袖标都有这么尽责的话，他该多省心啊。

石韬在那张休闲椅上足足晒了两个小时的日光浴，吃了有十根雪糕，汗水湿透了 T 恤衫。他充分理解了刑警队那帮人所谓蹲坑守候的滋味。直到太阳西斜，这才把戚爱云盼出了大楼。戚爱云一身轻薄凉爽的夏装，短裙下的长腿白皙性感，脚穿着一双只有几根细带子的高跟凉鞋，戴着墨镜的脸孤傲冷艳，难窥心思。石韬被太阳烤得已经有些头昏眼花，但看到目标终于出现在眼前的时候，他忽然觉得一切努力没有白费，他都为自己的执着起了一阵感动。这感动更是为他平添了几分信心。他还不能马上跟上去，因为她身边还有个女伴。他可不想再丢人现眼了。他看着两名女子袅袅婷婷地朝地下通道口走去，心中暗自祈祷二人可别一起上车去哪儿逛街了。他看着二人离开有二三十步开外了，起身跟了上去。在地下通道里，当二人拐向出口时，他加快脚步跟上去，免得丢失目标。出了地下通道，女伴跟她招招手向南走去，而她折向北面公园门口的停车场。他一阵欣慰，加快脚步跟了上去。

快到停车场入口时，戚爱云似乎已经发现了跟在身后的石韬，明显地加快了脚步。石韬心中一紧，不明白戚爱云为什么对他如此排斥。只得也加紧脚步跟上去，两人几乎是小跑着来到她的车前。戚爱云拉开车门就坐进去，未及关门，车门就被石韬扳住了。她只冷冷瞥了一眼石韬，就正过脸目视前方，不理不睬。

即使隔着墨镜，石韬都能感受到那眼神中的寒意，那皱紧的眉头甚至流露出了厌恶。就在这一瞬间，石韬的心凉了。本来他还怀揣着一份自信，以为三言两语就能解决问题的。而此刻，他的自信开始土崩瓦解了："我……咋惹着你了？"

"你没惹我。是我三更半夜厚着脸皮妨碍了你……我怎么就那么贱……"说着说着，戚爱云的声音里就带出了哽咽，她再也没脸待下去了，轰地一下打着火，蛮横地拉上车门，绝尘而去。

石韬一下慌了，脑子里如同五雷轰顶，嗡嗡作响。各种念头乱纷纷地往外冒，就像滚水开锅似的止不住。其中最要命的一个念头就是，他恍惚觉得那天夜里的一切似乎被戚爱云尽收眼底，甚至包括他心中的一闪念。他一时愣怔在那里……

31

星期二晚 10 时 33 分许，"机甲超人"终于在网上露面了，地点是在红旗动漫城。网侦部门紧急通报专案组。接报的是副组长吴长江，吴长江带着几个刑警拿上武器驾车火速赶往通报的网吧。虽然网侦部门已经把街道、门牌号说得很清楚，然而，朦胧夜色中一头扎进朝红社区，里面复杂曲折的街巷胡同还是远出吴长江他们的预料。在走了两次岔路之后，11 时他们才找到红旗动漫城。红旗动漫城东面两个大隔间是动漫游戏室，西面一个隔间是网吧。然而，待吴长江他们紧张地靠近通报的机位跟前时，才发现机位前早已空无一人。

"为啥不带上石韬？石韬不是管区民警吗？早 10 分钟赶到，不就把人兜住了吗？！"

听说没抓住人，眼瞅着可遇不可求的机会像水一样从指缝里流走，赵京安邪火攻心，对着吴长江一伙厉声斥骂起来。吴长江一伙噤若寒蝉。

"我看你们他妈的就是贪功心切！关键时刻给我打小算盘！你给我记住，石韬现在是我专案组的人，不是派出所的人！"

一看赵队想歪了，吴长江忍不住辩解："赵队，这个道理我们懂。不是不想叫他，是觉得……他一个刚刚在社区干了一年的小年轻，能帮上多大忙……"

"妄自尊大！你们别小看这个石韬，阿瑞的性格为人、人际关系，有没有仇家，有没有债务，有没有吸毒，有没有男友，失踪前特殊表现……这不都是人家石韬提供的吗？！阿瑞喜欢上网，包括 QQ 号，不都是石韬提供的吗？！到手的东西就不当回事，得来全不费工夫！石韬不是还提供过，阿瑞失踪前两周跟一个人接触过两次，明显不是嫖客，身份可疑，你们都往脑子里装了没有？！摸了没有？！就全指靠着'机甲超人'啦？！全指靠着网侦啦？！阿瑞的银行卡有没有下落？！真身份没办卡，假身份办了没有？！你们都给我干啥吃的！一天一天混日子……"

一句辩解惹出了一连串臭骂，吴长江后悔自己不长记性，为啥还改不了狡辩的毛病。经此一骂，大家还有两层感悟：一是赵京安已经对这个石韬高看一眼了，看样子石韬不可等闲视之；二是这个案子虽说只是个小姐失踪，但赵京安头上顶的压力是越来越大了，很可能阿瑞一家没闲着，闹着呢，也不可等闲视之。

石韬接到了吴长江的电话，让过来一起商量案子。这还是头一回得到专案组副组长的亲自邀请。石韬心里略微有点震动，不过也就略微震动一下就过去了。他正沉浸在戚爱云带给他的深深伤痛、迷茫和疑惑之中。

他只心不在焉地听大家介绍了上次抓捕"机甲超人"失败的消息；心不在焉地听大家分析认为，"机甲超人"上了一次就会上第二次，并拟订着下次的抓捕计划。吴长江还向他探问李安娜提供过的那条线索，阿瑞失踪前曾接触过的那个可疑人员。并要求他做做李安娜的工作，一旦"机甲超人"再次在网上出现，能否协助警察做个辨认，石韬也都恍惚着应承下来。

"这小子心里有啥事！"吴长江下来后对一个兄弟道。

"管他呢！"兄弟说。

从案情分析会上下来后，石韬才有点警醒过来：

自己这是怎么啦？从头到尾精神恍惚，注意力根本集中不起来。只大概明白了上次没抓住人，如果再有机会，让自己务必参加，最好带上李安娜。至于吴队具体说了些什么，兄弟们又都说了些啥情况，此刻回忆起来，统统都是云山雾罩，模糊一片了……他们为什么突然对自己重视起来？因为很多具体的话都没听进脑子里，也就无从分析了……我怎么会出现这种情况？这就是失恋给人的打击吗？难道我会承受不了？从小到大，我曾承受过多少挫折，可是，这次的滋味似乎与哪一次都不同！她究竟是为什么呢？"是我三更半夜厚着脸皮妨碍了你……我怎么就那么贱……"这话究竟从何而来？什么意思呢？她似乎活生生地看见了那天夜里他和贾梦桃在一起的场面。难道她会有心灵感应？石韬一阵不寒而栗，仿佛冥冥之中自己的一举一动都被戚爱云看得一清二楚，仿佛头上三尺有神明……这怎么可能？但假定如此，自己又如何才能解释清楚……

石韬忽然发现自己的思想已经远远地游离到了工作之外，他使劲晃晃脑袋。每当脑海中头绪纷乱的时候，老经验就从心底油然而生，那就是静下心来迅速梳理出个轻重缓急，然后一件一件有条不紊地处理、应对下去……一种安定感从心底升腾起来，弥漫全身……他的思绪继续顺着工作的思路往下进行，看来，还得到李安娜那里调查一番，这个"机甲超人"与她提到的那个可疑人员有没有关系？另外，还得说服她，如"机甲超人"再次出现，要通过她的辨认来帮助抓捕。他该如何说服她？一想到这个问题，就不能不联想到代宗义上次所托付的在取缔了数月的朝阳菜市场开饭馆的事。这一段时间真的太忙，他只问过社区吴主任一次，对方回答有些含糊其词，虽然早有传闻说评"卫生城市"的风刮过去了，市场又可以开业了，但毕竟形势还有些模糊不清，在这片下岗人员荟萃的地方，指望这个市场养家糊口的可不在少数，谁也不敢轻易开这个口子，等和拖往往是基层干部的老办法。石韬感到一阵烦心，但工作却不能不做下去，老经验告诉他，只有动起来，做起来，才能把烦恼撇在身后。他决然地掏出手机拨通了李安娜的电话。

石韬是在他介绍给代宗义的那座出租屋里见到李安娜的。出租屋下临的正是春风巷。显然，李安娜现在就和代宗义一起住在这间不足 50 平方米的小屋里。由于李安娜的入住，小屋一改过去脏乱差的面貌，简单的家具归置得井井有条，家里窗明几净，地面纤尘不染，沙发对面的墙上甚至还挂了幅李安娜的绣品"家和万事兴"，看样子是这一段时间没事做的时候绣起来的。绣工相当精湛细腻，连胖娃娃眼睛里闪着的一点晶莹的光都能绣出来，连大红鲤鱼尾巴颜色那种由浓到淡的半透明的感觉都绣出来了。屋子里弥漫着晚餐残留的红烧肉的浓香。一种家的温馨，一种对美好生活的追求，刹那间扑面而来，把石韬打动了。石韬又开始走神了：一个十五年大刑出来的劳改释放犯，一个从良妓女，他们都能这么轻易地结合在一起，而且是如此牢固地结合在一起，你看他们彼此的眼神，充满了信任和依赖，似乎完全可以把自己的一生、一切都交给对方，是什么力量把他们捏合成一个共同体，而且捏合得如此牢固？一切在他们这里为什么就这么简单？他们的感受——对彼此，对生活，是什么样的？他们又互相有些什么要求和希望呢？……或许正是因为走神，石韬任由嘴巴说话，不知不觉就露了底。他把"机甲超人"很可能就是本地人，而且就在这一片生活这一关键细节泄露给了李安娜。因此，当他提出想让李安娜帮助辨认的时候，李安娜就显得顾虑重重。就在石韬对他的走神后悔不迭的时候，一旁的代宗义插话了：

"兄弟，阿瑞的事就是娜娜的事，娜娜的事就是我的事。你放心，需要帮忙的时候，你就吭一声，我们随叫随到。"

石韬望着代宗义，心里竟一阵感动。他忽然间明白了，代宗义为何能聚众。因为他愿意而且敢于替你担当，只要他把你认作兄弟。这或许就是他们这类人所说的"义"。石韬忽然觉得，这种"义"并非全然是我们的对立面，关键看如何与之相处，如何进行引导。

石韬把做工作的结果汇报给了吴长江：李安娜并不知道"机甲超人"是不是阿瑞失踪前出现过的那个可疑人员，但答应帮忙辨认。吴长江告知，让他手机 24 小时保持畅通，根据网侦分析，"机甲超人"过去经常在红旗动漫城上网。"一旦他再次出现在那里，你可以立即带领李安娜先期赶过去。我们也第一时间往那儿赶。这一次再不能失手。"

汇报完工作，夜色已深。石韬躺在宿舍的床上，却怎么也难以入眠。白天靠工作驱走的烦恼，此时无遮无拦、漫无边际地覆盖下来。那天一下午烈日炙烤换来的冷酷和决绝，不断地浮上心头，就像强酸一样蚀得他心尖发疼，一段情，难道就这么完了？他不由自主地想起当初戚爱云在采访中注意到他，开始主动接近他，明显表现出喜欢他的那些场景，与她那天冷酷决绝的场面交相叠映，那种巨大的反差让他无论如何都难以接受。他已经足够小心、足够隐忍、足够大度了，为什么换不来她的一颗体谅之心？难道优秀的女人都这么难伺候？要让他这么伺候一辈子？而她那天那句重话，却好像是他多么对不起她，让她受了多大委屈似的。

这里面到底有什么隐情？就在辗转反侧之际，忽然灵光一闪，什么心灵感应，那都是不可能的。难道是电话出了问题？难道是自己一时疏忽忘了压电话，而使她听到了什么？他忽地坐起身，拿出手机，颤抖的手指调出那天的通话记录。果然，接近凌晨1时的那个电话，通话时长长达10分钟。而他清楚地记得，他与她只讲了两句话。这么看来，他忘了挂电话，而她就那么一直在那边偷听着。他赶紧回忆他都说了些什么，却想起，他基本没说什么，因为他始终有种在别人地盘上挖墙脚的心虚，因此不愿发出任何动静。倒是贾梦桃挑着阿瑞通话记录中可笑的段落念给他听了几段，他实在想不起具体是些什么段落，但如果因此而产生什么误会，他该怎么解释？

他再也睡不下去了。既然她不接电话，短信又说不清楚，他索性也给她在QQ上留言。但网侦本属于侦查手段不能言明的，更何况他又是违规操作，更不宜跟她明说。到底怎么给她解释这回事？他绞尽了脑汁，最后还是只得采用那种情真意切、赌咒发誓的办法，信不信只能由她了：

　　那天晚上，我确与一女同事以非常手段侦查办案，细节不宜言明。但绝无见异思迁、一心二用之类的事，此心皇天可鉴！路遥知马力，日久见人心。还望给予机会，假以时日，自可了解我的为人。当时因注意力集中于案情，对你有所怠慢，这是要深自检讨的，还望见谅。

她相信吗？她能相信吗？尽管留了言，这个念头还是纠缠着他让他睡不着。他最后终于忍痛把事情挖掘到了根子上。为什么跟她在一起他会这么累？根本原因在于，她看上的是自己这个自然人，而他的社会身份，她恐怕始终觉得是配不上她的。她一直在以一种纡尊降贵、垂青俯就的心态跟他恋爱着。而她这样一个受过高等教育，处在较高层次上的优秀女人，又格外看重所谓的面子。在街上搞安全保卫被她遇见的那一次，就是面子下不来，而使她恼恨不已。不断给自己施加压力，要上进，要调到刑警队，也是为了面子。而这次，被配不上自己的人耍了，那种屈辱，更是让她心尖上插刀一般受伤了。

想到了这一层，石韬不由觉得，跟一个处处把面子放在第一位的女人一起生活，真的能幸福吗？他想起了老话，强扭的瓜不甜。其实在婚姻中，最自然的还是两情相悦、彼此欣赏。那种靠一方苦苦的、执着的，甚至是低三下四的追求而成就的婚姻，其实从某种程度上说，不也是强扭的瓜吗？一切还是顺其自然吧，他觉得终于把这事想通透了，几天疲惫后终于到了休息的港湾，他沉沉睡去。

32

接到那个电话是在星期三夜里 10 时许，石韬以为是戚爱云，一骨碌爬起身。不料是吴长江通知，"机甲超人"又在红旗动漫城露面了，按既定方案办。他先是一阵失望，但紧跟着，又一阵紧张和兴奋像电流一般传遍全身。

石韬猛地晃了晃脑袋，干搓了一把脸，抖擞起精神立刻给李安娜打电话，然后直奔红旗动漫城。

石韬走进动漫城的时候，正是网吧的晚高峰时刻。一排排目光呆滞痴迷的脸，浸泡在电脑屏幕苍白的荧光里，活像科幻大片里储存报废机器人的仓库。石韬环顾了一下四周，目光正撞上站在门口的王向高那阴森森的眼睛。王向高脸上跟他皮笑肉不笑地来了一下，算是打个招呼，接着就拿疑问的目光愣愣地盯在他脸上，意思是询问有何公干。他走过去，悄悄说："找个人。"接着就把机位号报给了他，王向高明白他意思，悄悄给他指了一下，道："动静小点，好吗？"他说："尽量吧，刑警队的任务，我是配合的。"

他慢慢地从那台电脑跟前踱过去，在一瞟的工夫里，仔细把那张脸扫描了一番：一张苍白寡瘦的脸，头发蓬乱，一脸烟容，两眼倦怠无神。瘦棱棱的手掌上，中指和食指熏得焦黄，不敲键盘的时候，两根手指做夹烟状，神经质地颤动着。恰在此时，那人张开个嘴打了个深长的哈欠，石韬于是看见了舌面上积淀着一层厚厚的舌苔，活像涂了一层暗黄色的变质奶油。一件"玉柴动力"的广告夹克上，有几块淡淡的油渍。此人一望可知，是个经常加夜班的打工仔。看他那弱不禁风的大烟鬼模样，简直难以想象还能做下绑架或杀人之类的大案。

石韬一时怀疑，会不会"机甲超人"已离线，这主儿是新上来的。他慢慢踱到门口的休闲椅子上坐下，一边监视着烟鬼男，一边等待着李安娜和吴长江两路人马。

先来的是李安娜，石韬没想到代宗义也跟在后面。大概李安娜让他跟着壮胆。石韬注意到，王向高与代宗义见面时，也是皮笑肉不笑的，显然二人之间已有芥蒂。不过，王向高还是主动在代宗义耳边嘀咕了几句什么。

他给李安娜交代了一下那人的座位号，李安娜也慢慢地靠过去，代宗义跟在李安娜身后也靠过去。

李、代二人转回来后，李神色紧张地跟他点了点头，悄悄说：

"就这个人。"石韬顿时紧张起来，先前的怀疑已被抛在脑后，在肾上腺素的作用下，一股既兴奋又紧张的神经元冲动，迅速传递到浑身每个角落。恰在此时，吴长江几个也到了。石韬把他们拉到门外汇报了情况，指明了位置。吴长江几个拔出手枪，拉上了枪栓，看到这个动作，石韬觉得有点夸张了，对付这么一只瘟鸡，用得着吗？再说，网吧里这么多人，难道没有更好的办法？然而，毕竟没有参与过刑警队的抓捕任务，他又不好插话。

就在这紧张的当口，旁边忽然响起了一串冷笑。大家扭头一看，笑的是代宗义。

"你们……你们拍电影还是咋的？……有这么夸张吗？不就叫人问个话嘛！"

吴长江低声斥道："你干啥的？"

"我帮石警官认人的。"

"你认识他？"

"咋不认识，'果丹皮'嘛，从小一块玩大的！咋的，就他？你们觉得他能把阿瑞绑啦？恕我直言，不可能！你们绝对搞错了！"

见众人既紧张又愤怒的表情，代宗义忍住笑，勉强摆正表情道："这人我太了解了，就凭他，绝对干不出跟阿瑞失踪有关的事儿！要不这样，大家也别大动干戈，我把他叫出来跟你们走，你们带回去一了解就知道，绝对弄错了。"

吴长江把代宗义上下打量半天，道："一边去！"领着人就冲进了网吧。

片刻之后，网吧里响起一阵粗暴的响动。石韬等刚想进门看看究竟，迎面一股汹涌的人流就把他们冲出了门外，网吧里面呢，就像赶麻雀似的，轰地一下，人群就乌泱泱地朝外涌。就连老鹰抓小鸡似的抓住"果丹皮"往外提溜的两个大号刑警，都被人群挤得东倒西歪，走不出个正形，你不能不承认，群众的力量是无穷的。王向高急得乜着膀子维持秩序："都别乱都别乱！警察抓坏人没抓好人！哎你还没交钱呢……"

果然，郭丹新（"果丹皮"）被提溜到刑警队，从他这压根儿就问不出一点名堂。他交代得很痛快："机甲超人"就是他。他目前在大三元汽车修理厂当电工，因家贫，年近四十未娶。他与阿瑞是通过网聊认识的。一开始因为双方都没说实话，互相还挺中意。后来他以外地人的身份跟阿瑞见了一面，这才知道阿瑞是干什么的。但人穷志短，寻思只要阿瑞能从良，有个女人总比打一辈子光棍强吧。这才正式准备与阿瑞恋爱，不料他没嫌阿瑞脏，阿瑞倒嫌他穷了。提这条件那条件的，非把他祖宗三代都榨干不可，见他哼哼唧唧不肯痛快，就一边榨他一边和另外几个男人周旋，就跟电视上拍卖行搞拍卖似的，你出了 100 万，他还非要喊个 120 万，不喊到没人吭声不肯罢休，他可娶不起如此昂贵的婊子！所以，2 个月前两人就彻底决裂了。

吴长江问他阿瑞最后跟他联系是啥时候。他说，最后一次是6 月初，阿瑞 QQ 留言说"南山我去过几次啦，你能不能想个新鲜的地方"，那会儿他早跟阿瑞断了，更没商量过去南山的事，他也不知是咋回事，想着阿瑞还想钓他的鱼呢，就没理睬。说罢就睁着一双无辜的大眼睛看着吴长江，等着下面的问话，一副兵来将挡水来土掩的架势。吴长江就噎住了不知咋往下问了。赵京安看他一眼，一声不吭，拂袖而去。

石韬没参与第一轮讯问，他只有问代宗义，为啥一眼认定郭丹新没事。代宗义笑道："我小时候是朝阳厂的孩子王，朝阳厂的孩子没有一个不想跟着我混的。这个郭丹新打小我就看不上，但他又特别怕落单，属于连滚带爬地跟着我混的那种。有一回玩'电报开花'，我看他倒是挺会藏的，每次都能藏到别人想不到的旯儿。想捉弄他一番，就命令他藏牢实，别人不找到他绝对不准出来。随后我就把孩子都解散回家了。结果这家伙就一直藏在菜窖里不敢出来，直到第二天早晨食堂大师傅下菜窖取菜才发现他。你说就这么个肉囊货，他哪儿敢干绑架杀人的事儿？"

代宗义对此人的描述，倒与石韬的直观感受十分接近，也更增添了他的自信心。

针对郭丹新的外围调查，也纷纷陷入对专案组不利的局面。不管是以前朝阳汽配厂的工友，还是如今大三元汽车修理厂的工友，一律反映郭丹新胆小怕事，空有嘴皮子功夫，甚至被人戏称为"二尾子"。而关于郭丹新6月2日左右的行踪，因大三元管理十分严格，自5月30日（周日）至6月4日（周五）的一整周工作日都是满勤，工友反映这段时间没有郭丹新夜不归宿的印象。

好不容易到手的线索，眼看要中断。

在案情分析会上，吴长江仍然对在手线索抱有希望，拼命为其辩解。他强调，关于南山出游的商讨，是受害人最后一次与外界联系，而且就是发给郭丹新的，这是本案唯一一条具有明确指向的线索，不应因嫌疑人狡辩及外围不确定证据，轻易将其查否。另外，嫌疑人与受害人之间有因情生恨的矛盾纠葛，不能排除嫌疑人情杀的可能。吴长江主张，加大审讯力度，力求从郭丹新身上打开突破口。

其他人要么附和吴长江意见，要么含糊其词不知所云。

赵京安把目光投向了石韬："小石谈谈你的意见。"众人目光唰地转到了石韬脸上。

石韬面无表情地道："我主张拓宽侦查范围。首先，阿瑞的网上留言显得极为孤立，此前阿瑞与郭丹新之间的网上聊天，从未涉及共同出游一事。而郭丹新与阿瑞之间的最后一次电话联系也中断于 5 月 1 日，这与郭丹新关于早与阿瑞决裂的口供能够彼此印证。另外，从网上聊天记录来看，阿瑞同时周旋于好几个男人之间，经常拿男人甲来要挟男人乙，以抬高身价。不能排除其他男人利用所获知的关于郭丹新的情况制造烟幕，逃避打击的可能。"

吴长江一看他最看重的线索居然受到如此怀疑，而且是受到一个资历最浅的、临时抽调的社区民警质疑，心中极为不适，忍不住插话道："小石，在刑警队，说话要以证据为重，不能仅凭推理和想象啊。"

石韬道："也有那么两条，不知达没达到证据的标准。一是在社区所做的多方调查，均反映郭丹新自幼到大，一直都是胆小怕事性格，从无前科劣迹，很难相信会突然做下绑架或杀人之类的大案。其二，还是围绕那条指向他的 QQ 留言。在阿瑞以往所有与郭丹新的聊天记录中，均称其为'新新'，'新旧'的'新'，这与其名字相符。唯有 6 月 2 日的留言，却称其为'星星'，'星星月亮'的'星'……"

吴长江迫不及待地反驳道："拼音输入法，同音字之误嘛！"

石韬看着他道："'新旧'的'新'是前鼻音，拼音输入只需敲 xin 三个字母即可，而'星星'的'星'是后鼻音，输入时需敲击 xing 这四个字母。一个已经习惯敲击三个字母即敲出该字的人，怎么会突然凭空多敲击一个 g 字母？这不符合人固有的惰性。另外，查阿瑞原籍河北，那个地方的人对前鼻音和后鼻音的字区分得十分清楚，不像咱们本地人把前鼻音后鼻音混为一谈。综合起来看，我认为这条以阿瑞名义发给郭丹新的留言，极可能并非阿瑞所留，而是另有其人。"

所有的人都愣愣地看着石韬，有些打瞌睡的甚至没听明白他在说什么，互相打听着："说的啥说的啥？"

赵京安也震住了，他没有想到一个年轻的社区民警能有这么好的悟性，能把问题抠到这么细的程度。

赵京安深深地看了一眼石韬，最后一锤定音："拓宽侦查范围，先从深挖阿瑞的银行卡入手，我不相信她连个银行卡都没有，当婊子图个啥？！"

会一散，吴长江就问身边一弟兄："我记得，网侦的事没让他参与啊，他咋知道得这么详细？"

"谁知道从哪儿打听的。"那弟兄对此并无兴趣。

刚出会议室，石韬就接到戚爱云的短信："石韬，有急事，烦请16时抽点时间在枫丹白露小区左岸酒吧见个面。有半小时就够了。"石韬只觉一阵平地起波澜的冲击感袭遍了全身，他的脑海因此而动荡起来，周身的血液都加快了流速，纷杂的念头一时涌上心头：她想通啦……有希望了，有转机了……如何解释那天夜里的事……她有什么急事，是借口吧……他脚步轻飘，恍恍惚惚地往楼下走去。对面的招呼也只敷衍一声就过去了。然而，在下楼梯的过程中，他渐渐冷静下来，他把短信反复看了几遍，觉得戚爱云的措辞显得那么小心翼翼，但尽管如此小心翼翼，却不肯对那天的决绝稍有歉意，反映出她内心的矛盾是何等激烈，而发出这个短信对她来说又是何等艰难。越看越觉得，她心中的疙瘩并未消解，若不是有什么迫不得已的事求助于他，恐怕无论如何也不肯发这条短信的。

石韬的身体渐渐发凉，最后只剩下一个念头在脑子里盘旋：她摊上什么事了？

33

　　事情源于一段必须要做的补充采访。上次中央首长来视察的，正是省城的棚户区改造情况。而朝红社区属于其中的一个点，当时在跟随首长一行视察的过程中，戚爱云对幸福路一带的枫丹白露小区印象深刻。为了让这篇大专题稿更接地气，内容更扎实丰富，她决定到枫丹白露小区去采访当地住户、街坊百姓，让他们结合自己的生活谈变化、谈感受。

　　可当她这次在幸福路步行着，零距离感受一番的时候，就发现了一些奇怪的现象。当时跟着首长车队，只觉得这条街两侧都是一派庭院幽雅、楼宇错落、富贵祥和的景象，而这次亲身走在街上才发现，庭院幽雅、富贵祥和的街景只在北侧的枫丹白露小区才是现实版，而在街南侧都体现在高达 6 米、绵延整条街道且严丝合缝、密不透风的巨大广告牌上。

　　不知咋的，望着那绵延不绝、严丝合缝的广告牌，戚爱云那种新闻记者怀疑和追究的老毛病忍不住发作起来。她走了近 500米，终于绕到绵延不绝的广告牌尽头，看到了广告牌后面令人诧异的景观：触目是一条灰黄破败、上面还栽着尖玻璃碴的砖砌围墙，围墙里尽是一幢一幢砖头裸露、颜色污浊，也不知哪年哪月修建的住宅楼，住宅楼的窗户都是那种古老的铁锈红窗框，个个窗户颜色暗淡，黑咕隆咚，就像墙上张着很多老太婆的没牙嘴。总之放眼望去，不是破旧砖墙污浊的红褐色，就是灰蒙蒙的水泥色。楼顶上还林立着枝枝丫丫的电视天线，让人仿佛回到20年前。

幸福路南北的巨大反差让戚爱云产生了强烈的好奇和不祥的预感。她挑了枫丹白露小区一楼门面的一家小超市进行采访，于是得知了小区原为朝阳汽车配件厂厂区，后被房地产商开发的真相。而对面，则是朝阳汽车配件厂的老家属区，厂子倒闭后，这些人都属自谋生路，等待着慢慢被扫进历史的一群。至于广告牌上所描绘的，据说是家属区的前景，有待棚户区改造予以实现。

戚爱云望着广告牌上的富贵祥和，满心迷惑地问道："假如真像广告牌上这么改造，这些下岗人员买得起吗？"

店主"切"地一笑："他们哪买得起这种房子，不过给有钱人腾地方罢了。换两个拆迁费到郊区买房子去。你就看这个枫丹白露小区，配件厂的人哪有沾边的？"

戚爱云不由得陷入了沉思，这样一来，她这篇稿子就不好写了。主题与现实情况明显不符嘛！

店主到超市深处去盘点货物，戚爱云有些未尽的事宜，也跟进去询问。片刻之后，她返回柜台这边，在休闲椅上坐下继续深思，如何在不破坏主题的前提下，把这对矛盾圆整过去？她深思着，眼睛则无意识地盯在柜台上，总觉得那里显得有些空白，有什么地方不对劲儿。忽然，她叫出了声："电脑！我的电脑！"

也就在这离开柜台的几分钟之间，她搁在柜台上的电脑包不翼而飞了！

她先是向店内环顾一圈儿，除了店主在房间深处盘货，空无一人！她又急奔出店外，小区前的人行道上，行人三三两两，悠闲漫步，没人手上有她那个深灰色的电脑包。她此时才不得不接受：电脑真的丢了！她先是为转瞬之间的财产损失气急败坏！但更要命的事在几秒钟后才意识到，她忽然想起，前一段时间，她费尽了周折，甚至冒着某种程度的人身危险采写的那篇内参稿就存在这部笔记本电脑里。这篇揭露性内参不仅在采写过程中有一定的危险，如果处置不当，甚至会给某些高层人物带来某种官场上的危险，而一旦这些高层人物因为这篇内参的不慎流失而招致政治上的危险，那么她的命运也就可想而知了。她的脑子瞬间就乱了！只感到浑身发虚，两腿发软，她颓然地坐在柜台前的休闲椅上，只觉得心在止不住地下沉着。

她的耳边响起缥缈而遥远的声音，她努力打起精神集中注意力，才发现是店主在问她话：“你怎么了，记者姑娘？”

她脸色惨白地抬起头，嗫嚅地道：“我电脑丢了，就刚才，我放在这个柜台上的。”她多么希望店主奇迹般地说上一句：“我给你收着呢，马大哈！”然后从柜台里面拿了电脑包还她！为此，她的眼睛里忽然放射出饱含着希望的攫取的光芒，也许希望太强烈，就有了一丝疯狂，她那目光竟然把店主吓住了。店主倒退了一步，紧张地说：“你咋不小心点呢！这一片儿乱得很，穷光蛋扎堆！你还不赶快报警呀！”

就在她失魂落魄地掏出手机准备报警时，却忽然住了手。从大脑深层发出的一个微弱的警示信号及时浮上意识层面，给了她一个警醒：这件事不能报警！一旦报警，就会留下案底，事情就会进入某种公事公办的程序，自己就会对事情的进程失去控制。那篇内参写的是公盛河下游某工业园区的几家大型化工企业给水南区一带造成严重污染的状况。这种持续几年的状况，已经引起了几次群体性事件。工业园区建设是由某分管副市长抓的项目，前些年消息一直被严格地封锁着。直到前几个月，她才隐约听说，上面已经下了决心要针对几家化工企业进行整改。当时副总编找她谈话布置任务时也是这么说的，意思是政府已经取得了一致意见。只是工厂动迁也好，改造也好，来自企业的压力都会很大。

先以内参的形式进行调查汇报，便于领导进行下一步的决策。也为将来的舆论引导做好准备。对于省报记者来说，这是千载难逢的发挥新闻舆论监督作用的机会。然而，在层层深入真相的过程中，她越来越感到，上面并未取得什么一致意见，有两股力量在暗中博弈着，许多原来应给予支持和协调的部门、领导，都开始态度暧昧。暗流在涌动着，她也越来越感到危险。主编也为这篇稿子找她谈话了，在不动声色地给予指点，在帮她掌控节奏和火候。她终于悟到，这很可能是一场高层的政治斗争中的一环，她不过是支到一线的马前卒，上面不知还有多少人卷进了这场斗争，在她看不见的高处遥控指挥，暗中发力。

她岂能公开用报警的方式来寻找这篇稿件呢？她甚至怀疑今天的失窃说不定都是一场阴谋。

那么怎么办呢？石韬的脸已经在脑海中闪现过好几次了。每次都被她强压下去，那天她一脚油门绝尘而去，把他扔在脑后，真可谓弃之如敝履。天知道，不到一周就遇上了不得不求他的事！她强烈地感受到一种命运的捉弄，冥冥之中似乎注定了她要与这个石韬纠缠下去，透着股剪不断理还乱的烦心！假如真得求他，那天下午的事该怎么说？那天夜里的事又该怎么说？她想起了他在QQ上给她的那番留言，倒是提供了一个契机。可他的态度并不像她希望的那么诚恳老实，对于最关键的情节，一句轻飘飘的"不宜言明"就想把她打发了，不但没有一丝愧疚检讨，还又是赌咒又是发誓的，倒好像责任全都在她，是她在发作那种弃妇的变态多疑心理似的！她越想心里越不舒服，这能算一个契机吗？事情都没搞清楚，如果就这么稀里糊涂地让他混过去，他指不定以为自己多好糊弄呢！

肚饿心虚，沮丧焦虑，她了无心绪地走进一家饭馆，随便要了一碗面。她边往嘴里扒拉面条，边往另一方向盘算着，要么还是到派出所去报警算了。只说电脑的事，不提什么内参稿的事。可她转念一想，自己那台旧笔记本电脑，如果拿到二手电脑市场上恐怕连 2000 元都不值，派出所能当回事吗？凭她的经见和阅历，答案是可想而知的。如果仅仅是这台笔记本电脑，她连案都懒得报的。要命的就是那篇内参稿啊，如果盗窃者怀着什么发掘"艳照门"之类阴暗心理对电脑里的文件来个掘地三尺的窥探分析，不但那篇内参稿会暴露，她的名字和身份都会暴露。如果这个盗窃者怀着那种仇官仇富反人类、唯恐天下不乱的心理，再把这篇内参稿弄到互联网上来个"大撒把"，局面就会失控，后果将不堪设想……想到这一层，她不禁打了个寒战，后背上起了一层鸡皮疙瘩。她把碗推开，一头栽到桌子上趴着，再也无心吃一口了……不知过了多久，她轰鸣的头脑才终于安静下来，她强忍着自己娇贵一生的自尊心，把面子卷巴卷巴掖在裙底，掏出了手机开始字斟句酌地编制短信……片刻之后，她即收到回信：好的，不见不散！刹那间，她心中一阵温暖，紧接着竟有一股愧疚涌上心头，令她眼眶一阵潮润。

34

不知是冷气太足，还是心情紧张，戚爱云总觉得身上发冷，不由自主地把自己蜷紧。她的两腿轻微地夹动着，小腹感到一阵一阵的痉挛。只有在极为紧张焦虑的时候，她才会出现这种现象。时间是那么难挨，她既盼着他赶快出现，却又害怕他出现……那天下午一脚油门绝尘而去的场景老是在脑海里闪回，挥之不去……

她该如何面对他，又该如何张这个口？那天下午的事，还有追根溯源到那天夜里的事，到底提不提？提了又该怎么说？电脑的事又该怎么讲？……种种纷乱的念头在她的头脑里纠缠不已，此起彼伏……

就在这时，石韬在门口出现了，穿过屋顶射灯散发出的一小蓬一小蓬金黄色的光晕，朝她走过来。她望了他一眼，他的脸上还是那种一切笃定、成竹在胸的微笑，不知怎么，只那么一眼，就衬得自己小气了、多疑了，甚至蛮不讲理了似的。她一阵慌乱羞愧，赶紧把目光躲向了一边。说什么呢？她慌乱的心中拿不定一点儿主意，只好沉默着，时间是那么难挨……她又偷望了他一眼，他呢，叫过侍者专心致志地点饮料，毫不在意地问她喝什么，一举一动仍旧是那么从容不迫，那么随心自在，她不知怎么心中竟滚过一阵气恼。"随便！"她硬生生地说，但随即就被自己语气中生硬和发泄的味道吓了一跳。她赶紧望了他一眼，他苦笑着摇摇头，一副大人不记小人过宰相肚里能撑船的架势。

"咋的啦？摊上啥事啦？"他在对面悠悠地问道。

他这么一问，顿时把她的犹豫不决、把她的二难选择一把解决了。她只好顺势把别的念头统统掐灭，把电脑丢失的事前前后后地告诉了他一遍。然而，越往下说她越感到走神，口中结结巴巴，语无伦次，因为她老想着那天下午的事、那天夜里的事……难道就再也不提啦？从此就再也没机会说啦？难道他们的关系就停顿在那天夜里、那天下午，从此止步不前自生自灭了吗？……她感到心里一阵一阵发凉，再看着对面他那副悠悠笃定、随心自在的架势，一丝真正的疏离和陌生感开始出现在他们之间了，她不由得想起当初的那些交往和曾经对他的良苦用心，一股恨意不知不觉从心底滋生出来。她终于把丢失电脑的过程说完了，说到最后，她已经完全陷于一种魂不守舍、心冷如灰的状态之中了。

他听完之后，看着她，似乎也感觉到她情绪的不对头已经远远溢出了丢失一台旧电脑的范畴，小心地试探着问："那……咱们就赶紧报警吧？"

"不，不能报警。要不我就不找你了。"她生硬地说。

石韬小心地看着她的脸色，道："可是……不走个正规程序，很多调查不好开展呀……如今老百姓维权意识很强的，按规定办案最少得两个警察……"

他的措辞，尤其最后那句，不知怎么就被她听出了打官腔的味道，她心里就像打翻了五味瓶，各种难过的滋味一时翻涌上来，那种受伤而又不能呻吟的辛酸滋味憋得她眼眶发潮了。

"你不是管区民警吗……"她决定只问最后这一句，再没个痛快话，她立马抬屁股走人，她不想再在这里任人摆弄、自取其辱了。她的声音里带了一丝哽咽。

"到底为啥……不能报个警啊？"石韬困惑而又小心地望着她，又反问了一句。

"问什么问啊！你不也有不明不白的事跟我藏着掖着吗？！"她再也控制不住两汪热泪，由着性子哭嚷起来……透过模糊的泪眼，她隐约看见，石韬脸上那随心自在、悠悠笃定的表情终于土崩瓦解了，他慌乱地环顾了一下左右，不知所措地站起身，看着她，最后才想起从裤兜里摸出一包面巾纸递给她。看着他的狼狈相，她终于有了一丝解气的感觉，憋在心头的委屈总算得到一丝舒解。她一边擦着眼泪和鼻涕，一边半是满足半是期待地等待着他的下一步表现。

她终于得到了她想要的，石韬在长叹一声之后，把那天夜里发生的一切，彻头彻尾地跟她交代了一遍，怕她不信，还把他当时存在手机里随时研究的阿瑞与"机甲超人"的聊天记录调出来给她看。当她看见让她浮想联翩难以入睡的那几句话真的只是别人之间的对话时，她终于有了多日以来石头落地的轻松。此刻她的脑海里只剩下了一派空明澄澈，好像雨过天晴一般，而人呢，则有种饱经折腾终于渡过一段坎坷的疲惫和踏实。她坐在那里，无意识地用面巾纸不停地擦着眼睛和鼻头，忽然感到一丝羞愧的红色已悄然升上脸颊，就像雨后的彩虹一样。她借口上卫生间整理了一番。回来之后，她也把她电脑里的秘密向他和盘托出。

她觉得他们俩已经是彼此掌握秘密的一对儿，她觉得他们的关系有种经过盟誓般的神圣和牢固。

从酒吧走出去的时候，她朝心事重重的石韬靠过去，把手伸进了他的臂弯。

35

石韬心事重重，是多重压力叠加作用造成的：阿瑞的案子陷入了僵局，她的银行卡信息再没有个突破，可就山穷水尽了……这两天他老是想起马所长那句话硬邦邦的话："啥时破案了啥时回来！"每次想起心头就掠过一阵焦虑。而在这紧要关头，戚爱云偏偏又出了这种要命的事，他若不伸以援手，叫她情何以堪？更何况，戚爱云是在他管区丢的东西……朝红社区啊朝红社区……他在心里咬牙切齿地念叨着，心中翻滚着百般滋味。

戚爱云的电脑，不知卖掉了没有。一旦倒卖几手，再想找到就没啥希望了，而且电脑在别人手里时间越长，流转环节越多，那篇要命的内参稿流失的可能性就越大。这篇内参稿显然对戚爱云来说关系重大，在酒吧里他就发现她脸色寡白，头发蓬乱，神思恍惚，目光散乱。不知在哪里趴久了，那张脸印满了褶子。总之一副他从未见识过的可怜相。而出了酒吧，她就紧紧地挎着自己不撒手了，显见得把全部希望都寄托在他身上了。他既被她的柔情感动着，又觉得压力巨大，内心烦乱不堪，这样的事靠一个人单干，希望几近于零。

但他表面上不能显露出来，必须给她几分信心，要不她马上就撑不住了，要出溜到地上去的。

他带着她先是到超市调监控，发现拎包男子上穿白 T 恤、下穿蓝色牛仔裤，戴着个李宁牌运动鸭舌帽，墨镜遮住大半张脸。大夏天的，这种装束倒也平常，无法确认是刻意上街盗窃的惯偷。可假如此人属一时起了贪念，顺手牵羊，那就更没个下手处了。石韬眉头紧锁，把监控录像来回观看，一旁的戚爱云眼巴巴地望着他，半张着嘴，连大气都不敢出一口。渐渐地，石韬看出些端倪，此人拿包一瞬，只向超市深处店老板和戚爱云谈话的位置略瞟一眼，然后拿起就走。行动十分果断，前后不到 3 秒钟。一时起了贪念，顺手牵羊的，总有个片刻的犹豫，总要四处张望、瞻前顾后一番。动作如此果断的，八成是惯偷。另一个引起石韬注意的，则是该男子那两只瘦棱棱的、青筋暴突的胳膊。石韬第一反应就是：他妈的吸毒人员！只有吸毒人员毒瘾发作又没钱，情急之下，才会表现出如此果断不计后果的心理特征。石韬先是一阵兴奋，总算有个范围了，但他把管区里的吸毒人员都在脑海里过了一遍之后，心就有点发沉，形貌特征似乎没有特别相符的。难道是外来的？他把这令他绝望的念头迅速掐灭，带着戚爱云离开了超市。

为装足两人办案、正规调查的架势，石韬把戚爱云带到警务室，给她换上了一身皱皱巴巴、汗酸扑鼻的协勤服。这协勤服除了肩牌上的标志及臂章上是"治安"俩字外，与警服几乎没啥区别，能蒙住大多数老实人。看着戚爱云皱紧眉头，但又动作麻利地换上那身协勤服，石韬暗中感叹，戚贵人也顾不得挑剔了，可见处境已狼狈到何等程度，心中更生出几分怜爱。

戚爱云跟着石韬在烈日炎炎的大街上奔波了一下午，就明白了身上的协勤服为何会皱皱巴巴、汗酸扑鼻了。她跟着石韬一个街口一个街口地调取监控录像，为的就是查出"鸭舌帽"离开超市后到底去往哪个区域。这些小街小巷的监控，大多都是单位自己安装的，为了迫使这些单位安装监控探头，石韬可谓绞尽了脑汁，磨破了嘴皮。朝红社区大都是些倒闭工厂，即便没倒闭的，也属苟延残喘之列。这里居住的大多是光脚的不怕穿鞋的穷光蛋，让这种单位花钱搞防盗，纯属与狐谋皮。要不是凭着三寸不烂之舌和好人缘帮着单位领导化解了好几起群体性事件，要不是费劲巴力地抓住了好几个专偷地下室和自行车的蟊贼，这些单位才不肯花钱装这种他们所谓的"摆设"呢。为了给戚爱云分心，石韬一路走一路给她讲耍弄各种心计动员管区单位投资技防设施的故事、动员单位安监控探头的故事、动员群众集资安装单元防盗门的故事、为实现封闭式小区而安装大铁门的故事、为把单位治安值班室夺回来而与非法侵占值班室开杂货铺的钉子户斗智斗勇的故事、为讨好领导化解群体性事件的故事、为讨好群众抓蟊贼的故事……戚爱云没有想到，新闻报道里那种千篇一律的好人好事，背后竟隐藏着这么丰富复杂而曲折的故事，充满了人与人、人与单位、人与社会打交道的机巧智慧。跟着石韬跑了一下午，让她对千奇百怪让人五味杂陈的底层社会大开了眼界，她的脸被太阳晒得起了一层红晕，身上的协勤服香汗早盖过了臭汗，湿湿地紧贴在身上，渐渐显露出其曼妙身材。当她和石韬再次回到枫丹白露小区对面，坐在广告牌下的木椅上休息时，她的脸色已微微呈现出街头小贩那种黑里透红的苗头，她边嗑着石韬买给她的雪糕，边掏出小圆镜揽镜自照了一番："健康色，挺好！"她侧过脸朝石韬绽开一笑，那是自两人决裂之后，第一次看见她如此自然妩媚的笑容，那一瞬间，她好像把诸多烦恼悉数忘却似的。

石韬悠悠地笑望着她道："劳动让人健康愉快，是吧！"

她愉快地揉了他一把。

然而，石韬给她的安慰毕竟是暂时的，只要电脑没有下落，她的心归根到底是悬着的。一下午调取六七个监控探头，最后刻画出拎包男的行踪轨迹如下：从超市出门后右拐沿幸福路走到头，再右拐上东风路走了约一站路，左拐入卫星路，卫星路沿路有三条小巷，分别通向灯泡厂、低压开关厂家属区，这几条小巷都没安装监控，拎包男最终走向何方，无法确定……雪糕嗑完之后，戚爱云又陷入那种又愁又愣的迷茫状态，半天问了一句："下一步咋办？"

按说应该赶紧监控二手电脑市场，可眼下已经到了市场下班时分，石韬只有先给刑警大队负责阵地控制的兄弟打电话，说好第二天一早到市场找电脑去。而眼下唯一能干的，就是把管区里的吸毒人员摸排一遍，有枣没枣先打三杆子。

戚爱云问石韬："管区里有多少吸毒人员？"石韬两眼望天默算了一遍，道："根据视频反映的体貌特征，能沾上边的，大概有那么六七个吧。"

戚爱云一听，脸上顿现痛苦不堪的表情，愣了半天神，最后皱眉咬牙道："那咋办？只有跟着你往下走了。"

戚爱云就这样跟着石韬第一次深入朝红社区那些倒闭工厂的

家属院里，一座座老旧失修、红砖裸露的楼体，让她不由得联想起曾经参观过的一处地震遗址。那是一个小镇，二十年前遭遇一场地震后就整体搬迁走了。于是那些劫后余生的楼房、家属院、影剧院、街道，就把二十年前的小镇景观凝固保存至今，令踏入者顿生时空穿越一般的新奇和怀旧。与眼下所见相比，地震遗址是一座死寂的空城，而这一片家属院则仿佛把二十年前的生活场景逼真展现在你的面前：那水泥甬道上摊晒的一片一片的辣皮子、萝卜干、豆角干，楼体之间开垦的一畦一畦的菜地，碎砖块砌就或铁皮料带围成的鸡窝鸭舍，楼顶上像小树林一般的电视天线，晒热水洗澡的油桶，满院子轰赶鸡群的老太太，以及楼下或围坐一圈打牌下棋，或躺在竹躺椅上摇扇纳凉，或坐在小板凳上喝茶卖呆的老人。那恍如隔世的生活景象和氛围，让戚爱云仿佛梦游一般穿梭其间，内心体会到一种今夕何夕、荒诞诡异的感觉。而石韬在这里却仿佛一个老熟人，所有遇到的老头老太都跟他热情招呼，让瓜的、让茶的、让棋的，很多人都拿一种既好奇又亲热的眼神把她打量个遍，胆大的甚至吆喝着："石警官，上头关心你呀，给你搭配个神仙妹妹呀！"那种过头的热情、关心和好奇，甚至让她感到很不适应。她渐渐感觉到记忆中小时候才有过的那种温暖的、互相关心、敞开式的人际关系和生活氛围，这种人际关系和生活氛围，早已被时代所抛弃了，可是在这诡异的一隅居然仿佛复活似的感染了她。她仿佛正在经历六朝传奇里的仙游小说，在异人的引领下，进入了一个莫名其妙的世外之境。在这世外之境，引领她的异人是唯一可依赖的，她在一种恍惚、陌生与怀旧、温暖的多重交织的体验中，对异人的依赖感愈加深刻，这种依赖感浸入心灵深处酿造成一种像米酒一般甘甜醉人的滋味。

这种微醺的滋味一直维持到晚上，石韬开始传唤那几个排除不了嫌疑的吸毒人员时，戛然而止。当然，这不是正式的传唤，因为没有报警。石韬借着了解有无复吸及生活现状的由头，把几个人口头传唤到了警务室。他让戚爱云躲在里间不要露面，戚爱云就把门留个缝偷偷地观察着。戚爱云吃惊地发现，石韬的脸变了，语气也变了，与和社区里老百姓在一块时相比，简直可用"翻脸不认人"来形容了。只见他铁青着脸，说话之前两眼阴森森地紧盯着吸毒人员，连她都觉得心里害怕，产生一种莫名其妙的负罪感。

他问对方近期生活情况，问有没有正事可干，问有没有复吸，其间不时地夹杂着暗藏的敲打和威胁，不时抛出一两句对方近期的行踪表现，表明他完全掌握对方的情况。最后，他才抛出关键性的问题：有个朋友上午在爱家超市丢了台笔记本电脑，因为是自己管区的事，也就没有报案，打算私了。如果知道下落，给他拿回来，这件事也就算了。如果谁藏着不给，他早晚会访明白。然后就是一串简短有力的威胁。对方呢，点头哈腰、赌咒发誓不知道这回事。然后被打发走。

就这样一个接一个地传唤完毕，已经到了夜里 2 点钟。打发走最后一个，石韬从外间进来，打着深长的哈欠。戚爱云赶紧把他让到单人床上躺下，自己也上床偎在他身边。不知是过于疲惫还是怎么的，石韬头枕在被垛上一声不吭。戚爱云忍了半天，最后还是忍不住地问："没情况？"

"暂时没情况。"

戚爱云在黑暗中咬了咬嘴唇，犹豫了片刻，最后还是问道："那——明天咋办？"

"明天跑二手电脑市场。"

戚爱云想起刚才传唤吸毒人员时的情景，久久地注视着石韬，仿佛不认识似的，或者说，对他需要重新认识似的。她伸手轻轻地抚了抚他的脸，说："人家都说你们警察是脸上长狗毛的，说翻脸就翻脸。"她说这话时，内心不知怎么浮起一丝隐忧。

黑暗中，石韬两眼愣神地盯着前方，道："领导经常告诫我们，当警察的，对犯罪分子打得要狠，对人民群众爱得要真。没办法，这个职业就要求我们两张脸翻来翻去的。但是，真要坚持这一点很难的，弄不好会导致人格分裂。"

月光透过窗户投射到床头，石韬的脸上，鼻梁、眉弓、嘴唇都在月光斜照之下形成仿佛版画一般明暗分界的线条，两个眼珠在黑暗中浮现着两点晶莹的光。月光下的这张脸，仿佛一汪水银，从黑暗中幽幽地浮现出来，显得既朦胧又神秘。

戚爱云第一次真正产生了一丝被这张脸征服的感觉，她俯下身在他的唇上轻轻地吻了一下。

石韬没有女人的感性，他只轻轻地回吻了她一下，就又陷入了沉思，两眼出神地望着这朦胧的虚空。内心在焦虑中盘算着、分析着，监控视频上看不出拎包男的具体去向，管区里的吸毒人员他已全部摸排一遍，只有这几个从外部特征和时间上排除不了嫌疑的。可在刚才的传唤中，通过察言观色，觉得不像他们干的。这几个都属于被他收服了的，都要长期在这里混的，绝不敢为一部电脑而与他较劲。那么，唯一的希望只能寄托在二手电脑市场了，如果再不出情况，他怎么给戚爱云交代？他有何颜面与她处下去？这时，一个早有一丝萌芽，但被他无情镇压下去的念头再次浮上心头，那就是，去找王向高。这个念头刚一冒出，立刻招来强烈的抵制和烦躁。他怎么能去求他，这个尚未得到官方认定，但在他心目中早已定性的黑社会分子？！这个管区里盘踞的地头蛇，自己最大的对头！上次清理春风巷的时候，他就已经痛下决心，到了对王向高动手的时候了！王向高似乎也感觉到什么了，通过李效周，通过社区干部，通过这个那个多方给自己打招呼，自己却始终铁青着脸没给一点面子，想不到如今黔驴技穷竟又要求到他头上了？如果自己真的为这事去求他，他不知会得意成什么模样！不知会想出些什么点子来要弄他一番，以泄心头之恨呢！他越想越觉得羞愧，一个管区民警，代表国家执法的人民警察，竟然弄到要受黑社会分子的摆布，这是何等的无能和屈辱……他长出了一口气，偷眼望了望身边的戚爱云，她已经睡着了，鼻子里发出轻微的鼾声，脸上还残留着一丝憔悴，一只手搭在他肚子上。他轻轻抓住她的手腕想把她的手摘去，但她蒙眬中却发出不满的哼哼声，那只手往下一探，把他的腰搂得更紧了。这个睡梦中的无意识动作愈发显现出她对他的依赖。这份依赖让他对她猛生出一阵怜爱和感动，那种滴水之恩涌泉相报的老毛病又在心底深层发作起来。他开始做转念一想。他想，也没什么可丢人的。王向高自幼在这里长大，在这里盘踞着。自己到管区才刚一年，有些事一时搞不赢他也属正常，对付他，来日方长。再者说，王向高及背后的廖家武坐大到如今，是这块地面特殊的社会环境，加之多年经营，加之官商两界一些人的勾结支持才造就的，不是我石韬之过，也不是我石韬一己之力所能改变的，对付他们，来日方长，不可急在一时。再者说，斯大林都说过，必要的时候，可以和魔鬼拥抱。哪怕从长远收服的角度看，暂时与其拥抱一下又何妨……想定了策略，石韬才终于沉沉睡去。

36

第二天，在刑警队负责阵地控制的兄弟带领下，石韬戚爱云二人在红旗路电脑城所有经营二手电脑的摊位上查了个遍，一无所获。最后一线希望也破灭了，戚爱云两眼可怜巴巴地望着他，带着哭音问道："咋办呀？"

他的心很乱，只有他知道还有最后一线希望可以让他碰碰运气，可他实在下不了那份决心。正在烦乱之际，一个电话打到他手机上。他一看，是吴长江打来的，让他明天到刑警队找他，关于阿瑞的案子有任务交给他。一时间，各路烦恼一股脑儿涌到眼前，他再也抵挡不住，一瞬间痛下了决心：走向深渊，拥抱魔鬼！

他把神色仓皇的戚爱云硬劝回家休息，安慰她说，还有希望，还有希望。但就是不说希望到底在哪儿。

直到目送戚爱云仓皇远去之后，他才怀着一股子"我不下地狱，谁下地狱"的决绝，直奔红旗动漫城而去。

搞明白石韬的来意之后，王向高皮笑肉不笑地开始慢慢消遣他。他没料到满脸横肉、五大三粗的王向高竟也赶时髦学会了泡工夫茶。他用他那两只蒲扇大手灵活地摆弄着那一大堆小巧玲珑的茶具，那把拳头大的小茶壶，把手处他那小胡萝卜似的手指头抠都抠不进去，他却硬是用三个手指头掐住把手，把细细一线茶水慢慢浇入鸡蛋大的小茶盅里，再"滋溜"一声吸进嘴里。他一边慢悠悠地操弄着这一套与他那副德行极不相称的雅致动作，一边嘴里漫不经心、有一搭没一搭地应付着石韬。他明明看见石韬嘴唇干裂起了一层皮，硬是不请他喝一口水，只管"滋溜滋溜"

地往自己嘴里吸。想起以前见面时他的那股热乎劲儿，石韬打心眼里翻涌出一股怒火。不过，他把怒火强压下去，慢慢与他周旋着。

"听说，石警官把我从咱们所的特情名单里给抹掉啦？"王向高吸溜完一口，瞟了他一眼道。

这一招石韬真没料到，马所长去党校那阵，他趁所里整顿特情队伍之机，汇报沈麒麟把他拿掉了。他是怎么知道的？石韬有点乱了阵脚，定了下神，干笑道："想着王哥年纪渐长，不想再拿些麻烦事来骚扰你。再者说，王哥现在也是有身份的人，还挂个特情的名，与你的身份也不相称呀！"

王向高眼珠一翻，皮笑肉不笑地道："有啥不相称的？！敢情特情在石警官你眼中，就只能是有把柄在你手里的混混？我可是红色特情！你手里有我把柄吗？"

石韬只得应付道："王哥还想干，那就再恢复起来呗！"

想不到王向高毫不客气，竟用那种没商量的口气道："那好，就给我恢复起来，挂在石警官您的名下，好吗？"

听着他那副领导安排工作般的口气，石韬怒火上涌，脑子里一片轰鸣声。他也不知自己嘴里是怎么支吾一下糊弄过去的，只觉得脸皮厚涨麻木，用手一摸，竟像老茧一般粗粝迟钝，毫无知觉……

把这件难堪的事情对付下来，石韬才睡了个放心觉，第二天才有心思去刑警队那边。原来，吴长江等人调查阿瑞的银行卡下落时，与李安娜，主要是代宗义顶上了牛，让他去帮做思想工作的。

他正思谋着李、代二人是如何与刑警队顶牛的，当时吴长江又不肯细说，他这思想工作该从何处入手，突然就传来了好消息，王向高给他打来电话，说是找到一部电脑，不知是不是他要的。他吃了一惊，想不到王向高动作如此麻利。内心涌起一阵复杂的滋味。你不能不承认，你还嫩，对这个社区，尤其黑道上，你还是个门外汉。

他赶紧给戚爱云打电话，约好到红旗动漫城认领东西。

在红旗动漫城，王向高可谓拿足了架子。一副大大咧咧的主人翁架势。连戚爱云都看出了石韬与王向高之间那种暗中较劲的复杂微妙的态势，品出了石韬内心复杂而又苦涩的滋味。

电脑失而复得虽然让戚爱云高兴，但因为真正担心的是里面的内参稿是否流失。她忍不住问了句是谁拿走了她的电脑。不料王向高毫不客气地说："那你就不要问了，行有行规，我也只能替你把东西要回来。"

戚爱云心里暗吃了一惊，这案子是怎么破的？东西是怎么要回来的？好生蹊跷啊！偷眼看石韬，石韬一声不吭，脸色极为难看。她也不好多说什么。

晚上她请石韬吃饭时，石韬借几分酒意，把朝红社区的前世今生，几十年江湖云烟，当前的暗流涌动，向她和盘托出。还把他内心的长远打算也解说了一番。戚爱云在这个晚上震惊了，没有料想到一个小小的社区里竟隐藏着这么复杂的社会百相，世态玄机。她忽然对这个社区产生了一种强烈的好奇，对石韬的长远打算产生了一种想要参与进去的冲动。

37

原来，吴长江找李安娜是想了解有关阿瑞的银行卡的事。这事比较敏感，李安娜误以为警方对她有所怀疑，说话就有些躲躲闪闪的。吴长江也是近些日子忙糊涂了，早把石韬曾汇报大家的关于春风巷已清理完毕，李安娜等已从良的情况丢在脑后，以为李安娜仍属把柄在手的灰色人群，见李安娜不肯痛快，话也就越说越不客气了。银行卡问不出名堂，就绕开话题问起了阿瑞的其他情况，其实是石韬早问过的，只不过边问边挫其锐气。问来问去，问得李安娜十分反感，最后撂了一句："这些我早跟石警官交代过的，你去问他好了！"不提石韬倒还罢了，一提石韬吴长江就邪火攻心，心说你他妈什么玩意儿，婊子也敢跟我较劲！口中喝道："给我老实点！问你啥说啥！别以为我们没掌握你是干啥的！"

"干啥的？！为人民服务！咋的啦？！不知道就是不知道！不知道还犯法吗？"本来在里间回避的代宗义再也按捺不住，一头扎了出来。

一句话把吴长江噎得吭不出声来，同来的老民警一看又是抓人那天跟着认人的刺头儿，眼看事情要闹僵，忙把双方劝住。把吴长江拉到一边悄声说："这本来就是石韬的管区，把他拉进来就是让他提供基本情况的。他的屁股你让他擦去，你我何必沾手呢？吃力不讨好的！"这才把吴长江劝走。

其实，同来的老民警正说中了代宗义的心事。他在里间听明白吴长江来意的时候，就打定了一份主意，还生怕李安娜知道什么过早吐口呢。吴长江等一走，他就问李安娜知不知道阿瑞银行卡的事。李安娜说："她是有银行卡，咋会没个银行卡嘛。问题是他们老问我她的银行卡，好像要把我牵扯进去似的。"代宗义道："我听说拿银行卡取钱的时候都有监控探头录像的，他们拼命追着阿瑞的银行卡不放，八成打的是这份主意。"李安娜恍然大悟："阿瑞的银行卡可能是用假身份证办的，所以他们找不到。"代宗义两眼盯着李安娜道："你知道阿瑞的假身份证吗？"李安娜道："我不知道……等等……你啥意思？"代宗义道："如果知道的话，这可是个重要线索，咱不能轻易吐口，要吐口也得留给石韬，咱还指望着他帮咱们在菜市场开饭馆的事呢！"李安娜进一步恍然大悟，她慢慢地点着头，想了半天，道："我记得她有个皮夹子，里面夹过一张身份证复印件，不知是真是假……"说罢，她看着代宗义。代宗义眼睛一亮："皮夹子呢？她带走了吗？"李安娜犹犹豫豫地说："她倒没带走，上次从洗头房搬走的时候，我把一些没用的杂物都给了纪婆婆，其中就有这个皮夹子。"代宗义一拍大腿懊恼地道："你给纪婆婆干什么？！她一个老太婆要那个有啥用？"李安娜眨巴着眼睛不安地说："纪婆婆见啥拾啥，我想她总会派上用场的。"代宗义懊恼道："她要是卖掉可就麻烦啦！"李安娜赶紧亡羊补牢地说："那能卖给谁去？我想，她八成是拿去讨好她儿媳妇啦。"代宗义看了看她，道："但愿如此。"想了会儿又说，"开饭馆的事，咱们得抓紧。"话题转到这，李安娜面露难色地道："我手里只攒了七八万块钱，上次打听了，最少也得有个十万块钱的。"代宗义皱眉想了半晌，道："齐惠云上次找过你？"李安娜见代宗义突然提起齐惠云，不知他想些什么，茫然地道："是啊。"

"她咋会找到你头上的？她要干什么？"

"你记得吗，有一次我们上街买菜，半路碰到她和一个男的挎着胳膊走路，你还用眼睛死盯着她的……我想，那次她记住了我的。"

"她找你干什么？"

"问这问那的，好像还问我有没有对象的事，其实我看是想打探咱们俩的关系。"

"哼哼……"代宗义从鼻子里冷笑了两声，意味深长地看了李安娜一眼，道，"她很关心我嘛，哼哼。"

石韬果然很快就找上了门，来的时候还带着一个女协勤。女协勤身上穿着一套虽旧但洗得干干净净的协勤服，不像以前那个协勤何晓明，一身协勤服皱皱巴巴汗酸扑鼻，领口肩膀处还泛着盐花。女协勤眉清目秀文质彬彬，咋看也不像个干协勤的。

不过李安娜混迹社会多年，心比天高命比纸薄的女人见得多了，很快就把女协勤丢在脑后，按事先商量好的与石韬周旋。石韬果然问的还是阿瑞银行卡的事。李安娜就说见过。石韬就有点兴奋了，说刑警队按阿瑞的身份证查询，查不出她的任何银行记录，她的银行卡一定是用假身份证办理的。问她知不知道阿瑞假身份证的有关信息，比如叫什么名字之类的。李安娜正想着的时候，代宗义就从里屋出来了，热情地与石韬寒暄一番。石韬问他最近在做什么，他就说正在筹备开饭馆的事，并且问石韬上次托他帮忙给社区说说话，在朝阳菜市场开饭馆的事，问得咋样了。石韬道："问是问过了，但社区吴主任只说还得再看看上面的态度。"代宗义道："那就麻烦石警官操心着再问问。"石韬道声"没问题"。李安娜看看代宗义的脸色，见无甚异样，就接着往下说："以前在阿瑞的一个皮夹子里曾见过一张身份证复印件。不知是真的还是假的。上次从洗头房搬出来的时候，与一些杂物一起送给了配件厂一个靠拾垃圾为生的纪婆婆。"石韬彻底兴奋起来，站起身道："你现在没事吧，现在没事马上跟我们走一趟纪婆婆家，一定要找到这个皮夹子的下落。"

李安娜看看代宗义的脸色，犹犹豫豫的没起来，代宗义慢悠悠地插进一句话来："石警官，为了阿瑞的案子，我们安娜可没少帮你，可以说是随叫随到了吧，上次抓人多危险的事，让她上她就上了。我们认的是石警官您这个仗义人。咱们你帮我我帮你的，按报上的话讲，这也算是警民共建平安和谐吧。我想，你也不会让我们老百姓失望吧？"石韬笑道："那是肯定的，我石韬讲话历来是吐口唾沫砸个坑，你放心，开饭馆的事包在我身上。"

李安娜于是讪笑着跟着石韬站起身向外走。

路过水果店的时候，李安娜说是好久没去看过纪婆婆了，要给纪婆婆带点脐橙，说纪婆婆最喜欢吃这种橙子了，连走了三家店才把脐橙买到。女协勤忍不住问道："看样子你和纪婆婆很熟嘛。"李安娜觉得那女协勤之前就一直盯着自己看，好像对自己很关注似的，心里头觉得有几分熨帖，就叹口气打开了话匣子："石警官也不是外人，我也就有啥说啥了。自从我流落到这里干上那份营生，除了宗义哥之外，纪婆婆也算是半个亲人了。实际上我认识她比认识宗义哥还早呢。那时候，她到处捡破烂，经常到春风巷来。有时候跑进人家店里面要捡头发，人家嫌她妨碍生意，就把她往外撵。我就帮她说话，我给那些姐妹说，不要欺负天下可怜人，咱们这些人，弄不好将来也会有这一天……"

"你的心真好！"女协勤深深地望着李安娜，赞道。

李安娜被看得有些不好意思，道："也不是心多好。主要是纪婆婆让我想起我奶奶。我是我奶奶带大的，我奶奶那时候就靠捡垃圾供我上学。所以我一看见纪婆婆在街上捡破烂，成天背着个口袋弓着个腰，心里一方面觉得可怜，一方面也觉得亲得很。"

女协勤问道："你小时候不是在农村吗？农村也能捡破烂？"

李安娜道："在农村的时候没有捡，那时候是种地。后来我父母在县城开饭馆，把我和我奶奶接到县城，我就在县城上了学。再后来饭馆倒闭了，我父母回乡下去了。那时候我学习好，我奶奶就非得让我把学上完，再也不能吃没文化的苦。就租个房子捡破烂供我上学。"

"饭馆怎么会倒闭的呢？"女协勤问道，一脸替苦命人担忧的神情。

"本来生意都好起来了，都开始雇人了。人没雇好，成天迷迷糊糊的，有一次浇油泼辣子的时候，辣子碗离灶眼太近，把油泼到灶眼上，把房子点着了。就是这么倒闭的。我父母跑到乡下躲起来了，欠人家修房子的钱呢！"

"那么你，后来上学到啥程度？没找个好工作吗？"女协勤操心地问。

"上到初三我奶奶病死了，我就只好去南方打工了。"李安娜苍凉地说。

"噢——"女协勤长长地"噢"了一声，仿佛理解了一个人的一生似的。

李安娜说："所以我一看见纪婆婆在街上捡垃圾，就想起我上初中那三年。那是一辈子最快乐的三年，虽说日子过得苦些……纪婆婆捡垃圾是为了养儿子，她儿子是个精神病患者，从乡下找了个儿媳妇，儿媳妇也就是当年为了个城市户口，再就是等这套房子，在熬着。所以越到老，越得讨好儿媳妇，害怕她死之后对儿子不好。她有哮喘病，靠自己熬中草药调养，她很懂中草药的，久病成良医嘛。我的痛经就是用她给我的方子治好的。"

说话间，三人已经到了纪婆婆家院子。院子里东南角堆着一摞一摞的编织袋，里面塞得结结实实的啤酒瓶、饮料瓶、易拉罐把编织袋胀得鼓绷绷的，东北角则是一捆一捆的纸箱板、旧报纸，西南角则是五花八门的破烂杂物，一股异味飘散在院子上空，看起来纪婆婆囤了好几天的破烂没出去卖了。

　　一进屋见到的只是儿媳妇，儿媳妇一见警察登门，吃了一惊。问起纪婆婆，说是不在，反问他们有啥事。听李安娜说起来意，还没等把话说完，就连说"不知道，不知道"，阴着个脸，一副送瘟神的架势。就在三人往外走时，听到厢房里有一下没一下地传出一种气息奄奄的带喘声音。李安娜不顾阻拦，带头闯了进去，只见纪婆婆脸色苍黄、皮包骨头地躺在床上，眼皮儿像瘟鸡似的耷拉着，只有嘴张着，里面发出那种丝丝缕缕的呼噜声，石韬狠狠地盯了她儿媳妇一眼，儿媳妇带着哭音道："我有啥办法？家里又没钱！"

　　石韬掏出手机打120急救电话。众人焦急地等待着。时间一分一秒地过去，怎么也听不到急救车的呼啸声。眼看着那丝丝缕缕的呼噜声越来越可怕，纪婆婆耷拉着的眼皮忽然睁开了，仿佛回光返照似的，空茫地盯着房梁……女协勤看看这个，看看那个，显然没经见过这种场面，一副六神无主的模样……

　　忽然，李安娜语气决绝地说："这是让痰憋住了！"说罢撩起裙子上床，跨在纪婆婆身上把嘴对着纪婆婆半张着的嘴贴上去，只见她捏住纪婆婆鼻子，皱紧眉头猛力一吸，吸得纪婆婆喉咙深处一阵咕噜，女协勤早被这一幕惊呆了，不知所措地傻站在那里，倒是儿媳妇及时地递过一只痰盂。李安娜噗噗地朝痰盂里连吐了几口，这才抬起头来，一边接过儿媳妇递过来的卫生纸擦着嘴，一边目光凶恶地盯着她看。盯得儿媳妇把脸别过去了。

纪婆婆这才略显顺畅地喘息起来。

过了片刻，石韬从外面把救护车领到院子门口。几个人七手八脚地把纪婆婆抬上救护车。当救护车启动的时候，儿媳妇把一个红色的小皮夹子悄悄塞进了石韬手中，石韬看了她一眼，一层一层地在夹层里翻找着。在最里面的一个夹层里，他终于触到了一张纸片，他把中指和食指伸进夹层，小心地把纸片夹出来。赫然正是一张身份证复印件，右上角是阿瑞那张目光冷淡的脸。

38

阿瑞的假身份证浮出水面，仿佛强有力的助推，使专案组这辆陷入泥泞动弹不得的车辆从泥坑里挣扎出来。所有人都振作精神投入新的调查之中，专案组查出了阿瑞的银行卡，发现有人已于6月6日、7日两天，分别于本市数个网点将卡内10万余元现金全部提走。通过调取柜员机监控录像让李安娜等熟人辨认，发现取钱者是个女人，穿着阿瑞的T恤衫，戴着阿瑞的墨镜，难道阿瑞活得好好的？自己出走？累怕了的刑警们心中跳动着一线希望……但经再三辨认，李安娜始终觉得此人并不是阿瑞。虽然加起来只有短短几十秒录像，女人上半身的体形也与阿瑞大体吻合，五官又被墨镜遮去大半，加之女人始终半垂着头，两侧头发耷拉下来遮住脸颊两侧，如果让不熟悉的人，例如专案组的刑警们，仅靠与照片相比对，确实很难判断此人究竟是不是阿瑞。但李安娜情况不同，毕竟她与阿瑞朝夕相处好几年。她觉得不是阿瑞，尽管只是一种感觉，说不出具体理由，但侦查员们不得不予以重视。

如果不是阿瑞，此人又能是谁？前期从阿瑞的 QQ 聊天记录分析，与阿瑞周旋的一直是一些男人，不管从侦破这类案件的老经验出发，还是从已掌握的迹象出发，此案的切入点都应当是男女关系。可是，关键的取钱的监控录像上怎么会出现一个疑似阿瑞本人的女人？

　　一连串的疑问困扰着侦查员。此时，李安娜悄悄把石韬拉到一边提供了一个新情况。她对石韬说："你知道阿瑞一家为啥此时拼命找阿瑞吗？他们要拿阿瑞给她二哥换老婆的。"石韬吃了一惊，想起上个月阿瑞一家全员出动跑到省城，并且在市局门口缠访闹访等情节。他问李安娜具体咋回事。李安娜说，其实两个月前阿瑞还正常上班时就给她讲过，说老家那边给她介绍了个对象，对方家里在农村算是个殷实人家，是全机械化作业的种粮大户。但她认识那个人，实在喜欢不起来。再加上，她再也不想回农村生活了。父母催了她几次、劝了她几次之后，二哥就开始上阵了，对这事表现得比父母还积极。她就明白了，因为家贫，二哥一直盖不起二层楼，而这是当地娶媳妇的必备条件之一。二哥一定是鼓动着父母把她卖给种粮大户了，换了钱好自己娶媳妇的。这是她坚决不能答应的，过年过节寄些钱是可以的，但就此把她一辈子卖了，她是坚决不答应的。

　　石韬急道："这也算重要情况，你咋早不反映？"李安娜道："前一段时间她那一家子都在这儿，咋好说这事？她那一家子也不是好惹的。"

　　石韬迅速在案情分析会上把情况汇报了。这样一来，人们的意见就更多分歧了。有人认为，会不会阿瑞预感到家里人要来逼婚，干脆一走了之，才与家里人、与李安娜等都不再联系，玩起了失踪？出走之前必然要提取现金，这样监控录像也好解释了。

此说一出，立刻引起了一片响应。如果按这种说法，这就不成其为一个案件了。阿瑞家里人再来闹，就以他家逼婚导致阿瑞出走相应对，也算有个交代了。但另一派却不急于乐观，他们想起了一些难以解释的疑点。其一，如果阿瑞属逃婚出走，那么 6 月 2 日她在 QQ 上给"机甲超人"的突兀留言又做何解释？显然她并未选择"机甲超人"作为逃婚落脚的对象，而且从其胃口来看，她也不可能选择"机甲超人"这个老光棍、打工仔做其后半生的依靠。其二，即便要逃婚出走，一般人从安全考虑，只要提取些路费什么的也就够了，急急忙忙连续两天从银行卡里把现金提空，只有劫财的犯罪分子才会这么干。其三，提款人从其打扮、动作等方面来看，刻意遮掩的痕迹较重，与其最熟悉的李安娜都不能认定为阿瑞本人。他们认为，不但不能停手，还要扩大范围做进一步调查。

赵京安从第一派的论调里听出了松劲泄气，撒手不管的味道。哪怕有这种可能性，当前也不能以此为理由停止调查。赵京安决定，从三个方向继续侦查。一是继续从阿瑞的 QQ 记录入手，扩大调查范围，看看阿瑞失踪前除"机甲超人"外，还有没有其他联系密切的可疑男子。二是继续围绕监控录像通过技术处理提高其辨认度，看能否发现新情况。三是将案情包括阿瑞真假身份证等信息上报市局，请求协调在全市范围排查 5 月 31 日到 6 月 5 日之间阿瑞在本市可能的落脚点，包括宾馆饭店、出租房屋等。

赵京安特别要求让石韬参加对 QQ 记录的分析。

两天之后，前两个侦查方向分别发现了新情况。首先，出现重大情况的是监控录像这一路，通过技术处理之后，提款人下巴以下部位原先一片黑暗的阴影部位出现了一个高光点，经图侦大队的专业人士分析判断，为男性喉结。提款人为男性！这个结论一出，很多其他疑点也相继被发现，比如他所戴的假发，以及发型与阿瑞失踪之前的细微差别，手上的细微差别等等。

其次，石韬他们对与阿瑞周旋过的多名男子再次进行了一遍梳理分析。梳理出一个网名叫"老鼠爱大米"的男子，该男子曾经在 QQ 上给阿瑞留下一个手机号。但这个手机号从未与阿瑞联系过，所以在第一轮排查中被排掉了。但现在其他人都被排除了，只有这个人尚未做深入调查，于是此时突显出来。查询其通话记录发现，5 月 31 日前几日的通话记录中并未出现阿瑞的手机号。

"那么你们什么意思呢？"赵京安问道。

石韬道："阿瑞既然用假身份证办理银行卡，从其灰色人群的心理特征分析，从其面临家庭逼婚的现实处境分析，会不会她也用假身份证办理了一个新的手机号，为了某种私密的用途，比如逃婚做准备等等？"

赵京安望着石韬，望了片刻之后，操起电话安排通过阿瑞的假身份证查询其有无其他手机号。

很快，查询结果出来了。阿瑞果然还有一部失踪前夕购买的私密手机，连李安娜都不知道。该手机在 5 月 31 日前的最后联系人，赫然是这个所谓的"老鼠爱大米"！

"老鼠爱大米"的手机号立即移交技侦部门，围绕其行踪轨迹进行深入侦查。

39

两天来，石韬一直沉浸在一种既兴奋又紧张的情绪之中。这是他第一次参与人命案件的侦破。而他在对线索的深入挖掘和分析上发挥了关键性的作用，刑警队的一些弟兄开始对他刮目相看了，就连赵京安看他的眼神也不一样了。有些人有事没事开始往他身边凑，主动敬上一支烟，聊聊案子或其他闲事……刚来刑警队时的那份窝囊和屈辱，可谓一扫而空。一股自信非常饱满地蓄积在体内，甚至有外溢的趋势。这两天经常涌上心头的一个念头就是：如果我来干刑警，绝不会屈居人后的。

自从参加这个案件的侦破，石韬感觉就像手持网兜在一片混浊的池塘里捞一条大鱼。你的眼睛盲目地在水面上扫来扫去，这条大鱼忽然在这里冒一头，忽然在那里拍打一下尾巴，忽然又在你意想不到的地方露一下脊背，你眼睛都盯酸了，神经都紧张得麻木了，可它就是神龙见首不见尾，让你没个下手处。随着线索不断挖掘出来，条条岔路不断被排除，就好像一塘浑水逐渐被澄清，那条大鱼的行踪越来越清晰地呈现在专案组眼前，网兜有了奔头有了目标。大家一定都像他一样兴奋，一切都有待于那活蹦乱跳水花四溅的最后一捞啦。一股期待涨满了石韬的胸腔，希望能够参与那惊心动魄的最后一捞。

石韬有事没事就凑到赵京安跟前打探进展，赵京安对石韬有种出乎意料的和气亲近。有些话，换了别人，他可能会绷着脸，一句"把你手头的抓紧"就打发了，可对石韬却总能耐下心讲两句。老家伙里有明眼人看出，赵京安这是在收买人心呢，看样子想把这个石韬挖到他手下来呢！

石韬从赵京安处得到的最新情况是：根据技术侦查，"老鼠爱大米"的手机 5 月 30 日曾出现在本市水北区，在人民路与建设路交会处、尚德路、启阳路等多地出现过，6 月 6 日、7 日阿瑞的银行卡被支取一空后，6 月 8 日一早该手机就离开本市，当天中午在重庆某地出现。

尽管手机号由虚假身份办理，但通过技术手段，专案组最终查出了机主的真实身份。刘海瑞，重庆某地人，生于 1980 年，曾因诈骗多名女性及麻醉抢劫等罪案被判刑，两年前刑满释放。从其身份照片看，该男子面目俊朗，结合其作案类型，刑警队弟兄将其概括为少妇杀手一类。

　　最关键的抓人环节就要来临了，专案组决定派四名刑警远赴重庆，与当地公安机关合作，一举抓获此重大嫌疑人。四人抓捕组中，石韬赫然在列。

　　出差前，石韬为代宗义开饭馆的事再次找到社区主任吴元庆。吴元庆的话是："我再打听打听风声……要是没啥风声，他们就开呗，咱也不能不让人家养家糊口嘛……"

　　那天晚上，石韬思之再三，给代宗义打了电话，道："你要实在没别的事可干，饭馆要搞就搞吧，但钱不要投得太多。"

40

　　抓捕果然很不顺利。他们来到的第一站是重庆长寿，刘海瑞的户籍地。这是长江边的一座小山城，属于重庆的一个区。8 月初的天气，极度潮湿闷热，皮肤总是又湿又黏，仿佛生了一层蟾蜍身上的黏膜，衣服呢，汗津津地紧贴在皮肤上。太阳火辣辣地悬在天空中，白亮炽热的阳光无边无际地朝地面上泼洒着。空气黏滞不动，指望不上一点清凉，就连躲在树荫下，也得不到一丝凉意。这令他们这几个习惯了北方气候的人十分难受。在这炽烈的阳光下，他们随着当地社区民警穿街走巷，小心翼翼地寻访着刘海瑞的踪迹。刘海瑞像很多心灵扭曲、亲情离散的犯罪分子一样，很少着家，有时在棋牌室，有时在洗浴中心一泡一夜。又不好跟他家里人直接接触，生怕打草惊蛇。通过街坊邻里之间曲里拐弯地打听，终于获悉刘海瑞正跟一帮朋友聚会，在"××热盆景"吃火锅。赶到"××热盆景"已是傍晚时分，太阳已顺江而下，漂流到西边天际线。高低起伏的山城街道一片金黄，错落有致的楼宇建筑都沐浴在赤铜般的霞光之中。按北方天气，太阳落山凉爽有盼了，而此地，燠热丝毫不见减退。社区民警钻进"××热盆景"店堂里侦查情况，其余人等蜷在车里等候。社区民警回来讲，刘海瑞就在大堂正中间的一张桌子上，与一帮朋友正吃火锅呢。大伙一看机不可失，时不再来，就要动手，早早结束这闷蒸唐僧肉的酷刑。不料社区民警急得摇手道："不妥，不妥，少安毋躁。"大伙问为啥，社区民警道："大堂里满满当当挤着七八桌火锅，张张桌子上锅开油沸，热气蒸腾。人也坐得满满当当，腿脚都插不进缝。万一刘海瑞狗急跳墙，扭打动粗起来，那一锅一锅的红油火锅掀到人身上可不是闹着玩的。搞得不好，还要引起火灾呢！只有先等着。我刚才考察了番，这家火锅店只有一个大门。等刘海瑞喝得歪歪斜斜了，出得门来，大家一拥而上，便可手到擒来。"

大家一听情况复杂，只得且听当地民警安排。火锅店门口人进人出，川流不息。怕引起怀疑，他们的车辆又不敢长时间地保持发动的状态，因此空调无法打开。更不敢开窗透风。五个大汉硬挤在一辆狭小的轿车里，浸泡在拥有"四大火炉"美誉的重庆的酷夏之中，那滋味真比在蒸笼里好不到哪去。有人百思不得其解地抱怨着："这大夏天跟火烤似的，还吃球的火锅嘛！"社区民警笑道："没得办法，重庆人就信这个，越热越要吃火锅，说是以毒攻毒，把汗逼出来就好了。""这他妈纯粹是歪理邪说嘛！"问话的如此评价道，大家只得苦笑摇头，继续龟缩在笼屉般的车辆里，等着刘海瑞喝到尽兴。偏偏刘海瑞这厮死到临头还兴高采烈，一瓶接一瓶的冰啤酒往嘴里倒，就是不知道出门。

不知过了多长时间，天已黑透，五条汉子个个头晕眼花、昏昏沉沉。社区民警是强打精神向火锅店观察着，注意到火锅店门口此时只见人出，不见人进，却始终看不见刘海瑞身影，不由心虚焦躁起来。他再次下车进入店里，片刻便慌慌张张地奔出来，气急败坏地拉开车门低声嚷道："赶快都进都进，人他妈的不见了，大家一起搜一搜。"

大伙一听急眼了，稀里哗啦地一起冲进火锅店，除了两个喝得烂醉的酒客趴在桌子上痴笑地望着他们，店堂里早已空无一人。社区民警直奔店堂经理处，厉声询问刘海瑞一桌的下落。经理支支吾吾说是啥时走的他也没注意。

"你他妈的不结账吗？！少跟老子耍花枪，老子今天办的可是大案！"社区民警两个白眼珠子从昏暗的光线中突显出来，看起来十分吓人。

石韬等四条汉子也朝经理逼拢过去，个个脸色铁青。经理显然被吓住了，朝地下室指点了一下，弱弱地说了句："会不会走那条通道，到旁边'万紫千红'去了？"

社区民警瞪了他一眼，领着石韬等就朝地下室冲，下去咣咣地打开几个房门一找，在其中一个房间里赫然发现一条隧道，隧道里亮着昏黄的灯光。社区民警骂道："他妈的走暗道去婊子店了。"边跑边掏出手机给派出所打电话请求便衣增援。几个人冲出隧道又是一处地下室，上去后，赫然是灯红酒绿、大腿如林的"万紫千红"歌舞厅。社区民警声音发急发颤地招呼大家先别打草惊蛇，两人把住隧道口，两人把住歌舞厅大门，他则继续催派出所来人。好不容易人来齐了，大家开始一个包间一个包间地翻腾，有些嫖客小姐察觉到了动静，悄悄地想溜，早被把守在门口的警察迎头兜住，整个歌舞厅里顿时充满了乞求声、呵斥声，撒谎的撒谎，狡辩的狡辩，喧嚣嘈杂，经久不息，直把个"万紫千红"翻腾得乌烟瘴气。

然而，翻腾的结果是，各色人等都有，唯独不见刘海瑞。

"早带着小姐出台了，这会儿正在哪家床上欲仙欲死呢！"有人阴阳怪气地发着牢骚。

社区民警脸色极为难看。

第一次抓捕就这么失败了。

以防打草惊蛇、夜长梦多，抓捕组更要加紧行动。他们天天缠住当地警方，死乞白赖，低三下四。他们的精神感动了当地警方，拿出真格的帮他们找人。通过技侦手段加上在当地调查，先是发现刘海瑞带着小姐去了九寨沟游玩，抓捕组追到九寨沟，又扑了个空。后又发现去了海南三亚游玩。从其行踪可以看出犯罪分子一旦搞到钱就挥霍无度、今朝有酒今朝醉、破罐子破摔的典型心理……不知刘海瑞这一路游玩心情如何，专案组民警们却个个紧张焦灼，他们的办案经费可是有限的，旅游地区吃贵住贵，他们可经不住这种挥霍。在挨了赵京安的臭骂——骂他们借机旅游之后，他们只好拣最便宜的旅馆住，忍受着无空调的闷热和蚊虫的叮咬。

抓不住人的关键就在于，刘海瑞这货反侦查意识太强，从来不在正规的宾馆饭店住。估计就是去那种小区居民私开的小宾馆小旅舍，要么就是租房住，反正总是躲藏在公安机关漏管失控的犄角旮旯里。

在三亚，当他们精疲力竭地排查了一片一片的小区，而终于一无所获时，带队的吴长江耐心终于到了尽头。只见他抬起疲惫的头颅，发出一番惊世骇俗的言论："从前面调查嫌疑人的行踪轨迹来看，目前他的心态就是今朝有酒今朝醉，拼命挥霍。从他作案所得赃款数额，再加上还带了一个老相好的小姐来看，他也不可能去什么高档场所，也就是一般大众化的娱乐场所。与其大海捞针还要看人脸色地求当地公司帮我们排查小旅馆，不如我们也到三亚这些最大众化的娱乐场所碰碰运气。碰上了，算咱哥几个运气好；碰不上，也权当休整队伍，恢复体力，咱们休整好了抖擞精神再接着干。"

天知道吴长江的真实意图到底是抓人还是休整，反正到了这个份上，人没点逆反心理也不正常。抓捕小组从这天起，就开始在三亚各种免费或花钱不多的娱乐场所里转悠。这儿转转那儿转转，四个人的眼珠子盲目地在人山人海的游客当中逡巡着：蔚蓝色的无边无垠的大海，洁白的豪华游船，一道接一道涌向岸边的白色浪花，随着海风曼妙起舞的椰树；天空里，五彩缤纷的飞伞四处飘流，海面上，喷着水线的摩托艇在跳跃……有的人神思开始恍惚起来，海天辽阔的大自然已经在不知不觉中麻醉了他们焦灼的神经，他们已经有所忘情，忘记了来这里的真实目的。且慢，并非每时每刻都是如此，一旦那张刻骨铭心的脸突然在视野的某个角落闪现一下，哪怕只一下，立刻就唤醒了他们蛰伏的神经。

正是在大东海那一片黄金海湾里，在重重叠叠的面孔中，一张戴墨镜的脸引起了石韬的注意，他悄悄地指给吴长江看，吴长江仔细观察着那张脸，与柜员机监控探头下那张戴墨镜的脸比对着，与刘海瑞的脸比对着，他的脸色越来越凝重，他悄悄拨打手机把在别处逡巡的组员都招呼到一处，让他们也鉴定核对了一番，大家都感觉相似度较高。恰在此时，坐在沙滩椅上的一个姑娘远远地招呼起该男子，从男子嘴里发出了他们已经听惯了的重庆口音。吴长江使个眼色，四个人分散开朝男子慢慢围拢过去。男子却浑然不觉，只管朝海里踏浪而行。一旦目标下了海，在水性方面既不知己又不知彼，下一步就可难办了。吴长江一急眼，用现学的蹩脚重庆话招呼道："刘海瑞，在这儿做啥子嘛。"只见该男子回过头一愣，茫然了片刻，用重庆话问道："你是哪个嘛，咋个认到我？"四人加快脚步逼拢过去。刘海瑞刹那间明白过来，只是此前一秒他都无论如何想不到四个跟他一样只穿着裤衩的汉子会是警察。

什么也容不得他想了，他清楚下一步的后果，他只有一股劲儿地往前面狂奔。只在水中踢了几朵浪花，他就狂奔不起来了，水很快齐腰深。他惊恐地回头，那四条汉子依然在身后紧咬着他不放，个个目光灼灼，想吃人般凶狠。他开始在水中拼命扑腾着朝前游，朝大海的深处游去，那一刻，他什么也不想了，只想就这么朝前游吧，游死算球了……

一道接一道的海浪扑面而来，石韬没有在海里游过泳，没料到海面是如此的动荡起伏，海浪一波一波地涌过来，人一下被抛到浪峰，一下又跌进浪谷，蓝天、白云、灿烂的太阳和碧绿的海水在眼前忽高忽低地交替闪现着，一下清晰，一下模糊，随着越来越远离岸边，越来越游向大海深处，一种恐慌开始在心底翻涌上来，这小子想干吗？想自寻死路吗？他寻死，难道咱也跟着寻死？他的动作迟疑起来，他望了望波涛起伏的海面，发现其他三人虽然体力不如他落在后面，但都还在拼命地向前游着。他又望了望前面，刘海瑞更是埋头苦干，一膀子接一膀子地向前游。他暗暗咬了咬牙，他妈的胜利在望了，一定坚持住这最后一口气，拼了命也要追上他。也许是过于紧张，也许是疲劳到极限，他渐渐觉得四肢酸软不听使唤，连呼吸的节奏也渐趋紊乱，就在某个张嘴的瞬间，一股浪涌扑面而来，猛呛了他一口水，一股痉挛般的刺激从喉咙口直逼肺部，引起一阵剧烈的咳嗽。鼻腔也因呛水引起前额和大脑深处的一片弥漫式的刺痛，咳嗽迫使他停止了划动，人顿时沉入水中，海浪的喧哗和脑海中莫名的嘈杂瞬间归于一片静默，眼前只有一片朦胧的碧绿，死亡的预感就在一瞬间涌遍全身，使头脑陷入一片极度的紧张、无助和虚弱之中。就在那一瞬间，不知为何，二十多年的生命历程在脑海中迅疾地涌流而过，心随即平静下来，手脚停止了慌乱，微微划动一下，脑袋重新浮出了水面。此时他的耳边传来摩托艇的突突声和海南普通话的吆喝声："你们干什么你们？！赶快回器（去）！这里很危险！"他无力地伸出手指指前方，喊道："我们是××公安局警察，抓杀人犯的！"那人站在摩托艇上，以为自己听错了。他茫然地看看前方还在拼命往大海深处游去的刘海瑞，又看着已经游过来的抓捕组其他几个人，那几个人也纷纷解释自己的身份和目的。并且用疲惫无助的眼神，乞求地看着他。那人还在疑惑，石韬忽然道："你就当是救他好啦，你总不能看着他游进大海深处淹死吧？不过你回来把我们也载上。"那人听到自己熟悉的业务，才下定决心，加起油门朝前方的刘海瑞驶去。刘海瑞已经开始在海面上载沉载浮，显然已体力不支，意识不清了。被那人像拖死狗一样拖上了摩托艇。

当他们也上了摩托艇之后，他们像一堆死鱼一样堆在船舱里，只不过他们都还在闭着眼喘着气，而且他们还有意识地用躯体把刘海瑞压住。待彼此的喘息声、咳嗽声都渐渐平复下来之后，吴长江翻过身，看着依旧闭眼喘气的刘海瑞问道："刘海瑞，知道我们为啥抓你？"刘海瑞闭着眼道："我不是刘海瑞。"

"那你跑啥跑？"

"你追我……"刘海瑞奄奄一息地说。

41

代宗义找到李昌武，让他帮忙搞些钢管、瓦楞板的时候，李昌武立刻就感到了什么，眼冒亮光地问道："哥，是不是饭馆要搭架子啦？"

"饭馆？你哥要弄的，可不是吃面条的小饭馆，要弄就弄一个朝红二厂最聚人气的酒家，名字我都想好啦，'代宗义王者酒家'！你们几个也都抓紧准备准备，咱们尽快把市场的架子搭起来，要不了一个月，一个热热闹闹的朝阳市场就起来了！到时候，咱兄弟们市场上天天玩在一块儿，有钱同赚，有难同当！白天做生意，晚上就到我酒家里喝酒热闹！"

代宗义边说边呷了一口茶，悠悠地笑望着李昌武，眼神里流露出一丝遥远的、似曾相识的自信和霸气，让李昌武不禁遥想起他当年在朝红二厂叱咤风云的岁月。

李昌武眼神迷离恍惚了一阵，好像被代宗义催眠了似的，穿越到美好未来享受了一把。忽然他后脖颈子一个冷战，清醒过来，咽口唾沫道："这事，社区那边同意了没有？"

"同意啦！石警官帮咱们说的话，吴主任这人也不错，惦记着大家都没个事干，没个出路。"

"他那是多少年跟咱们斗怕了，斗累了，斗得没心劲儿了。"李昌武冷笑着说。

"你管他是怎么啦，反正人家同意了，咱们就得赶紧干出个模样来，免得夜长梦多。"

"那我们几个老兄弟可就都跟着你干起来了，万一有啥事了，哥你可得出头把兄弟们罩着些啊！"李昌武看来对上头的态度还有些不放心，不知不觉间就要拿代宗义当靠山。别看代宗义被关了十几年，可在很多人心目中，他的气势没倒，他的人气没散，他一放出来活动开手脚，这种无形的气场又开始散发出来，就像磁铁一样吸引着一些人朝他身边聚拢。

"我出头没问题，你们凡事也得听我招呼才行，不要像十五年前各顾各，最后着了邱作成的道儿。用现在流行的一句话说，人心散了，队伍就不好带了。咱们要把这个市场撑起来，关键就是人心齐，听招呼！"

一看代宗义态度如此坚定，李昌武心里马上踏实了，扬起脖子拍着腔板子道："没问题！刘二棒、陈老三、王咏梅他们，我给做工作，咱们就立下个规矩，生意各做各的，但凡关于市场的事，大家的事，大家一块商量，最后听大哥拍板定夺。"

"好！"代宗义与李昌武猛击了一掌，并且把手紧紧地握在了一起。

李昌武认识一家废旧金属回收部的老板，给代宗义联系了一批便宜的钢管、瓦楞板、夹心彩钢板等建材，又招呼上刘二棒、陈老三、王咏梅等几个想开业的积极分子。这些人有的是焊工，有的是油漆工，大伙摩拳擦掌的就准备先把代宗义的酒家搭建起来。

开工前一夜，代宗义与大伙喝了几杯奠基酒，大家纷纷称赞李安娜手艺好，酒家开张，必然生意火爆。代宗义心情格外舒畅兴奋，夜里躺在床上，以手枕头，目光灼灼，嘴里絮絮叨叨地给李安娜展望着市场的前景。李安娜听着听着却压不住一丝担忧，犹犹豫豫地问道："这事，要不要给向高哥打个招呼？"

"给他打招呼干球呀？"

李安娜道："以前老市场在的时候，管理费啊治安费之类的都是王向高的人在收着呢……"

"王向高算个球！他哥当年想绑叶继欢，他狗日的关键时刻尿下了，他哥来求的我，到最后真干起来，他哥关键时刻又尿下了，是我抓住脖子往前操着才把事办了的……他哥俩没一个在我眼里！你们被他整怕了，我却不怕！"

李安娜安稳了片刻，又担忧起来："也不知上头态度究竟咋样。要不，咱们夜里搭架子……"

"胡说！咱们自谋职业求生存，正大光明，就白天干！"代宗义的白眼珠子在黑暗中灼灼发光。

李安娜看了看他，慢慢地偎过去，把头枕在他的胳膊上，一种半生有靠的踏实感渐渐压过丝丝隐忧，嘴里渐渐发出轻微的鼾声。

42

齐惠云早晨从老市场那条街道走过时，远远地就发现了一丝异样。前几个月被清理得干干净净的街道上，在把头的街口处，却又在搭建一座彩钢板房的框架。有几个焊工在那里忙碌着把钢管、槽钢、工字梁等焊接在一起，一根一根的钢管型材如同简笔画一般，勾勒出了一座房屋的几何图形。但一面墙也没有安装，因此，只是一座房屋的四面透明的写意画矗立在街边。

几个焊工有说有笑，干得十分来劲。焊花在清晨熹微的晨光中，十分夺目地绽开一朵又一朵。随着越走越近，齐惠云忽然发现焊工们都穿着虽然显旧，但颜色样式统一的工作服，这工作服是那么让人眼熟，不能不勾起人对往事滋味复杂的回忆，甚至在你还没想起它的来历之前，一种熟悉的味道早已从它身上散发出来，渗透到你遍体神经的每个角落……

齐惠云终于想起来了，他们穿的都是朝阳汽车配件厂的工作服。当她认出那曾经相伴多年的工作服之后，她也才认出了那一件件工作服的主人，李昌武、王咏梅、刘二棒、陈老三……说实在的，自从住进了枫丹白露小区之后，她再也不愿，甚至从心底说，是不敢从老家属区经过了。因此，尽管住得很近，仅仅一街之隔，但她已经有多年没有见过这套工作服，更没有见过这几个人了。她此时忽然意识到，在这座城市里，人们如果有意识想隔绝开来，其实是很容易的。

她有些后悔，不该贪近从这里过。她只道市场取缔了，这条街又没从家属区穿过。就在她脚步犹豫，觉得在清晨空旷的街道上，猛然掉头会不会太惹眼，会不会让过去的工友看见遭人骂的时候，一条也穿着那工作服的褐色人影，忽然从路沿石上站起身，晃晃荡荡地朝她踱过来。那人两手揣在衣兜里，笑望着她，就那么一直不放松地笑望着，慢慢地晃过来。他的神态看起来很轻松，与过去每次见面都不一样，他的笑容看起来……甚至并无恶意，甚至有一丝正常，或者说有家常的那种味道在里面。代宗义！她已经快两个月没见到他了，甚至都快把他淡忘了。她想起来，每到这种阴影快要淡出她生活的时候，他都会不失时机地出现一次，给她来一记猛击，让她的心一沉，意识到生活还并不是那么美好，还有一些不可预知的麻烦潜藏在那里，就像一个隐疾，不知何时会发作起来。

她定在那里，不知所措地望着他，脸上努力挤出一丝不知所措的笑容。

他终于慢悠悠地晃到她跟前，抬起胳膊用大拇指朝后面的房屋框架指了指，毫无铺垫地来了一句："王者酒家，朝阳市场重新开张的第一家，我的！"

他笑笑地望着她，她呢，愣怔了半晌才反应过来。

她结结巴巴地说："好……好啊，祝……祝贺你啦！"她慌乱地又朝那座空无一墙的房屋框架扫了一眼，发现一个女子正坐在一张小板凳上朝他们这里神情严肃地观望着。她认出了她，那个给她按摩过身体的断指女子。

他又笑笑地望着她说话了："就是现在……还缺点资金，想跟你……暂借个5万块钱！"

说实在的，听到是钱的事，她还真的松了一口气。而且，她第一次听见他的语气中有了一丝犹豫。他一向的语气是那么冷酷、那么仇恨，强压着那种歇斯底里的报复欲……然而，这回提的是钱的事，这真的让她很放松，她甚至立刻就翻起了手包，掏起了口袋，片刻才意识到自己的可笑和紧张，语无伦次地说："没问题……真的祝贺你了……可是，身上没带这么多……要不……"

她慌乱地抬起眼看他，不知怎么余光却又去看远处那个女的，那女子坐在小板凳上，眼神紧张地盯着这边，手紧攥着茶壶把。

"没关系，筹好了打到这张卡里。"他从口袋里掏出一张卡给她看，依然笑笑地望着她，"我会还你的。"

她接过卡，然后掏出手机，手指哆嗦着用备忘录记下了卡号，嘴里说："好的，我这两天就准备好。"

她又扫了一眼远处的女人，忽然忍不住问了句："你要结婚吗？到时，告诉我一声。"

问出来她就后悔了，生怕让他看出她的那点小心机，生怕惹得

他再次歇斯底里。因此，没顾上他的回答，也没顾上看他一眼，就
抬脚往前走去。直到走出街口，她的心跳才平复下来。她暗暗把刚
才的一幕反复回味咂摸着，终于说服自己相信了一个事实：他正在
恢复正常，他正在迈向正常日子的道路上。他的笑容都开始像个正
常人的了。钱算什么呢……她想起了那个老警察说的话，舍不得孩
子套不住狼，舍不得破财就买不了个平安。她越想越轻松，步子也
越迈越大，越迈越急，真像个赶早班的职场白领丽人。

43

　　审讯刘海瑞的过程正如锁定他、抓捕他的过程一样艰难曲折。
原因是这货的反侦查意识太强了，他的一张脸本来就是眉目俊朗、
少妇杀手型的，眼大有神，再加上紧张，问话的时候两个眼珠子
在眼眶里滚来滚去，这边问话转这边，那边问话转那边，问一句
答两句，兵来将挡水来土掩，任你问啥都对答如流，显见得事先
把各种情况都设想到了。最初一二次审讯，用不了几个回合就把
侦查员精心准备的审讯提纲给消耗光了，使之有种张口结舌、气
噎喉头的憋屈感。反侦查意识强的背后是求生意志太强，再加上
仗着自己一点小聪明，脑瓜子反应快，就敢跟你编。可他却不知
道，老刑警最怕的是死活不吭声型的。只要你愿意编，哪怕你编
得再快，编得再天衣无缝，你一个脑袋终究架不住七八个脑袋琢
磨，别人能休息，你休息不了。几个车轮战下来你就糊涂了，脑
子就木了，这时候就渐渐开始破绽百出了。俗话说，为了圆住一
个谎，就得再编100个谎，编来编去就把自己都编进去钻不出来
了。随着外围查证的证据越来越多，每抛出一个对刘海瑞的精神

防线就是一颗重磅炸弹。几天下来，眼看着他精心编织的保护网被撕扯得七零八落、千疮百孔，他的脸色由红润而寡白，由寡白而蜡黄。说起话来活像个天生的结巴子。最后，当他面临专案组当头一棒，给他出示了从他重庆家里搜出的阿瑞的手机时，尽管他还狡辩说是在二手手机市场上买的，但其明显已到了精神崩溃的边缘。

他还差最后一记重击，对 5 月 30 日到 6 月 8 日他在本市的租住地专案组进行了详细的搜查和调查走访，均未发现疑点。可是作案地在哪儿呢？专案组经过仔细研究，结合此人反侦查意识极强，前期搞过多个小动作来刻意迷惑警方的特点，分析他可能在本市还有一个租住地。通过其假身份证最后终于发现了他在本市的另一处租住地。

当专案组把这个出租房一抛出，刘海瑞再也挺不住了，面如死灰地歪在椅子上。赵京安得意扬扬地对他说："你的事我们一清二楚，你不要再和我打哑谜了。你想想，你 2000 公里从重庆跑到我这里来作案，然后 3000 公里跑到三亚藏起来，自以为神不知鬼不觉。大东海离天涯海角还不到 60 公里，960 万平方公里你也算是跑到尽头了，我们照样把你翻腾出来，你还有什么东西我们翻不出来？我看你年纪轻轻，一表人才，想给你留条活路，你狗日的死到临头还不知个好歹，蝼蚁尚且贪生……"

没容赵京安说完刘海瑞就彻底撂了。随着他的供述，一个令人毛骨悚然的故事浮出了水面：刘海瑞是在网上与阿瑞认识的，这回他扮演了一个农村出身，靠个人奋斗拥有一家 4S 店的小老板。他谈吐幽默，见多识广，对女人既体贴温存，又颇富江湖气，有仗义有担当的。他在这方面是老手了，在 QQ 聊天中很快套出了阿瑞的基本情况，投其所好地为自己打造了这么一副形象。他这副形象果然既合乎阿瑞的口味，又让她感到比较现实，自以为是地向他投出了钓饵。因此很快二人就互换了手机号，从此刘海瑞就只用那个假身份证办理的手机与她保持联系了。这就是刘海瑞很早就从网上消失，没有引起警方注意的原因。到 5 月阿瑞因家里逼婚开始频频与刘海瑞联系，刘感到时机成熟，遂与阿瑞约好日子，做好一切准备来到了本市。他在启阳路租的房纯属掩人耳目，每天都在那里晃一晃，所以民警在那里找不到他作案的证据。实际上 5 月 30 日夜间他把阿瑞邀约到了尚德路的另一处出租房里。在一番颠鸾倒凤、欲仙欲死之后，他朝疲惫慵懒的阿瑞突然露出了狰狞面目……把阿瑞绑好后，他利用前期套取的阿瑞 QQ 密码，查知了她与"机甲超人"之间的来往，因此特意在其 QQ 空间里留言商量南山出游的事以施放烟幕，后面的事不必细说，无非是逼问银行卡密码了。他唯一没料想到的是阿瑞也是个社会底层磨炼出来的婊子，身体的隐秘处疤痕累累，因此特别扛造。一旦清醒过来就再不好哄弄，知道自己一旦说出银行卡密码也就死到临头了。刘海瑞费尽了力气和周折，经过 5 天 5 夜的非人折磨，直到最后弄得阿瑞生不如死，彻底绝望了她才吐口。他到柜员机一试密码正确，立刻返回出租房把半死不活的阿瑞彻底弄死，然后用早就准备好的高压锅、焊枪、榔头、剔骨刀等物处理尸体，先是分成几大块，再分成更多的碎块，兼用蒸煮敲等各种办法，总之直到最后一个大活人彻底化为齑粉，一点一点地被从马桶里冲走……

专案组民警们怒火万丈，除了被这头人皮畜生的残忍激怒之外，更重要的是，考虑到如此处理尸体，万一找不到一丁点能够证实是尸体一部分的证物，这个案件可咋往下办？将来上了法庭，这狗日的一翻供，再编出个其他故事，法院见不到尸体也不敢判呀，前面的工作可就白做了呀……大家把最后的希望全都寄托在现场勘查上，幸亏那套房子这一段时间没再租出去，大家把房间里所有的犄角旮旯都一寸一寸地搜寻了一遍，最后不得不到楼下卸下马桶的回水弯，从回水弯底部不易冲走的那块区域抠下一块干巴的积淀物，从中找到了阿瑞的一颗牙齿，才把这个案件办成了铁案……

案子一破，刘海瑞就被扔在笼子里没人管没人问了，大家都累得够呛，想抓紧这暂时没案子的几天喘口气。且慢，还有一个人在关注着刘海瑞，特意邀了专案组的弟兄到看守所提审刘海瑞。弟兄很纳闷，案子都办成铁案了还提个球呀？连提讯室都懒得进。任他一个人在里面与刘海瑞漫无边际地瞎扯。

此人就是石韬，当然不用再扯案情方面的事。他现在与刘海瑞聊的都是他的成长经历，用的是那种临终关怀一般的悲悯口吻，时不时抓住此人的个别长处，比如长相、心细如发、聪明机灵等做切入点。这很能赢得刘海瑞的信任，在他万念俱灰的情况下照样打开了他的话匣子。石韬急切地想知道，一个人是如何变成残忍冷漠的野兽。于是，刘海瑞那阴暗扭曲的成长经历在石韬面前如一朵恶之花，慢慢舒展开来：童年时所遭遇的父母离异；穷困潦倒嗜酒如命虐待成癖的父亲；长大后浪迹社会、居无定所，被呼来喝去的底层生涯，终于慢慢造就了这个冷酷无情，唯一懂得的就是趋利避害和感官享受的人间怪胎……

当人人都为案子的侦破喜悦庆贺，充分放松自己的时候，石韬却心情沉重，陷入深深的思索。在朝红社区里，在那些君子不齿的偏僻腌臜角落里，还有多少人被命运安装在那种能够扭曲人性、塑造兽性的万吨压力机上，听任命运所驱动的巨大压力对他们压榨着、扭曲着，压得他们吱嘎作响，最后捏造出一个个人兽同体的人间怪物……

赵京安找石韬谈话了，他那张冷酷粗粝如马鞍子一般的长脸上偶然泛出的一丝丝笑意，总能让手下受宠若惊。能被他看上并且他亲自发出召唤，对一个小小的社区民警来说，该是多大的荣幸。再者说了，社区民警有几个有前程的？凤毛麟角啊！但赵京安万万没料到的是，石韬那张看起来笑眯眯，实则柔中带刚、主意很大的脸上，竟没有出现预料中的惊喜，仍然是笑眯眯的，吐了这么几个字："赵队，谢谢您的栽培和厚爱，让我考虑考虑，好吗？"

赵京安的召唤，在第一时间确实让石韬一阵激动。远的不说，首先第一感觉是打翻身仗了。他不由得想起了刚来刑警队时所遭遇的那种轻蔑和冷遇。一种成功的满足和喜悦从心底深处像温泉一样咕嘟咕嘟地翻涌上来，对疲惫的心灵来说，是多么熨帖而温柔的抚慰！他和戚爱云通了电话，在绕了半天圈子之后，把这个消息装作漫不经心地告诉了她。戚爱云表现得十分惊喜，这曾经是她寄予石韬的一份期望啊。她先是鼓动他赶紧答应领导，可不敢拿架子，领导最不喜欢的就是拿架子的下属，何况你有何资历在领导面前拿架子呢？但听出石韬的一丝犹豫之后，她立刻就反应过来。她想起了石韬正在经营的朝红社区，那是他心目中自己的一个小王国，他愿意半途而废吗？她的语气中也就没有了那种单纯的喜悦，她一语说中了石韬的心事，得到肯定后，她犹豫了片刻，终于说："你自己拿主意吧，反正我总是支持你的。"

实际上，自从预感到赵京安想要他的那一刻起，朝红社区就像一份割舍不下的牵挂在心头萦绕。虽然他心里清楚，干刑警是最风光的，案子侦破一起是一起，成绩那都是板上钉钉扎扎实实的，而且吸引各方眼球，人也进步得快。而一个社区的变化往往是那种潜移默化式的，润物无声式的，很难吸引眼球。甚至费了很大力气，坚持很多年，形势慢慢好转了，但由于人类那种身在福中不知福的本性，很多人都感觉不到，仿佛一切天经地义……但他更想追求的是经营一片自己的领地，他更想看到的是这片领地在自己的苦心经营下，发生一种缓慢而深刻的变化，从而实现自己的一种更大的，从小就在心里潜滋暗长，终于越来越清晰的社会理想。

44

代宗义的王者酒家——一座天蓝色的彩钢板房在老市场把头位置矗立起来。这两天，代宗义天天忙着采购置办餐馆的家什设备。人们总是看见他骑着从李昌武那里借来的电动三轮车，一车一车地往蓝色板房里拉家什：冷藏柜、煤气灶，桌椅板凳、锅碗瓢勺……代宗义风风火火、精神焕发，电动三轮车被他骑得风驰电掣，从街道上、从众人眼前一掠而过，车斗里满载着餐馆的家什，李安娜只好坐在代宗义屁股后面双手紧搂着他的腰，在迎头风的吹拂下，代宗义的头发向后飘飞着，拂着李安娜的脸使之半眯起眼睛。李安娜的头发更是向后飞扬着，像一面猎猎舞动的黑色旗帜。代宗义见到熟人就大声吆喝着："两天！再有两天就开张！到时候来喝酒！"

朝阳厂家属院的很多人都满怀期待地观望着出头鸟的一举一动。只要代宗义的王者酒家一开张，他们立马就把以前各自讨生活的家伙都搬到市场上去。他们已经闲了几个月没事可干，有的在棋牌室和王向高的赌博机上输得精光，有的借酒消愁，成天喝得头昏脑涨、醉眼蒙眬，可醒来之后，迎接他们的只有老婆的尖声哭闹、孩子的要这要那等诸如此类的烦心事。

有几家已经打了好几架，濒临离婚散伙的边缘。

代宗义的王者酒家给市场、给家属区吹来了一股希望的春风。好多人家都在暗中摩拳擦掌地巴望着呢。李昌武、刘二棒、陈老三等几个骨干分子，早已按捺不住，挨着代宗义的彩钢板房搭建起自己的铺面来了。

搭建王者酒家的这几日，对李安娜来说是花钱如流水的日子，眼看着自己离家打工多少年积攒的 8 万余元花光见底，李安娜日益坐立不安：酒家里面还缺些简单的装修，一旦开张还得有几万元的周转……可代宗义一副满不在乎的样子，成天兴高采烈、没心没肺的。

这天晚上躺在了床上，李安娜忍不住问起他来，却见他笑笑的，伸手拿过裤子，从口袋里掏出一张银行卡晃晃："别紧张，这里面还有 5 万元。"

李安娜先是一松，跟着又一紧："你哪来这么多钱？"

"找人赞助的。"代宗义嬉皮笑脸答道。

"谁这么大方……"李安娜紧张地盯着他，"莫不是……齐惠云……"

代宗义的脸慢慢变平了："问那么多干吗……反正，一不是偷的，二不是抢的。"

李安娜盯着代宗义的眼睛，仿佛要从中窥探出什么。半晌，她靠在代宗义身上道："宗义哥，我可是连人带钱都给了你，下半辈子，我可就指着你过日子了！"

代宗义看了她一眼，目视前方道："你放心！我代宗义到死都是恩怨分明的！就算哪天穷困潦倒了，只要你愿意跟着我，有我一个馍，就有你半个！"

李安娜蹭着他肩膀道："别说不吉利的话！"

蜷在代宗义怀里舒服了一阵儿，她忽然又想起了什么，朝上翻着眼睛说："宗义哥，我看着又有好几家都把铺子搭起来了，搞得这么惹眼，我老担心，别哪天又把啥人招惹来搞取缔了，那咱的钱可就全都打了水漂了……"

代宗义道："这你就不懂了！人越多，咱就越不怕谁！我还巴不得这条街两边都开铺子，开他个满满当当！那咱的生意才红火呢！"

45

星期五的上午，石韬来到朝阳街。回来后第一次下社区，他就直奔这里而来。远远地一望，心下就暗吃了一惊，怪不得吴主任一见面就反复交代让他到这里看看，话里面似乎暗藏心事。他没想到刑警队去了一个多月，这条街竟发生了翻天覆地的变化。许多商铺都自行搭建起来了：刘二棒的杂货铺、陈老三的理发馆、胡品德的卤味店、王咏梅的菜铺、李昌武的机动车修理铺……这些铺面基本上都是因陋就简，根据各自的财力和便捷渠道，采用不同的材料搭建起来的。刘二棒不知从哪拖来了一辆石油勘探用的铁皮营房车，这辆营房车不知是哪年的老古董，或许参加过铁人王进喜的石油会战吧……不过，刘二棒把它重新油漆了一遍，车窗改装了一番，用撑杆和销子支撑起来，门在侧面。车厢里面装上了日光灯，白荧荧的灯光照耀着围绕车厢壁安装的上下三排货架，货架上日用的小商品倒也五彩缤纷、琳琅满目，显见得是新进的货……车窗里浮现出刘二棒那张猪腰子脸，一见他就朝他露出讨好一笑。他的这辆营房车杂货铺，就像个放大了的八音盒玩具似的，给人一种既幼稚可笑，又玲珑可爱的复杂感受。由于一圈货架围绕在四周，留给刘二棒的空间大概也就像某些大酒店陈设的鱼缸一般大小，一想到刘二棒后半辈子怕是要把自己像条宠物鱼似的养在这个鱼缸里，十几年如一日地养在里面，就让人忍不住产生一种可怜的感觉。但你却不忍打破他这种生活，目前他只有这么一种活法……一个小姑娘带着好奇奔向这个大八音盒，或者鱼缸，向车窗里伸出手，手里捏着两块钱要买一盒口香糖，刘二棒那罗汉鱼似的脑袋立刻颤巍巍地游过来，满脸堆笑地接过小姑娘递上的两块钱……

其他人的情况也大同小异，胡品德的卤味店下半截是用砖砌的，上半截则用厚玻璃围起来，里面挂着红壳灯，一盘一盘肘花、猪头肉、猪耳朵、凤爪油汪汪地泛着红光，凉拌海带、醋汁粉皮，一望而知酸辣可口，十分诱人地展览在过路人眼前。胡品德两手抱胸坐在折叠椅里，粗犷结实的胸大肌像浮雕一般从汗衫下面隐隐凸现，横肉饱绽的脸上渗出了一层细密的汗珠，两只冷淡的灰眼珠迟钝地望着窗外路人。一把乌沉沉、油腻腻，脊背厚重、锋刃薄寒的切肉刀稳稳地剁在肉墩子上。陈老三的理发铺利用的是以前没拆除的一间临街旧屋，重新贴了贴马赛克，但遮不住那种骨子里的破败陈旧。王咏梅的菜摊子就更简陋了，她大约对于市场能否经营下去还想观望一番，只用几根竹竿绑扎一下，搭了个简易塑料帐篷……总之各家店铺都是因陋就简，塑料布、帆布、苯板、裸露的钢管、生锈的铁皮，红砖砌墙、水泥勾缝，随处可见。很多店铺尚未搭建好，门前摊满了杂七杂八的建材、砖块、水泥袋……

直走到把头的李昌武机动车修理铺和代宗义王者酒家，才看出点正规和气派来，都是天蓝色簇新的彩钢板房。不同的投入，实际上显示出对市场的不同信心和决心，加之石韬前期听说的一些传闻，他明白代宗义和李昌武是这次市场重新开张的主心骨和领头羊。

他来到代宗义的酒家跟前时，代宗义正蹲在地上氧焊切割摊着的一长条钢板，他把钢板的一边按事先画好的线切割出一道复杂的花边，整条钢板看起来就像吃生日蛋糕时寿星头上戴的纸王冠摊开展平时的模样。不过，那王冠上构成花边的尖刺被他设计得纹样繁复而漂亮，尖端有点像枫丹白露花园小区铁艺栅栏上的枪矛，根部有花纹、有镂空，远看仿佛真镶着做工精细的珠宝似的。代宗义干得很细心，焊枪的喷嘴在切割走线时，手很稳，速度均匀，切割出的线条光滑平整……直到他满头大汗地放下焊枪休息时，他才发现一边撑着膝盖已观察很久的石韬。

"石警官，感谢您的支持，我的王者酒家快开张了，到时候，一定赏光过来喝一杯。"代宗义笑望着石韬，一边摘下手套，把汗手在裤子上擦了擦，伸过来与石韬握手。

石韬与他紧握了握，道："不错不错！祝贺你开张大喜！不过，我也有事找你。你跟我到社区吴主任那儿去一趟商量些事，把李昌武也叫上。"

在社区，吴主任和石韬对代宗义讲了讲市场开张在政策上的暧昧性，表示对大家再就业谋生路的支持。但二人也对代宗义、李昌武提了几点要求。一是市场以前就脏乱差，最终因影响市容而遭取缔。这次重新开张，一定要有专人负责把卫生搞好。二是市场一定要服从工商、税务、公安等部门管理，绝对不能贩卖假冒伪劣黄色淫秽商品。三是要搞好消防和治安管理，不能发生火灾事故、治安事件等。四是要把这条街的通道留好，不能因为市场开张而交通堵塞。如有人上告，很可能会面临再次取缔。

代宗义当场答应，回去后就和大家开会，成立市场管理委员会，把这几条议出个规矩来，保证满足吴主任和石警官的一切要求。李昌武也在一旁敲边鼓地说："有宗义哥在这里镇着，吴主任石警官放心，市场我们一定管理得好好儿的，绝不跟政府添乱。"

代宗义、李昌武二人回去后，果然召集众商户开了会，传达了吴主任、石警官的要求，把利害关系给大家讲清楚，要大家与社区互相体谅，精诚合作，把市场办得红红火火，办长久。这些人本来就是指着代宗义出头恢复市场，又都信着代宗义急公好义的名声，现在一看，社区书记和石警官也都认他，于是顺水推舟拥立代宗义为市场管理委员会主任，李昌武为副主任。

代宗义趁热打铁道："既然大家都信得过兄弟我，我也就廖化当先锋，牵个头多管点闲事。目的只有一个，把市场办红火、办长久，既让大家有钱赚、有奔头，又不要跟政府为难。为了这，大家以后凡事要听管委会招呼，关系大家利益的，大家一起商量，按少数服从多数原则定规矩，拿主意。"

"对，咱们就立下个规矩，生意各做各的，但凡关于市场的事，大家一块商量。大家都没主意时，由大哥拍板定夺。"李昌武也在一边帮腔。

于是很快议出了待市场开张有收入了之后，大家按每家每日5元钱的标准交管理费，雇人负责打扫卫生、疏导交通、防火防盗等事宜。代宗义又给大家约法三章，强调了不得贩卖假冒伪劣黄色淫秽商品，有纠纷通过管委会调解，不得为争夺利益打架斗殴、互相拆台等数条。

朝阳市场，至此真的就像一轮朝阳，喷薄欲出。

46

　　星期天的下午，李安娜提着一兜刚买的节能灯，边走边盘算着酒家里还需购置的小五金。猛然间眼前一黑，一辆高档小轿车悄无声息地横过眼前，挡住去路。惊悸过后，李安娜发现她已走到了枫丹白露小区的地下停车场入口处，挡在眼前的黑色轿车正等待着横杆抬起。她往车窗处一看，心里更吃了一惊：驾驶座上的女人正是那个齐惠云，正目不斜视地望着前方的横杆，仿佛压根儿没看见她这个人。潜藏多日的心病瞬间发作起来：到底是谁给了代宗义那 5 万元？他那帮穷哥们儿是根本没那个能力的。难道真的是齐惠云，这个钱多得没处花的女人？她想干什么？他们不是已经互相恨入骨髓了吗？李安娜不能不想起那个让她不安的早晨，代宗义面带笑容地拦住齐惠云搭话。齐惠云呢，脸上也堆满了讨好的笑容。最后，两人还互相传递了什么东西。他真的恨她吗？她对他到底是怎么个想法？他们毕竟曾经夫妻一场啊……沉重的阴云压上了李安娜的心头，她悄然地观察着驾驶座上的齐惠云，她显然根本没注意她。她看起来是那么优雅，像李安娜这种人是根本入不了她的眼的。李安娜看着她舒舒服服地坐在驾驶座上，白皙的皮肤上没有一粒汗珠，肯定正吹着凉爽的空调。而她呢，为了找到价格便宜、性能可靠的节能灯和小五金牌子，已经在烈日下奔波了好几条街道，挤了三趟公交车，她的脸大概已经擦汗擦得五花六道了，她的脚更是被高跟鞋箍得酸疼。一股酸楚和恨意不知不觉涌上心头……横杆抬起来了，小轿车无声优雅地滑入地下通道，奥迪 A6 那四个亮闪闪的银圈渐渐隐入黑暗。李安娜使劲晃晃脑袋，把不良情绪强行从脑海里驱散，她想起了那天早晨齐惠云面对代宗义时脸上那讨好的笑容，一种对她有利的因素开始渗入，那种沉重的自卑和压力渐渐冰消雪融了，她觉得有了面对她的力量，她终于鼓起勇气下定决心，要抓住这个机会，跟她巧妙周旋一番，弄清她想知道的。

　　当齐惠云意识到身后那个女人似乎要跟着她走进枫丹白露小区大门的时候，心里突然咯噔了一下。因为刚才余光一瞥之下，她觉得这个女人不像是枫丹白露小区的住户，从衣着打扮上看就不像。就在她要进入小区大门的一瞬，她感到身后的女人突然加紧脚步靠上来，她的心不知怎么就提起来了。就在她回头的那一刻，她听见那女人叫出了她的名字，只经过一秒钟的愣怔，她就认出了她，那个按摩店里的断指女人，代宗义的女人。脑子里慌乱了几秒钟，但只是几秒钟，应付她的大体策略就了然于胸了，因为她已经在心里演练过无数遍了，与此同时，一丝演练好的亲切笑容自然地浮现在脸上……

　　"回味光阴"酒吧的小隔间里，两个女人相对而坐。

　　齐惠云终于结束了她对光阴的漫长回味，她的脸颊上浸染着酒后的红晕，酒精浸透的大脑里滋生出无限的伤感和唏嘘，这使她的两只眼睛闪烁着晶莹潮润的光泽。她的叙述中充满了忏悔和自责，但也无处不在地夹杂着那种柔弱乞怜的、润物无声的辩解。她的脸上时不时地浮现出一种动人的笑容，那笑容充满了沧桑、无奈和对沉重生活的隐忍，当她笑起来的时候，眼角处遮挡不住的鱼尾纹充分暴露出了她光鲜外表下的苍凉和疲惫。

　　"你说，我欠他的吗？也许欠吧。"她醉眼蒙眬地望着李安娜，"但你、我、他，我们大家，谁不是为了生活呢？谁不是被命运摆弄呢？想怎么摆弄就怎么摆弄……"

李安娜无言以对，齐惠云的讲述虽然充满自责和忏悔，但最终却达到一种宽容了别人，宽容了自己，宽容了人世间一切的效果，制造出了一种悲天悯人的气氛，这种气氛把她深深地感染了、浸透了，使她体会到一种历尽沧桑之后的空灵通透。

　　她总是容易被别人感染和浸透的。

　　"他是个好人，真的是个好人。"她依然醉眼蒙眬地望着李安娜，"只要你尊重他，承认他，真心对他好，他可以把命搭给你的，他就是这样的人。你跟他好好过吧。"

　　李安娜不由自主地、深深地点了点头。

　　就在两个人要起身的时候，已经喝得摇摇晃晃的齐惠云忽然隔着桌子抓住了李安娜的手，两眼深深地盯着她，仿佛要说什么又没想好的样子，盯了半天才示意她坐下。她坐下之后，齐惠云打了个酒嗝，大着舌头嘟嘟囔囔着说："代宗义……好男人，姐姐就交给你了。但有一点姐姐得要、得要提醒你，命运对他太狠了点，他这个人心里积满了仇恨……十五年啊……他现在，就、就像个火药桶，你在他身边，一定要把他安抚好。否则，随便一个什么事，他就会、就会爆炸的。他一旦爆炸起来，能量巨、巨大，后果，不堪设想……我听说，他在牵头搞市场，这几条街，复杂得很，你要把他安抚好、安抚好，千万别让他爆炸……"

　　看着李安娜走远，齐惠云慢慢走进小区，摇摇晃晃地来到草坪前的休闲椅上坐下。酒后混乱的头脑里回响着自己的最后一番话，是啊，代宗义这颗定时炸弹，终于从她手里转到李安娜手里了。她预感到，从此以后，她将从他的生活中彻底退隐而出，过她那一如既往的生活了。轻松吗？是有一丝轻松，但更大的却是一种空虚，一种无边无际的空虚。她坐在那里，她的童年和少年的光阴，她与代宗义纠结迷乱的青春之爱，那个刻骨铭心的"水泥圆管之夜"，忽然像洪水汹涌一般在脑海里泛滥，泪水不知不觉间在脸颊上恣肆，她用手捂住了脸。

这时手机忽然响起，她一看，是孙长生打来的，她慌忙擦干眼泪，朝家的方向走去。

47

代宗义王者酒家的标志物——钢制大王冠，终于制作完工。代宗义联系了一辆随车吊，将这座钢制大王冠起吊到王者酒家门楣上方安放。代宗义两手抓住王冠的边沿，示意李昌武和他一起用力，把王冠朝屋檐外挪动，直到一半悬空在屋檐外才罢手。李昌武不解其意，问道："这么放，岂不是有点危险？万一大风刮得掉下去？"代宗义望着他笑了一下，用早就准备好的钢丝绳穿过王冠，另一头拴拉在屋顶边梁上焊好的起吊环里。

王冠以一种略微前倾，似在俯视众生的姿态，危悬在王者酒家的门楣上方。众皆不解其意，只觉得这座钢制王冠打造得十分气派。当初按代宗义本意，是要围焊一个直径 2 米的大王冠，钣金工胡品德告诉他，2 米太大了，也找不到那么粗的管子做靠模，最后就做了直径 1.5 米的。代宗义花了几天的工夫，精心切割并打磨出王冠上的一根根雕花尖刺，尖刺上花纹精细，每根尖刺中部都钻有一个透亮的圆孔，看上去仿佛真的镶有晶莹透明的宝石。尖端则打磨得十分锐利，寒光四射。代宗义找以前的工友对王冠进行了一个发蓝处理，在阳光照射下，危悬在门楣上方的王冠散发出深蓝透紫，好像过去枪管上才有的那种钢蓝色的光泽。

第二天，李昌武才明白王冠悬空一半的目的。代宗义又制作了一个铁皮面具悬挂在王冠下面，给王冠配了一张脸。那面具是用银光闪闪的镀铬铁皮制作的，与王冠相反，面具制作得十分粗糙，用铁皮剪刀剪出一个大致椭圆的人脸形状，边缘参差不齐，毛刺翘曲，两只眼睛是凿子一点一点凿出来的两个空洞，空洞的边缘，同样参差不齐，翘曲的毛刺就像烂眼病人的睫毛一般稀疏粘连、东倒西歪。鼻子是用角铁垫在背面硬砸出一个凸棱，嘴巴是在铁皮上先切割出扁扁的空槽，再用铁皮剪刀把上下沿都剪成锯齿状，最后用尖嘴钳把一个个锯齿掰得犬牙交错，歪七扭八，活像鲨鱼那一嘴乱牙。

这张银光闪闪的糙脸用铁丝穿孔，悬挂在蓝紫色的王冠下方。那两个边缘参差毛糙的空洞，以一种说不出的瘆人而又诡异的目光打量着下方来来去去的众生，犬牙交错的嘴巴，两头微微上翘，暗含着一丝狰厉的微笑。微风吹来，王冠下的面具随风轻轻摆动，发出吱呀吱呀的细碎响声，仿佛俯视着众生微微颔首，难以测度地思量着什么。

这副面具配上那蓝紫色的王冠，仿佛活了起来，仿佛被赋予了某种诡异的神性，观者莫不震动，却又不明所以，只是站在下面肃然起敬片刻，才得以回过神来。

这王冠配上面具，李安娜咋看着咋觉得不对劲，瘆人得很。最后终于憋不住了，对代宗义提出了异议。

"这东西太瘆人啦，怕是要影响生意！我一看到，就想起老家祠堂大门上的恶兽，铜做的，凶恶得很，吓人得很。"

"你们老家人都怕祠堂吗？"

"都怕，越是老人越怕。听我爷爷讲，解放前，曾经在祠堂前把一对私通的男女塞进猪笼里沉了塘的。"

"怕就好！我就是要让他们怕！这几条街上，有人要给我捣鬼，我要把这几条街的豺狼鬼子统统镇住！保我这一条街的平安！至于生意，那是不会受影响的，你就走着瞧吧！"

李安娜一听代宗义话里有话，顿时紧张起来。她看着代宗义，看了半天，代宗义只是就着小菜呷了一口酒，然后头枕两手仰靠在沙发上，徐徐地呼出一口绵长的酒气，两眼似笑非笑地望着她，仿佛豺狼鬼子即将被他玩弄于股掌之间一般，气定神闲。

"你指的是谁？王向高他们？"

"谁来就是谁，不急，等着看！"代宗义依然似笑非笑地望着她，胸有成竹，满不在乎。

李安娜望了他半天，终于等不到他的下文了，只得叹了口气收拾碗筷去了。跟着代宗义就是这样，似乎总觉得有凶险莫测的惊涛骇浪在前面等着你，但他就像一名强悍而有经验的老船长，总会给你一种踏实的感觉，你只要把屁股坐稳就行了。自从跟着他以后，她越来越感受到他那种吸引众人、慑服众人进而指挥众人的气场和能量，她因此才把后半生像赌注一般押在这个男人身上。

星期三的深夜，朝阳市场上最后几家忙着搭建铺子的人也收工之后，阗寂无人的街道上开来一辆超大号的红摩托车，红摩托上坐着一个大胖子。没错，正是王向高。代宗义领着过去的商贩们重开朝阳市场的消息传到他耳朵里已经有半个月了，甚至代宗义的王者酒家开张的消息，那座巨大的钢制王冠和狰狞面具的消息也都陆陆续续地传到王向高的耳朵里了。一种越来越明显的威胁开始在他的心头崛起，就像一座沉甸甸的山压在那里。然而，他始终下不了决心与代宗义发生正面冲突。他想起了红、黄二毛挨打的事；想起了他亲自登门请他加入公司却遭拒的事；想起了这姓代的与石韬勾搭到一块儿，把春风巷清理干净的事……一直想到眼前，他居然带着一帮穷光蛋把公司的老地盘据为己有，连个招呼也不打一声。想到这里，他不由得又想起了廖家武的那顿臭骂："丢了一条街就罢了！这还不到两个月，又给老子丢了一条街！你想把老子家底都赔光啊！你他妈的窝囊废！老子就是养条狗肉馆的菜狗，关键时刻还能给老子汪汪两声，养着你狗日的有个球用啊！我告诉你，朝阳市场如果被这帮杂碎占住，那是要影响到老子公司的发展战略的！是发展战略你懂不懂！马上给老子搞定去……"一阵阵耻辱像火苗一样烧着他的心。

王向高把阴鸷的目光投向对面的代宗义王者酒家，巨大的钢制王冠在路灯照耀下，散发出黑黝黝、暗沉沉的光泽，王冠上的尖刺寒芒毕露。而那张银光闪闪的面具，两个黑洞洞的眼窝更是朝他投射出诡异莫测的目光，面具在微风中轻轻地摆动着，仿佛边望着他，边居心叵测地谋划着什么，思量着什么……

不知为什么，一个你从小畏惧的人，你对他的畏惧仿佛一辈子都难以磨灭……畏惧和耻辱，交替地啃啮着他的心，使他饱受从未经历过的犹豫不决的折磨，使他感到焦虑不堪，到底咋办……他迟迟下不了决心。

48

朝阳市场正式开张的那天，也是代宗义王者酒家开业的日子。一万响的大响鞭足足炸了有十分钟，鞭炮声刚落，《百鸟朝凤》那嘈杂喜庆的曲调就从一大群唢呐笙竽之间喷薄而出，吹鼓手们的腮帮子个个鼓得像兴奋的蛤蟆，家属区里那帮老太婆秧歌队头一次受到重用，个个连敲带舞，十分卖力……

朝阳市场一开张就生意红火。首先是停业时间还不算太长，人气还在。其次，毕竟朝阳厂、灯泡厂、开关厂家属区的居民到这里来买东西，比到槐荫巷那里近便得多。再者，朝阳市场在代宗义等人主导下，一开始就议定了一切尽量因陋就简，降低成本，管理费也收得比槐荫巷那边少一半，只要够雇几个人打扫打扫卫生、夜间看看场子、白天疏导个交通什么的就行了。以此形成一股薄利多销的势头，尽快打开局面。听说这边摊位费低，槐荫巷那边好些商贩，尤其一些被王向高手底下的所谓"管理员"欺负够了的，纷纷跑到朝阳市场这边来了。不但这边家属区的居民不再上槐荫巷，听说东西便宜，连红旗厂那边的居民都开始舍近求远地往朝阳市场跑了。

　　朝阳市场一时间人气蒸腾，热闹嘈杂，成天价人欢马叫。人多了就要吃饭，心情好了就要喝酒。代宗义的王者酒家天天生意爆满。常来的首先是市场上的这些商贩，生意好、心情好，谁不愿慷慨热闹？最早入市的十几家骨干哥们儿，隔三岔五就要在打烊之后到王者酒家喝酒热闹，慢慢形成了轮流坐庄的规矩。轮到代宗义了代宗义就免费办招待，这一天他往往还要请上一些新认识的哥们儿，有的是新加入市场的，有的是社会上三教九流的兄弟，还有石韬、吴主任和其他社区干部、派出所民警，附近单位大小算个人物的也都来过。代宗义的兄弟伙就像滚雪球似的越滚越大，他的名声也就越来越大，市场里的商户们也就越来越服他。有些市场管理方面的事，也都是在代宗义的酒桌上议定的。代宗义办事公道、透明，因为没私心，所以啥事都细细地给大家公示个明白。每个月管理费的收支都详细列成图表挂在酒家外面的墙上，后来还专门做了个玻璃宣传栏放在里面。如果为了上头的什么事要搞摊派了，同样给大家讲明白。个别不合理的，他胆子又大，一句话就给顶了。吴主任因为仕途上破罐子破摔了，乐得睁只眼闭只眼。至于治安消防等方面，全都交给石韬注意着就是了，反正代宗义服他，这几方面都管得好好的，没有什么隐患。

天天宾客盈门、高朋满座，酒气氤氲、热闹祥和，营业收入一笔一笔地进了钱箱里。粗粗一算，照此下去，不到半年即可收回成本。李安娜心里彻底踏实了，是代宗义把她从过去阴暗腌臜、担惊受怕的生活里引领出来，更让她从心底深处感激的是，代宗义并不计较她肮脏的过去，就这么光明正大地与她生活在一起。这让她有了尊严感，让她觉得可以慢慢忘却以前的可耻生活留下的深深伤痛。其实她本来对这一点一直是不放心的，尤其是如今代宗义混出个模样了，她就更不踏实了。她曾经旁敲侧击地问过他一次，对将来到底是怎么想的，是不是想赚一笔钱之后，带着她远走高飞，离开此地。他先是一愣，不明白搞这么红火为何要离开此地。接着他就悟出了她那种做小姐的思维定式，望着她笑了一下道："我不会嫌你的，你只要不嫌自己就是了。其实用老百姓话说，我俩是'乌鸦莫要嫌猪黑'。"说到这里，他把手插进她的头发里慢慢地梳捋着，一边望着前方说，"还记得吧，我刚从号子里出来的时候，口袋里没几个钱，户口也落不上，春风巷的小姐们都不搭理我，你是第一个冲我招手的。那时候我虽然满心仇恨，只想着折腾人，但当时心里还是动了一下的。人在最潦倒的时候，一粥一饭，都会记一辈子啊，何况后来你是铁了心跟我的。铁了心跟我，我会带着你一辈子，把命送掉也行！"李安娜听着，当时眼睛就发潮了，抓起代宗义的手含进嘴里，最终让热泪和口水一起流在那只手上。

酒家里忙不过来，雇了两个伙计跑堂洗碗兼干杂工什么的，雇了一个大师傅和李安娜一起掌勺。大师傅是在厨师学校学出来的，对李安娜的野路子开始还瞧不上眼，尝过几次后就不吭声了，偷偷地学上了。李安娜在烹调方面是真有些天赋和办法的。每天在炉灶前掂炒勺掂得满头大汗，晚上人散了还要自己秘制调料，在里间案板上摆满了30余个小碗，这个加一点那个减一点地秘制独门调味料。清晨还要早起，带着两个伙计熬稀饭、切咸菜、蒸包子、下馄饨，准备早点卖，毕竟在这个倒闭工厂的家属区里，不能真把自己当酒店了。这也是聚人气的一种方式。她干得精神焕发，一点也不知道累。杂务不让代宗义沾手。

在李安娜心目中，代宗义的主要任务就是聚人气，镇邪气，管理市场。

一到了晚上，代宗义的事情就剩下了喝酒。每一拨客人里都有朋友，每一拨客人都要邀他坐下喝两杯。李安娜充分理解，这是他聚人气交朋友的重要方式，她从不进行干预。几杯酒下肚就要开始吹牛讲故事，他这一生，可讲的故事又多：小时候在朝红二厂领着一帮子弟啸聚家属区的故事；与廖家武那一帮子弟战斗的故事；长大进厂当工人后，领着一帮工人与厂长做斗争，一直到后来绑架叶继欢的故事；进了监狱之后在沙漠农场种糖萝卜的故事。喝多了甚至把监狱里曾经策划越狱的故事都讲了出来……经常把一帮食客听得一筷子肉夹在半空中半天都进不了嘴。这些故事听下来，食客们就会觉得，该着他代宗义要开这王者酒家的，该着他要管理这个市场。王向高算个球，甚至廖家武，若不是代宗义被关进去十五年，又算个球！

不过大家最爱听的，也是代宗义最爱讲的，是他的几次"差点死"：

代宗义第一次的"差点死"，是为了齐惠云。那时候，他疯狂地爱着齐惠云，谁都知道他是齐惠云的保护人。可是齐惠云的母亲在女儿身上是有计划的，计划关系到了他们全家。因此她坚决不同意齐惠云与他来往。他只好与齐惠云偷着来往。那是一个彤云低垂的夏夜，沉甸甸的雨云饱满地堆积在天空中，空气闷热潮湿，仿佛攥得出水来，他从傍晚一直等到深夜，浓黑的夜空中不见一颗星星，他的心情极为焦躁，每过一分钟，都仿佛一年般漫长。他在等待凌晨1点这个时刻，齐惠云说只有到这个钟点她母亲才会彻底睡死过去。凌晨1点终于来临了，满天星月都被严严实实地遮挡在雨云之后，所有人家的灯光都彻底熄灭了，那真的是一个伸手不见五指的黑夜。在这样漆黑的夜晚，他不知道齐惠云还敢不敢跟他出来。连他自己都不知怎么才能摸到她家小院跟前去。就在他像瞎子似的在黑暗中摸索时，天边忽然裂开一道紫色的闪电，一股冷风忽然从天空中吹过来，仿佛要穿透他的身体。借着闪电的一瞬，他大致看清了家属区的方位和其间的道路，他跌跌撞撞地摸过去，一阵紧一阵的冷风穿透身体，不知为何他就哆嗦起来，紫色的闪电一会儿在天空擦亮一下，仿佛在特意为他照明，他就借着这天地间一下一下的亮光朝她家摸，耳边是轰隆隆的雷声，心里不知她还肯不肯出来。在几声野猫的叫声过后，她家的院门真的吱呀一声开了，一道紫色的闪电恰在此时点亮，照见了她迷茫胆怯的面孔，他上前一把搂住她，把她搂得紧紧地朝公盛河边走去。那时候她真听话呀，哪怕是下地狱她也会跟着去的！紫色的闪电不断地点亮天空，轰隆隆的闷雷仿佛就从他们头顶上滚过，每次闪电时，他俩都发现他们正对望着，他看见她的脸上充满了跟着他下地狱的决心和勇气……大颗大颗的雨点终于砸下来了，砸到脸上生疼，他俩紧搂在一起，互相都能感觉到对方身体那剧烈的颤抖，他们俩的颤抖最终连成一气，那种既紧张又兴奋，既充满期待又有点害怕的心情，给他留下刻骨铭心的记忆，他可从来没怕过什么啊，他都不知道那天怕的是什么。公盛河边当时正在搞施工，有巨大的水泥涵管摆在河堤上，他带着齐惠云钻进水泥涵管里。外面已是茫茫雨夜，紫色的电光偶然照亮天地，他能看见齐惠云的眼睛亮晶晶地从黑暗中浮现出来，盯在他脸上，即使闪电熄灭了，眼睛还是浮现在那里。他们终于狂热地搂抱在一起，她的嘴唇湿润柔软地紧贴在他的嘴唇上！她的喘息声，还有她柔软的身体都让他无比激动！他的心狂跳着，就像要从胸腔里蹦出来似的！头脑中一片空白！只有一种紫色的幸福……就在这时候，她妈妈的鬼叫声从雨夜深处传来，一声接一声，声嘶力竭，那叫声遥远而缥缈，摧肝裂胆，动人心魄，真个像地狱的召唤，伴随着的，还有忽左忽右、忽上忽下划过夜空的手电光，珠帘似的雨丝就在手电光扫射中若隐若现。他俩慌忙爬起身穿衣服，就在慌乱剧烈的动作中，水泥涵管忽然摇晃起来，接着就是一阵天旋地转，只觉得水泥涵管在朝下滚。紧跟着是扑通一声沉闷的响声，冰凉的河水铺天盖地地涌进来，他只觉得齐惠云的手在拼命地挣扎着、抓挠着，冰凉的河水让他瞬间清醒，明白水泥涵管滚进了公盛河底。河有七八米深，涵管有六七米长，此时只有他才能救他们俩，他决不能让她死，哪怕自己死掉。他沉住气不动，直到齐惠云把他死死抱住，他抓过她的手用力捏了捏，然后任她抱着自己的腰，用力蹬着水朝前游去。在那黑暗的水底，不知过了多久，仿佛有一世，其实只是分把钟，他终于抱着齐惠云露出了水面。等他把齐惠云重新拖回到河堤上的时候，雨已经停了，月亮从残留的云朵里挣脱出来，天地间的那场雨太大了，仿佛连月亮都淋湿了似的，只觉得那团银光湿漉漉的。齐惠云咳完了水，清醒过来了，躺在他的怀里，湿头发披散在他的大腿上，苍白的脸映着月光，眼睛定定地凝视着他的脸，像是把自己的一辈子交给他似的……

"这是我第一次差点送命。"代宗义眼望着遥远的前方，仿佛回到了多年前的雨夜，"这次事情过后，我有种复活的感觉，我保证谁也没有过这种感觉，经过一次死亡的感觉。你们知道是什么？就是身体变轻了，轻了一些，人活得更像是一股精气神，肉变轻了，少了一部分似的。"

酒桌上众皆茫然，半张着嘴，李安娜也半张着嘴，定定地看着代宗义。

"第二次差点送命，其实根子上说也是为了齐惠云。不过，这回是她差点让我送命，而她是为了钱。人生就这么残酷。"代宗义猛灌了一杯酒，接着讲他的故事。

他是为了还家里的高利贷而绑架叶继欢的，不过他没想到王向东这畜生竟想强奸那个婊子，并在这个过程中弄死了那个女人。有那么一段时间，警察让他承认强奸，估计是王向东想把事情推到他身上。后来法医对从叶继欢下身提取的东西的化验结果终于搞清楚了。前面化验说有两个人的东西，最终确认只有王向东的东西。这才让他捡了一条命。其实他那时候对女人只剩下仇恨了，连齐惠云他都没兴趣，更何况叶继欢那个婊子呢！他反复跟警察讲他的处境、他的心理，可警察就是不信。警察就信女人下身里抠出来的那点东西！

"当我活着来到监狱的时候，我觉得身体更轻了，人呢，更只剩下一股精气神了。我在监狱十五年，就靠一股精气神活着。身体呢，觉得轻飘飘的，没啥分量。有一次，我们还商量过越狱，锻炼身体，在监舍窗户的钢筋上挂果子，一挂就是一个小时。"

第三次差点送命，是在沙漠农场种糖萝卜的时候。那时候，只有向北的一条公路有武警把守，犯群干活儿都散放着，跟放羊似的，武警也不太注意看。因为只要把那条向北的公路看紧，其他随便哪个方向都是死路一条。代宗义不信邪，有一次听老犯人讲，朝西南方向走，40公里外有一处泉水，从那儿装够水，再往西走80公里就能到公路上。那时候他实在熬不住了，收工的时候趁武警不注意，偷偷掉了队。他事先攒了一军用水壶的水，想凭这壶水走完40公里沙漠找到那处泉水。第二天，他差点被烤成人干儿，最后他是爬回上工的地方的。他们不知道，以为他头天干活干狠了晕在那儿的。事后他才知道，那个老犯人是患有所谓的妄想性精神病，他倒也不是想骗谁，他自己就深信不疑。不过他这种美好的妄想，差点让代宗义送了命。

"从那以后，身体就更轻飘了，极端的时候，我都觉得身体好像不存在似的，就剩下一股精气神了。刚出来的时候，有一次我从一楼一直爬到八楼，根本没觉得累。所以啊，我现在啥也不怕，有时候就觉得，就算枪把身体打烂了，扔到火葬场烧成一股烟，说不定精气神还在呢！精气神还单独活着呢！"

有人不相信似的看着他，道："宗义哥，你恐怕是喝多了吧！"

"你不信？"代宗义似笑非笑地看着他，忽然摇摇晃晃地站起身，拨拉开身边的人，又在桌子面前拨拉出一片空地，不知怎么两腿一提，就站在了桌子上，满桌子碗碟酒瓶，纹丝不动，连一丝最轻微的颤动都没有。

他人呢，站在桌子上依旧醉眼蒙眬，身子始终东摇西歪的，但就是不掉下来，就像一簇微风吹动的烛苗。

众人都看得呆了。

那天晚上，代、李二人就歇在了酒家。满月大如车轮，从东窗微微探出了头，银色月光铺满房间的地面，李安娜蜷在代宗义怀里，非要再听一遍雨夜涵管的故事，代宗义带着七分醉意有一句没一句地嘟囔着，嘟着嘟着，声音就被喘息和呜咽淹没了。在那迷醉的叙述和酒气中，李安娜终于借助别人的故事完成了自己的初恋。她终于第一次品尝到初恋的滋味。

49

星期六的下午，刘二棒在他那辆铁皮营房车改建的杂货铺里窝了一天，浑身酸软倦乏，他从椅子里站起身，伸了一个押筋拔骨的懒腰，嘴里发出一声舒心解乏的绵长呻吟，眼前一阵黑晕。他扶住冰箱，定了定神，待视野渐渐明亮恢复正常之时，从街口刹住的一辆土黄色面包车里钻出的几个人引起了他的注意：这几个人身穿红、黄、蓝、绿、黑几种颜色的衣服，有的是衬衫，有的是 T 恤，阳光之下，甚为扎眼。下车之后，几个人散开堵住整条马路，四平八稳地往市场里推进。几个人边走边东张西望，脸带似笑非笑的神情，仿佛集体对市场嗤之以鼻……一种紧张而霸悍的气场立刻在街道上弥散开来，有个正蹬着三轮车的小贩，见状立刻下车，手推着三轮车靠到了路边……刘二棒的心猛地往下一沉：他妈的，这群不饶爷的孙子，还是来了！他眼紧盯着打头身穿蓝 T 恤的汉子，汉子的胸大肌在紧绷绷的蓝 T 恤下如浮雕般凸现，两个膀子岔开，好像各夹着一个咸菜坛子似的往前横着走，此人正是一年多没见面，但只要想起来太阳穴就嘣嘣发跳的李开渠！此时见到人，不仅太阳穴嘣嘣发跳，脸上也开始一阵阵火辣辣地发烧，那发烧的感觉逐渐凝结，凝结为左脸颊上一个清晰的巴掌印，那就是李开渠前年当众扇在他脸上的，那就是他与王向高手下的市场"管理员"叫板的结果。被自己儿子一般大的李开渠当众打耳光，打完了还得照数交钱，这是何等的奇耻大辱。刘二棒当时彻底蒙了，只觉得眼前发黑发绿，胸前只感到两只胳膊死死地箍着，掰都掰不开。对面的李开渠呢，直愣愣地盯着他，边盯着嘴巴还边咬合着说着什么，可他当时捂着半边脸，脑子里嗡嗡直响，已经什么也听不见了。恍惚之间，只感到老婆的一只手急急忙忙地撤回去，又抖抖索索地伸出来，把粉红的大票递到对方手里，另一只手呢，还死死地箍在他胸脯上……那件事之后，他窝在家里好几天，不是转圈子就是发愣，脑子里老是闪现被打耳光的那一瞬间，奇耻大辱就像关在脑壳里的一只发疯的老鼠，一刻不停地啃啮着他的神经，一阵一阵白热的冲动在脑子里爆炸，就像原子弹爆炸似的，一轮接一轮的冲击波震得他没办法正常思考点什么……但他又深深地明白，他是一个彻底的窝囊废，只会在脑子里这么折磨自己，只会在想象中把王向高、李开渠撕成碎片，但在现实中，他却没办法动人家一指头，他下不了决心、鼓不起勇气跟他们那一大群恶狼杂碎拼命，他豁不出去啊，他还有老婆孩子……刚有了一丝付诸行动的冲动，脑子里就管不住地要想这想那，瞻前顾后啊……但从那件事之后，他再也没有脸面到市场上去了，在家里闲了快一年，托人办低保，他宁可忍受领低保的耻辱，也不愿再到市场上去品尝李开渠给他的耻辱……直到代宗义的出现，给他带来了新希望，他一下联想起十几年前代宗义领着大伙与邱厂长斗争的辉煌岁月，一股温暖的力量像热泉一般从心底深处不断地鼓涌而出，他觉得又充满了精气神啦，生活又有奔头啦，王者酒家上那蓝紫色的大王冠，那张深沉诡异、意味深长的银色面具，酒家门前挂起来的朝阳市场管理委员会的招牌，还有酒家里那满堂兄弟神采飞扬地议事喝酒的场面，都深深地鼓舞着他走下去……

刘二棒看着这伙人走进陈老三的理发店，深深地吸了一口气，抓起电话拨了出去……

"咋不交管理费？"

李开渠嘴巴里仿佛在咀嚼着什么，一边咀嚼一边把嚼碎的不知什么渣渣噗噗地吐到铁皮营房窗户下面撑起来的搁板上。

刘二棒两眼直直地望着他道："交过了。"

"交谁啦？我咋不知道？"

"交市场管委会啦。"

"我就是管委会，我咋不知道？！"

"交现在的管委会了，宗义兄弟主持。"

"代宗义？他算个球呀，啊？！他算个球呀！"李开渠边说还边用手在裤裆前边做了个拨拉一下的会意性动作，惹得他那帮徒众哄堂大笑，然后，脸猛一收紧，"拿来！"嘴巴还在下意识地咀嚼着什么。

"我说交过啦！"刘二棒大声说道。

"你他妈的又讨打！"李开渠伸手去薅刘二棒的脖领子。刘往后一闪，隔着窗台没薅住。刘二棒一把从角落里抓起一条镐把，身子抵着背后的货架子，把镐把举在眼前，只见他一张老脸憋得通红，眼睛里喷射出狂怒的光芒，嘴唇都哆嗦起来，涎水顺着往下流。

"他妈的，今天不把规矩立好不走人，给我把门砸开！"

立刻一个黑T恤来到铁皮营房侧门，一个助跑冲到门前，提起右脚就往门上踩，只听嘭的一声巨响，整个铁皮营房车都颤抖起来了，声震一条街，刘二棒的嘶声叫骂也从窗户里传出半条街，手里颤巍巍地抓着镐把，看样子，老头子今天命不要也豁出去了……

就在这时，李开渠忽然觉得有点不对，他往周围一看，只见四面八方有几十条人影慢慢朝他这一伙逼过来，人人手里提着镐把，眼睛里喷射出按捺不住的狂热怒火，仔细一辨认，都是过去老市场上被他们强收管理费的商贩们，也都是朝阳汽配厂的下岗职工。

　　李开渠顿时慌了，从来没见过这种阵势，人群在逐渐逼近，人人手里紧攥着镐把，一模一样的镐把，简直就像一支有组织的队伍！这是李开渠闯荡江湖以来从未遇见过的场面，人不都是各顾各吗？今天这是咋啦，谁把这群人拧成一股绳啦？那一瞬间，猛可里从脑海中蹦出了代宗义的名字，他是五年前从外地跟着王向高的人混到此地的，他不认识什么代宗义。王向高布置任务的时候，几个本地出身的经理都往后缩，他当时还觉得有点蹊跷呢，他此时才认识到，那一闪而过的蹊跷被严重忽视了！这蹊跷怕是就要坐实在这个什么代宗义身上了……然而，严峻的形势早不容他的脑子再往深里分析了，几十条镐把已经把他们四五个人团团围住。他的人神色紧张地聚拢在他身旁，个个从腰里掏出刀子，他略看看他们，就知道他们已经尿下了。这种阵势，连他这个老江湖都没经见过，何况这几个青皮呢？他们个个神色极其紧张，一眼接一眼不停地瞟他，要他拿主意，可他能拿出个什么主意？面对这群被他欺负惯了的商户，这群突然龇牙咬人的兔子……

　　不知从哪个角落里，平地一阵风忽然起来了，风夹杂着几片最早的秋叶飘飘悠悠地从人脸前掠过，大家顺着风来的方向望去，就见街边一人一步一步地踏过来，虽然走的是平路，此时此境，此人却给人一种由高处踏阶而下的错觉，令人有仰视之感。

　　来人走到人群中间，目光在李开渠一伙脸上扫了一番，说："把刀子扔了。"

叮叮当当，刀子落了一地……李开渠的徒众好像一直在焦急地等待着一道明确的命令，什么命令都行，只要是道明确的命令……

只有李开渠的手里还抓着刀子。代宗义抢上一步，一把攥住李开渠的手腕子不知怎么一抖，刀子就叮当落地。那一瞬间，李开渠觉得手腕子就像被高压电击了似的，一阵酸麻。

接着，代宗义弯下腰把地上的刀子一把一把拾起来，隔着窗户扔到刘二棒的营房车杂货铺里，拍了拍手，对商户说："把东西都放下吧。"

众商户把镐把都放在了脚边。

代宗义走到李开渠面前，说："我是朝阳市场管委会主任，代宗义。现在代表管委会调查，你收我们商户多少钱？"

陈老三在一旁喊："他收了我 200 元！"

"拿出来！"代宗义两眼望着李开渠伸出了手。

李开渠两眼恨恨地盯着代宗义，显然在徒众面前丢不起如此大的脸面，居然不顾形势孤注一掷地嚷道："你们他妈的是非法的！老子们才是合法的！"话音未落，被代宗义一把薅住脖领子，抵到营房车的铁皮墙上。代宗义只单手掐住李开渠脖子，对李开渠胡乱挥舞过来的拳头巴掌全不在乎连躲都不躲，拳头巴掌不管打到哪儿都像打到轮胎上一样毫无反应。而代宗义手上稍加几分力道，李开渠就两脚悬空了。只见他四肢的挣扎渐趋绵软，白眼仁儿渐渐外翻，一个徒弟害怕了，抓出 200 元跑上前来："哥，放手吧，要出人命啦。"

代宗义憋着气道："我要他的。"

李开渠黑眼仁儿挣扎着勉强往下瞟了一眼，右手哆哆嗦嗦去兜里掏，好不容易掏出 200 元伸到代宗义眼前，代宗义这才松了手，任由李开渠像条空麻袋似的瘫在地上。

代宗义把 200 元递还给陈老三，道："大家都记着，朝阳市场管委会只此一家，别无分号！"

徒众扶起李开渠朝面包车奔去，只留下一路老肺气肿似的掏心掏肺的咳嗽声。

50

李开渠出道以来，还未栽过这么大的跟头。他不知该咋给老板王向高汇报，听说还要当面向大老板廖家武汇报，他更是头皮都发麻了，连连摇手道："刚哥，我就给你汇报一下得了，大老板那边，你给汇报一下，好吗？"

"你狗日的咋不知个好歹呢！多少人削尖脑袋往大老板跟前钻都钻不进去，就你狗日的不识抬举，大老板是想见就见，想不见就不见的吗？"

廖家武的办公室异常宽大，红木家具，纯毛地毯，落地窗外是蔚蓝色天幕下鳞次栉比的高楼大厦，墙角的花盆用的是堪称景德镇精品的巨大青花瓷缸，瓷缸一圈儿烧制着泛滥成灾的《清明上河图》，里面栽种着植株高耸，叶片阔大，在室内堪称铺天盖地的芭蕉等绿色植物，大班台后面挂着一幅狂野不羁的草书，道是："使气公卿坐，论心游侠场。"

李开渠这等小混混一进门就被这气派镇住了，说话就变得结巴了。

"他们人、人、人太多了，就好、好像事先组、组织好了似的。我、我们刚、刚开始收费，他们就把我们包、包、包……"

"包围啦！"王向高不耐烦地替他把话说囫囵。

廖家武从大班台后面走过，亲自倒了一杯茶递给李开渠，亲切地道："不急，喝口水顺顺脑子，慢慢说。"然后坐在侧面沙发上。

李开渠受宠若惊地望了眼大老板，喝了几口茶，心不慌了，这才囫囵顺溜地把事情经过讲了一遍。讲完反复强调，他们人太多，自己这边压根儿没料到，为自己这次行动的窝囊竭力辩解。不料，大老板关心的似乎并不是他有没有占领这条街，更不是他能不能收上管理费，他所真正关心的似乎是事态的发展进程。当听说对方围上来几十号人，个个手提棍棒的时候，大老板身体前倾，目光如炬地盯在他的脸上，那一刻，传说中大老板的半生风云才隐隐透出些端倪。

"发生冲突了吗？"大老板关切地问道。

"咱们弟兄人太少，明显要吃亏的呀！再说，也怕把事情闹太大。"

这时，李开渠注意到，大老板的脸色一下子阴下来了，目光阴鸷地盯了王向高一眼。

接着，大老板就不停地问："后来呢？后来呢？"显然急于听到事态发展的某种结果，但直讲到他们坐车离开，也没听到他想要的。

"这么说，没有发生一点冲突？"

"没有。"李开渠忐忑不安地回话，他不想提及令他羞耻的那个片段。

"没有一个人受伤？——哪方面的都行。"

"没有。"李开渠愈发忐忑。

"也没有报警？"

"没……没有。"李开渠此时不仅是忐忑，而且如堕云雾。这种事，按江湖规矩，输了赢了，哪怕赌进了人命，也都是后果自负，哪有报警这一说？大老板到底啥意思？

此时已容不得他多想，因为廖家武的脸已经阴得能拧出水了，他挥挥手道："你先出去吧。"

他忐忑地走出门，看看走廊没人，就把耳朵贴在门缝上偷听，结果，里面突然爆发的一声咆哮吓得他往后一缩。

他没敢多听几句就下了楼，准备着挨王向高的咆哮甚至嘴巴了。他已隐约听出，大老板布置这次任务的目的，不是要他们夺回这个市场，而纯粹是要他们制造一起事端，动静越大越好，而且一定要把事情闹到警方那里去。

片刻，王向高铁青着脸下了楼。一坐上车就掏出手机打电话，他听出是打给下午跟过去的扁头的，厉声喝问他当时为啥不报警。看来，报警的事他是悄悄给扁头安排的，他则被瞒得铁桶似的，以便让他充分发挥把事闹大的作用。李开渠忽然感到被人耍了，直接耍他的是王向高，而那个躲在更高层耍着他俩的，则是大老板廖家武。

但大老板没想到，他和扁头都没发挥好应有的作用。

他边开车边听见后排王向高在向 110 报警，说是老朝阳市场发生了一起严重的聚众斗殴事件。

51

出警民警来到老市场，已是傍晚时分，各个店铺都已打烊。市场上一片祥和，看不出打群架迹象。连问了几家，都做茫然无知状没听说打群架这回事。出警民警感到莫名其妙，以为是谁报假警逗乐子，骂骂咧咧地回了派出所。给带班所长沈麒麟一汇报，沈麒麟也觉得十分纳闷：为打架的事报警，一般都是吃亏一方想让公安机关给自己出气，顺便再要些赔偿，所以受害人都会跑到派出所来等着处理对方，等着与对方讨价还价要赔偿。但这个孤零零的报警电话打过之后，就再不见动静了，出警民警带回来的又是这么个结果。沈麒麟如堕五里云雾。他让人把报警录音打开反复播放两遍，渐渐眉头拧成了疙瘩，他妈的这不是王向高的声音嘛！他心中有了一丝不祥的预感，此事不可等闲视之。他立刻给石韬打电话，要他到朝阳老市场深入调查一下。

接到沈麒麟的电话，徘徊在石韬心头很长日子的那种不祥预感，终于坐实了。他咬牙一想，早晚都要来的事，来就来吧！早来早解决，早踏实！

第二天一早，石韬就带着张红武踏进了朝阳市场（李效周已退休），走访了两家。开始人家不肯细说，支支吾吾的，最后碍不过石韬的面子，说也没啥，就是来了几个小混混敲竹杠，大家就上去围了一下，把小混混吓跑了，也没发生打架什么的。说得很是轻描淡写。石韬却不好糊弄，两眼盯着问道："从哪儿来的？是不是王向高的人？"那人只好点头承认，然后又急忙补充说明道："这条街上，基本都是以前老市场的人，过去都被王向高他们欺负狠了，要不是宗义哥出头把大家拧成一股绳，搞了个'十户联保'，我们又要落到他们手里了，还不知被糟蹋成啥样呢！"

石韬一听，心里明白了七八分。问清了事情发生的地点在刘二棒的杂货铺门口，带着张红武直奔街口，调取了街口的监控录像。一看之下，二人大吃一惊。没料到管区里竟发生了如此重大的群体性事件，起码有二三十人手提清一色的镐把围住了中间四五个人，中间四五个人手里也都操着尖东西，那尖东西晃动之中不时一闪一闪地反射着阳光，显然是匕首等利器无疑……石韬脑子里轰地一下乱了，他马上联想到刚才商户所说的"十户联保"，联想到这个"十户联保"必是代宗义牵头搞起来的，他必是保长无疑了！而代宗义正是由他保举在老市场开起他的王者酒家的。一旦代宗义尾大不掉，形成一股势力与廖家武、王向高的势力在这里火拼，那可就后患无穷了……石韬一时间有点心乱如麻，甚至对当初关于代宗义这一类自谋生路人员，乃至对老朝阳市场的整体考虑都有几分后悔。石韬强制自己冷静下来，慢慢地细看监控录像，渐渐看到了令他稍感踏实的一幕：代宗义到场后，并未激化矛盾，而是先后让双方都放下刀棍，经过一番言语交涉，对方人员离去，商户们也随之散去，整个过程并未发生肢体冲突（掐脖子一节刚好被一棵老榆树挡住，监控上看不见）。说实在的，对于如此大规模的群体性对峙（石韬已暗暗把事情性质从群体性斗殴降格为群体性对峙，为此感到深深地松了一口气），即便警方到场，也不过如此处理而已。这种事例，石韬可亲身经历过不少。他还记得前任局长在讲群体性事件时的一句话，一旦形成了群体性事件，有时候也就不能生搬法条、硬讲原则啦，聪明的办法就是大事化小小事化了，先散了再说。

　　而且，石韬有种牢靠的感觉，代宗义经过十几年的劳改，毕竟也接受了经验教训，毕竟也尝过了法律的厉害。再加上自己几次帮他办事，以心换心地交往，又给予一定的尊重，他的话对代宗义还是管用的。上次给他和李昌武开过会以后，市场的卫生就明显好转了，交通也有人疏导了，马路上也不随便堆货了。从监控录像可以看出，他也并不想把事情闹大，不过就是想护住他这条街上的商户，让他们不被王向高的人欺负。此人骨子里还是有正义感、有公正心的，不过就是喜欢牵个头，喜欢被人前呼后拥当个老大而已，这样的人，为什么不能为我所用呢？与廖家武、王向高这样的黑恶势力斗，还得借助别的力量啊。至于商户们重返老市场，那都是为生活所迫，对这些人，能不给活路吗？再有，马所长已调走，沈麒麟已接任，这都是开展社区工作的有利因素啊……

　　石韬的心情一点一点地晴朗起来，他带着张红武、带着监控录像一家一家地走访调查，做了七八份笔录，对李开渠一伙上门敲诈勒索，甚至以王向高为后台的帮伙历年来对商户们的敲诈勒索都进行了调查取证。最后，他带着笔录与代宗义谈了一次话。就事件的性质与他沟通，讲明了他的态度，最后严肃告诫代宗义，今后再发生类似情况，一定要在第一时间报警，绝不可再出现舞刀弄棍的场面，要相信政府、相信公安机关会公正地处理各类纠纷。代宗义笑嘻嘻道："有石警官给我们撑腰，我们也就不怕了，今后听你的。"

　　晚上，忙碌了一天的李安娜在出租房那窄如烟囱一般的卫生间里淋浴。当室内热气蒸腾的时候，她突然感到一阵窒息、一片黑晕，疲惫酸软的身体不由得斜倒在冰凉的马赛克上，任由那片热雨从光滑的胴体上顺流而下。她闭着眼睛，想着这两天发生的事，一股直逼内心的恐惧和担忧让她快要垮了，齐惠云那天喝得醉醺醺时说过的那番话又一次浮现在脑海里：代宗义是个火药桶，这几条街很复杂，千万不能让他爆炸……后果不堪设想。这句话当时就把一颗不祥的种子深深地种进了她的心里，早在代宗义打造那副狰狞面具的时候，她就感到那不祥的种子在悄然地发芽，而这次的事件，更让她感到那颗种子已经破土而出了，那凶险的仿佛预言一般的告诫，正在以一种不可逆转的趋势，像灾难片里一列驶向断崖的列车，隆隆地前行……真的，她快要顶不住了。

酸热的泪水和着那热雨在脸颊上流淌……

李安娜爬到床上的时候，代宗义正头枕着两手，两眼出神地望着黑暗的虚空。李安娜斜靠在床头，借助窗户透进的微光，定定地打量着那透着两星亮光的猫一般的眼球。她慢慢地趴到他宽厚结实的胸膛上，脸颊在他粗粝的腮帮子上轻轻地摩挲着，最终用她柔软湿润的嘴唇抚弄起他的嘴唇来。

然而，当他翻过来把她压在身下时，却蹭到了她脸上的湿痕。

"怎么啦？"他坐起身，两手抓住她的肩膀把她扶起来。

"不知道……就是害怕这样的日子……长久不了。"她哽咽着说。

"不会的，有我呢。"他在黑暗中沉声说道。

"答应我，听石警官的，千万别再闹出什么大事，好吗？只要人好好儿的，大不了，咱们回老家去，我养着你……"

"你养着我？笑话！那我死了算球了！"代宗义在黑暗中发出一声叱笑。

他的嘴立刻被她柔软的手捂住，他感觉到了那根残指的断茬，并且听见她又哽咽起来了。他轻轻摘下她的手，把她搂在怀里，抚着她柔软潮湿的头发，喃喃地说："好的……我答应你，咱们听石警官的，绝不使用武力。"

52

石韬把事件的调查结果原原本本地给沈麒麟做了汇报，包括监控录像，七八个商户的笔录，朝阳市场的历史成因，取缔而又复生的过程，当前的作用等等。又把他对代宗义的看法，对他的管理都详细汇报了一番。建议此事大事化小，小事化了。今后加强这一片的治安管控，条件成熟时再找王向高谈话，让他约束手下混混，勿行敲诈勒索、横行地方的不法勾当。

沈麒麟听毕，沉吟半晌道："你这个办法倒也是个办法，眼下我也是这么想的。可我就担心，事情不是这么简单。表面上看是王向高手下的混混来敲竹杠、夺地盘，可王向高的背后是廖家武，廖家武如今可坐大了，他的胃口可不止一条街这么小，咱们……也只有提高警惕，静观其变了……"

沈麒麟是建设路派出所的老民警了，在这干了将近20年。对于廖家武的起家和此人的底细，他心里明镜似的。他想了20年也想不通，就这么个大混混，凭着手下一帮敢打敢杀的泼皮无赖，居然能一路扶摇直上，混成了这一片许多行当的后台老板，在建设路的管区内，可谓呼风唤雨的人物。其实他的秘诀何在？就两个字：勾结！此人头脑灵活，能屈能伸，见人说人话，见鬼说鬼话，惯于游走于黑白两道之间。对于竞争对手，则利用手下的泼皮无赖狠角色进行恐吓打击。这两年眼看得城市北扩，这一片的房地产热起来了，听说又打起了这方面的主意……

沈麒麟是公安大学毕业的，骨子里讲几分血统、讲几分出身的。因为这份清高，他从来看不上廖家武这样的大混混。有件事让他至今刻骨铭心，十几年前，廖家武还亲自参与打架的时候，曾被他处理过，当时就感觉处理得非常棘手。廖家武显然对公安机关的办案套路，以及其中蕴藏的弱点极为熟悉。询问过程中，他兵来将挡，水来土掩，对答如流，就是不承认关键事实，骨子里有股憋不住的狂劲。当时就感觉背后有人在教着呢。果然，没多久梁所长就把招呼打过来了。他恍然大悟了，心里十分憋屈，十分沉重，刚刚强忍着想就坡下驴找个台阶把他放了，不料他就狂起来了，什么"小伙子看来对地面上的事儿还不熟"，什么"有啥困难了你说话"，马上就成了他领导似的！你什么玩意儿！他怒从心头起，冲动之下，梁所长的面子也不给了，立马收起好脸准备收拾他。不料第二天，分局赵局长就亲自把电话打过来了……看着廖家武得意扬扬地走出派出所大门，他心中那耻辱的烙印算是深深地烙下了。

多少年过去了，他固然拿廖家武没办法，但廖家武拿他也没办法，他始终跟他保持着相当的距离，怎么也拉不到圈子里去。大概也就因为这个原因，他也付出了沉重的代价，条件不错的他始终提不上去！要知道那时候，在派出所这一级里，公大毕业生可是不可多得的……但最近以来，沈麒麟嗅到风头似乎有点变了，赵局长调走了，紧跟着马所长也调走了，他又被提拔为所长。这是不是意味着，上层有了什么变动，收拾廖家武的机会到了？

事情果然如沈麒麟预料的，并没有那么简单。朝阳市场的群体性事件被人拍摄了录像，这份录像沈麒麟和石韬后来在会议上看到了，并不是公安机关监控探头拍摄的，与监控探头拍摄的相比，要更为清晰。根据镜头所处的位置和角度，石韬分析，那天的那辆面包车上实际上有人（比如司机）根据预定安排，专门在拍录像。这份录像被复制了多份，分别寄送给水北区公安分局、水北区政府、水北区政法委相关部门。附带的文字材料内容可归结为一句话：死灰复燃的非法集贸市场引起了群体性斗殴事件，已经成为集占道经营、污染环境和治安隐患于一身的城市毒瘤，必须依据×××号文件精神的要求，坚决地、永久性地予以取缔。材料中还有一处提到，这个非法集贸市场在当初评定"卫生城市"时本已取缔，它的死灰复燃与建设路派出所相关社区民警的纵容和支持不无关系……

沈麒麟星期天晚上接到了分局王局长的电话，首先了解了朝阳市场的事情，重点询问一个非法市场的死灰复燃为何会牵涉到公安机关，难道他们的工作还不够繁忙吗？接着询问朝红社区的社区民警是怎么开展工作的，管区里非法市场死灰复燃了，尽管这不是他们的管辖范围，但至少要从维持治安和安全生产的角度予以高度关注，及时汇报，不能出了那么大的事，就让它自生自灭了。最后要求沈麒麟带领该社区民警先给他汇报情况，星期二参加区里相关领导到朝红社区就该非法市场死灰复燃问题进行的调研会，说明有关情况。

分局王局长没想到该社区民警就是赵京安和沈麒麟专门争抢过一番的石韬。沈麒麟是他欣赏的人，石韬虽没直接跟他打过交道，但从上述各种渠道也隐隐听说过此人。一个年轻的社区民警能有这样的名声是不容易的。见面之后，石韬那种外柔内刚、从容不迫、条理清晰的状态，给王局长留下了很好的印象。领导就是这样，工作繁忙，心里事装得多。如果你不能给他留下良好的第一印象，他可能连听你说下去的耐心都没有。但王局长今天显然是破天荒地、极富耐心地听一个捅了娄子的社区民警来讲述他的理由。

石韬的理由有三条：

一、该市场的死灰复燃是一种自然趋势，因为该片区有那么多下岗职工要生存，他们本来已经在该市场谋得了一条生路，对于前一段的取缔，社区方面本身给出的就是一个含糊的说法，说是为了评选"卫生城市"而行的权宜之计，要大家配合。如今大家该配合也配合了，"卫生城市"也评上了，大家继续到市场上谋生，是一种合乎情理、自然而然的趋势，他本人即使没有帮代宗义去给社区打这个招呼，死灰复燃也是早晚的事。而他帮代宗义打这个招呼，是出于重点人口帮教的需要，像代宗义这样十五年大刑出来的，本身与社会严重脱节，谋生十分不易。加之过去与前妻的恩怨，与原单位领导的恩怨，很容易仇视社会，走向极端。而解决他的生存问题，使之生活有出路，前途有希望，是令其回归社会，自求新生的重要途径。况且，这种现象在本社区较为普遍，在这种破产倒闭工厂集中的片区，很多人都处在被社会、被时代抛弃的边缘，很容易铤而走险，近些年来该区赌博、酗酒泛滥，滋生出的侵财类犯罪呈上升趋势，多与此有关。政府应当重视这批人基本的生活诉求，将该市场纳入合法经营的行列，予以规范管理。

二、目前该市场管理井井有条，卫生保持得较好，也没有占道经营的现象，交通较为畅通，并未像材料上反映的那样有如此严重的问题，这都可以随时抽查。

三、"9·23"事件是由一群长期盘踞在朝红社区的地痞混混到市场对商户进行敲诈勒索，商户为求自保而集体自卫所引起的。从监控录像可以看出，商户们的举动较为克制，仅限于把混混赶走了事，并未进一步激化矛盾。不过仍然反映出社区民警对管区的治安隐患排查不够细致，很多预置性的措施没有采取，防患于未然的工作没有做到位，这是今后要改进的。

王局长对石韬的分析辩解看来基本上认同了，要求沈麒麟把这些情况到社区的调研会议上如实反映，石韬跟去拾遗补阙。

"这个市场硬要取缔的话，很可能引起长期的群体性事件，缠访闹访，而且这批商户大多是咱们分局辖区内的常住人口，你砸了他的饭碗，他就要铤而走险，对咱们辖区的治安十分不利。你们好好申述这些理由，争取能说服区里领导。但是，我要强调一点，咱们是区里领导的，在这个问题上，咱们只有建议权，没有决策权，最终要听从区里的决策和安排。"

然而，一上林区长主持的调研会，就不是那么回事了。来自不同部门的负责人先后发言，没有一家意见与沈麒麟他们相一致的。轮到沈麒麟的时候，沈麒麟就有些紧张了，不过在石韬的配合下，两人一唱一和，总算把他们在王局长那里条分缕析的意见充分表达出来了。

林区长最后进行了总结讲话。他说："公安上的同志说得不无道理。不过，小道理要服从大道理。取缔非法集贸市场，固然会给治安带来一时的不稳定因素，会给派出所的工作带来些麻烦，增加些工作量。可是，你们考虑过大局吗？比如，创建'卫生城市'、打造城市名片的大局，维护政府公信力的大局，为城市北扩战略服务的大局。如果政府发的文件都可以朝令夕改的话，城市今后还怎么管理？根据×××号文件精神的要求，自发形成的朝阳市场必须取缔，这不仅关系到创建'卫生城市'、打造城市名片，往大里说，还关系到整个城市北扩战略的实施。根据政府×××次会议的决议……×××书记在讲话中指出……"

当林区长总结完之后，石韬忽然发话了，他说："各位领导讲得都很有道理。城市北扩，各单位都要支持。政府公信力，各单位都要维护。可是我只提一个最现实的问题，市场取缔了，这几十家商户上百口人的生计怎么办？难道就没个两全其美的办法？"

沈麒麟在下面狠狠踢了踢他的腿。

林区长冷冷地瞥了他一眼，道："那是下一步的事，散会！"

出了会议室，沈麒麟狠狠训他，骂他不识相。"调子都定了，还说那些屁话有球用！那是该你我操心的事吗？"

石韬的脸上浮现出一丝似笑非笑的表情。沈麒麟不是戚爱云，如果戚爱云看见这副神情，马上就会明白，此人已经犯上倔了，哪怕死缠烂打动歪脑筋，也要按自己的主意往下走了。

石韬在走神儿，他想到了会上的一个细节，当一位规划局的干部把城市北扩战略进行深入阐述，并与取缔市场联系在一起的时候，偶然说了句，眼下他们在这里经营方便，并不意味着永远会方便，随着城市北扩战略的推动实施，此地的人员结构恐怕都会发生深刻的变化……说到这里的时候，林区长忽然轻微地咳嗽一声，并让人不易察觉地使了个眼色，该干部立刻噎住，然后灵巧地一拐弯，把话题引向了别处……这说明什么？是否说明取缔市场的背后还有什么更大的背景？

53

戚爱云赶到北园春海鲜酒楼的时候，没有料到关秘书会在酒楼门前亲自迎接她。这更增添了她今天参加这场宴会的压力，甚至说是某种风险也不为过。她有些后悔，刚才下车时就不该打电话。说心里话，若不是为了石韬，她是无论如何也不会参加关秘书的这场饭局的。她已经预感到这个关秘书肚子里打的什么主意。

关学政满脸堆笑地把她往楼上让："戚大记者能光临，我们这场聚会顿时增添了文化品位，可谓曲水流觞，雅意盎然啊。"关学政边说边貌似亲切熟络地在戚爱云背上轻拍了一下。不知为何，戚爱云顿感背上留下了一个汗湿的手掌印，心中一阵腻歪。

进了包厢，关学政一看综合科刘科长坐在主位的旁边，立刻虎下脸半开玩笑半训斥道："一边儿去！戚贵人的位置是你坐的吗？"

"就是！跳梁小丑嘛！"旁边的李科长立马帮腔。

包厢里顿时一片哄笑，刘科长也并不显尴尬，拍着脑袋自嘲地笑道："哎呀，这两天太忙，忘我工作忘我工作的——忘了自己是谁啦！"说完起身给戚爱云腾位置。

不知怎么戚爱云就感到场子上有一种演戏的成分，目的是烘托关秘书在区政府年轻领导层中那种"一人之下，万人之上"的特殊地位和身份，腻歪的感觉顿时愈发强烈。

关学政把脸抻平，举起满满一高脚杯五粮液，道："今天我要给大家隆重介绍，眼前这位美人，是省报民生版首席记者，也是省城媒体圈儿里公认的才女——戚爱云。戚大记者对我们水北区可谓情有独钟，由她领衔对我们水北区的棚户区改造、污染企业治理、下岗职工再就业所进行的深度报道，在社会上产生了强烈反响，引起了领导的重视和百姓的关注，唤醒了水北区人民群众'吃水不忘挖井人，致富不忘党恩情'的质朴情感，可以说在主流媒体唱响了水北区构建和谐社会的主旋律，树立了以林区长为班长的本届领导班子为民、务实的良好形象。可以说——"关学政忽然停顿一下，两眼深情地望着戚爱云，"于公于私，我都对戚大记者心仪已久，恨不能一亲芳泽，恨不得涌泉相报！我提议，大家先敬戚美人一杯！"

"噢——"场上一片热闹的起哄声，为关学政这煽情的敬酒词火上添油，紧接着就是一片咕咚咕咚往嗓子眼里倒酒的声音。

为了达到今天的目的，也为了消除心中那份膈应，戚爱云也不得不亮出平生所学，一仰头，将一高脚杯52度五粮液一饮而尽，原本白皙的脸上霎时腾起一片嫣红，她故意向关学政亮了亮杯底，酒气湿润的眼睛，朝关学政嫣然一笑。

场上又是一片兴奋的起哄声，关学政因美人当众赏脸，更是兴奋无度，慷慨激昂，紧接着倒上一满杯，道："自古以来，江山易得，美人难求！古诗云：'北方有佳人，绝世而独立，一顾倾人城，再顾倾人国。宁不知倾城与倾国？佳人难再得！'要我说，佳人固然难得，才女更难求，而集佳人与才女于一身的戚美人，那更是世所罕见的尤物！今天的聚会能有戚美人光临，是在座全体祖坟冒烟，三生有幸！我提议，咱们再敬戚美人一满杯，祝戚美人青春永驻，万寿无疆！"

"对！祝咱们戚美人万寿无疆，永远健康！"李科长乘机插科打诨。

场子上又是一片咕咚咕咚往嗓子眼里倒酒的声音……

关学政虽然早让她腻歪，但他这番不管不顾、毫无节制的胡吹乱捧和肉麻恭维，让戚爱云也憋不住地笑出了声，就像看当代丑星在舞台上出乖露丑似的。她觉得关学政在自己的地盘上，在手下人的簇拥下，有点自我膨胀、得意忘形，不知不觉间流露出了一股霸气和匪气。其实，以前她陪同领导到水北区视察的时候，就见识过关学政对待手下人的那股子霸气，为了安排好供领导视察的各项工作成果，关学政把手下人使唤得团团转，尤其是事先没准备好而被领导临时抽查到的内容，只要关学政一个眼色，一句话，手下人就像遭了电击似的，飞跑着去办，往往三五分钟就把刚打印好还带着热乎气儿的材料捧送到领导面前。显见得，关学政是林区长所倚重的对象，她在采访中也听说过"左膀右臂，心腹爱将，日后必不久居人下"的说法……可她就是看不上关学政这路人，首先是相貌上就难入她的法眼：矮矬矬的个头，虚泡泡的团团脸和一颗草莓似的红鼻子。戚爱云本性浪漫，注定了她对男人相貌的挑剔，虽然周围的亲朋好友对她不乏实用主义的劝告，什么"男儿无丑相"之类的说法，不过，她自感无论如何不能为了物质上的实惠而屈就如关学政之流的实惠男人。其实外在相貌也只是一方面的因素，关学政那张脸在上级和下属之间也翻得太快了些，据说，在区县一级的基层，领导就喜欢这样的干部，执行力强呀！可戚爱云却由此推想到人品，乃至人格之类的大问题上去了。看着他在上下级之间翻来翻去毫无顾忌的两张脸，就知道他是那种不择手段往上爬的人。而之所以不择手段，很可能是因为从小在相貌上的自卑和压抑，使他的性格发生了扭曲，对凡是超过他的人都有种刻骨的仇恨，因此时时刻刻憋着一股忍辱负重也要出人头地的劲头。这种人一旦位高权重，后果不堪设想。而且这种人不择手段只是一方面，往往还毕生伴随着内心深处永难磨灭的自卑、敏感和多疑，有着强烈的控制欲。前两次让他碰钉子的过程中，他那种自卑、敏感和多疑就已经微露端倪。所以，这次他刻意营造了一个天时、地利、人和齐备的场合，要让她看看他的权威、他的地位，他的种种优势之所在。然而，他料想不到的是，她是另一类人，本性的浪漫和经济上的自主独立，使她在择偶问题上从没有产生过攀附权贵的念头和实用主义的想法，她就是喜欢石韬的阳光、帅气、沉稳和温和，没啥道理可讲！而他今天的种种刻意之举，一旦让她窥破底细，徒增了一层她对他的反感和鄙视。

反感归反感，为了得到她想要的，该周旋还得继续周旋。她给自己倒了半杯，看看关学政杯子里只有半杯，拿起瓶子就往里加，李科长刚想护着被关学政眼色制止，眼看着她加到颤悠悠的一个满杯。她举起杯子，面带桃红，醉眼陶然地望着关学政道："关秘书前面实在是过奖了。说心里话，真正值得钦佩的，是您这样的基层干部，领导的左膀右臂。现如今社会急剧转型，各种矛盾集中爆发而且彼此纠结，错综复杂，区县一级政府真的很不好干，需要能力很强的干部才能驾驭复杂局面，我听说您现在已经是林区长的心腹爱将，智囊式的人物，发挥作用早已远超出秘书的范围了，我祝您将来大展宏图，为水北区人民造福。"说罢一饮而尽。她这番话明里吹捧关学政，暗里把话题从危险的男女关系尽量往工作方面拉扯，给关学政发热的头脑降降温。

可关学政脑子已经陷入男女关系方面难以自拔了，只见他端起颤悠悠的一满杯酒，略皱皱眉头，就带着一副豁出去的架势道："酒虽然太满，可这酒是戚美人敬的，我不得不想起司马迁的名言，人固有一死！死于美人死于酒，值！"一仰脖子把酒倒进了嘴里……

等到了歌厅的豪华 KTV 包房的时候，关学政已经陷入了那种喋喋不休难以自制的状态，就像一个滑丝的水龙头一般滔滔不绝。手下人在殷勤地为他俩点了一大串对唱的情歌之后，一个个识相地悄然离去，包房里只剩下关学政、戚爱云二人。

紧张使戚爱云始终保持着清醒，她一首接一首地陪着关学政唱情歌。她不能太冷落了他，万一他彻底扫兴了，拍屁股回家，那今天这一晚上她就白耗进去了，那么多酒也就白喝了。可她也不想太迎合他，搞得他太兴奋，甚至信以为真，难免给今晚，给将来招惹些麻烦。碰到她唱得好的，她就稍稍投入一点，不时地拿她那双大眼睛喂他一下；碰到她唱得不好的，她就跟着旋律随便敷衍几句。所以，关学政那酒后蒙眬的头脑，时而觉得情绪高涨，时而却又觉得高涨上去的情绪突然就没着没落的，像一大堆肥皂泡慢慢地坍塌破灭。酒喝多了就是这样，大脑失去了足够的敏感性和清醒的判断力，压根儿察觉不到，自己的情绪潮涨潮落的，完全掌控在别人的手里。

嗓子终于喊哑了，情绪却始终没有等到彻底的释放，总有种隔靴搔痒的憾恨。

而戚爱云这边呢，焦虑的情绪却越来越浓厚，不能这么一直唱下去，要有个机会改为说呀。只有说起来，才能找机会打听她想了解的那些事情。石韬很看重那些情况，那牵涉到朝红社区里多少人的生活，可以说是他们生活下去的希望和亮光……戚爱云的脑海里不知不觉浮现出她在朝阳厂家属区里的所见所闻，想起那些人过着的差不多和二十年前一样的生活，想起纪婆婆、李安娜这些在社会底层挣扎着的生命，甚至想起已化为齑粉的阿瑞和她绝望的一家……这些人，这些生活想起来就让人辛酸而感动，让人不由自主地产生为他们担当些什么的冲动。就比如今晚这形同卧底一般的举动，由于背后隐藏着的意义，而具有了一抹高尚的色彩……她的心情终于又平静下来，又注入了一股新的耐力。

关学政终于消停下来了，卡拉 OK 歌曲不知什么时候变成了轻柔的舞曲，若有若无，暗香浮动……戚爱云紧张地把胳膊搭在了他的肩膀上，随着他轻摇慢舞起来。边轻摇慢舞，边以那种附耳低语的方式与他交谈起来。交谈先是从了解他的人生经历开始的，戚爱云知道，这是他最得意的那一口。果然，他开始神采飞扬地讲起了自己的奋斗史……话题慢慢地转到了她刚刚在酒桌上恭维过他的那个方面，他的作用早已超过了秘书的范围。她成功地撩拨起了他那种炫耀权力、炫耀他所掌握的秘密的心理，他终于把朝红社区这一片所谓的棚户区改造计划，这个计划与朝阳市场的关系，以及种种内幕信息向她和盘托出……

54

星期天的晚上，代宗义的王者酒家里人头攒动、烟雾缭绕。

是管委会在召集众商户议事，代宗义把他得到的内线消息先给大家通报了一番：水北区政府取缔市场态度坚决！

大家一听，顿时炸了锅，七嘴八舌地喊起来：

"吴主任当初讲了，'卫生城市'评过了就重新开起来，我才撤的摊子，这不是耍弄人嘛！"

"我全家就靠这个店吃饭，拆了让我一家老小喝西北风啊！"

"搭新店花了我六七万，都是借人的，谁给我还啊？！"

代宗义神色阴沉地抬了抬手，按住大家的吵骂，说："据可靠消息，取缔市场是为廖家武的红旗公司腾地方，廖家武把咱们撵走，是要建设一个所谓的高端市场，专为周围的有钱人服务的！他的市场建起来，一个店铺一个月的租金就得 10000 元！而且，廖家武不光是要把市场占了，他还要把家属区都占掉，开发像枫丹白露那样的富人区，把咱们都撵到乡下去！大家看见了吗，咱们周围好几个厂区都被拆迁光了，全都盖成豪华小区写字楼啦，咱们那些几十年的老工友、老哥们儿都被撵到公交车都通不到的城乡接合部去啦，都快变成乡下人啦！那天我到李家村去看望了灯泡厂的一个老哥们儿，老哥们儿惨啊，城乡公交车一个小时才发一班，进城看个病难啊！哪天心脏病发作，八成要死在半路上！李家村那一片儿，垃圾遍地、污水横流，水泥厂的大烟筒白天冒白烟，黑天冒黑烟！几十年住下来，人人都要成面肺子！医院是乡镇卫生院改的！小学、中学都是以前的农村学校改的，老师是民办教师转的，老哥们儿肠子都悔青了，说是拆迁到李家村，子子孙孙都没个出头之日啊！老哥们儿说，如今城市北扩，咱们这片儿成了黄金地段，所以咱们就得给有钱人腾地方了。大家答不答应？"

"不答应！他妈的坚决不答应！"

"想咋折腾咱就咋折腾咱啊？没门儿！"

"想拆我家？除非从我身上踏过去！"

……

代宗义又与众商户一起商量了对策，万一对方强硬，我方如何与对方谈判，妥协的底线到哪里为止……最后大家统一了思想，准备请愿，代宗义又做了一番鼓动，直到深夜 12 点多才散。

55

水北区乃至市里正在暗流涌动的一场变局，廖家武也隐隐约约地听说了。最近一个时期，争揽水泥集中搅拌站的事，占领游戏机市场的事，牵涉到的那些个杂碎，纷纷开始给他找麻烦，一股子专门针对他的逆流，似乎渐渐成势。不过那几个杂碎，都还是来阴的，来暗的，他可以用多年积攒的人脉与他们几个慢慢周旋，但最让他从心底恐慌焦虑的，却是他从小到大的老对头代宗义。他的人气太旺了。前面那几个，因为个个有顾忌，有盘算，所以还好对付。最难对付的就是像代宗义这种不计后果，啥都不在乎的。他简直就是埋在他地盘上的一个超大火药桶，一旦处置不当，很可能会炸他个天翻地覆……多年以来那种潜藏心底的不祥预感，终于开始发作起来。他开始整夜整夜地睡不着觉，开始焦虑、暴躁，动不动就骂人。如此的没有定力，如此的失态，他往往事情一过就后悔不已。这会给下属们，尤其是他身边那几个最倚重的，传达出一种什么样的信息？——廖家武运势已经走到头了？要自求多福，各奔前程了？那种树倒猢狲散的可怕联想，又一次把他攫住了。他一圈一圈地在办公室里踱着步，代宗义那副既无赖又无畏的丑恶嘴脸不断地在他脑海中闪回，一种从未体会过的焦虑烦恼和气急败坏终于袭上心头。

他不由得在办公室里狂怒地嘶吼了一声："我操你妈——"隔壁的司机慌慌张张地跑来，小心翼翼地打开门探进头来，征询地看着他，他烦躁地挥挥手把他打发走。他坐在沙发上，无意中抬起头，瞥见后墙上的条幅：使气公卿坐，论心游侠场。是啊，现在他并不怕这些当官的。别看他们颐指气使、八面威风、说一不二，可只要你耐心经营，到了一定的程度，真正抓住了他们的命门，他们好用得很。他们是色厉而内荏，外强而中干，只要方法得当，总能操控于股掌之间。现在真正让他深感恐慌且失去自信的，是条幅中那后半句。自从代宗义在他的地盘上崛起之后，他感到那后半句他有些玩不起了。也许是养尊处优的年头太长了，也许是混迹官场的时间太长了，他身上那股子以命搏杀的劲头都消磨殆尽。他现在做事越来越谨慎，越来越小心。遇上问题，能动用官场手段解决的，都尽量用官场手段解决。自从和代宗义开始交手，他深深地感到，他不仅是人气赶不上代宗义，他的那种以命相搏的勇气也赶不上代宗义了。

怎么的，难道他还怕了他不成？

一种难以承受的羞辱和刺激在他头脑中轰鸣着，根本平息不下来。恰在此时，他在家属区的内线把电话打来了，代宗义已经定下了，后天组织人到市政府请愿。

你他妈的！他咬牙切齿地在心里骂道。当年那种气血上头、濒临失控的感觉一瞬间把他攫住了：家属院没有你的房子，拆迁与你没有一分钱关系，你狗日的是专门跟我过不去啊！别处给你找铺面你狗日的不识抬举，非要鼓着这群穷光蛋跟我过不去啊！拆迁补偿可以让着这帮穷鬼，你非鼓着他们占着我的地盘不走，连个商量的余地都没有啊！你以为你是谁啊，还王者酒家，亏你想得出来，还真想在我的地盘上称王啊！你不仁，别怪我不义……多少年了，那种要动动手脚的冲动又从蛰伏已久的身体里苏醒过来……他拿起手机给内线打电话："代宗义养的那个婊子叫什么？李安娜是吧？……把她照片给我发过来。"

56

李安娜抚了抚跳动的眼皮，换上鞋准备到市场上去买点菜，家里一点菜也没了。

"我要把你锁上！"她用那种不容商量的口吻对代宗义说。

代宗义盘腿坐在沙发上，用那种看小孩子玩打仗似的笑容，笑笑地对她说："今天我不出去，你锁行不锁也行。不过话说回来，我真想出去了你锁也锁不住啊。"

李安娜无奈地叹了口气，出了门。近些日子以来，心里那种不祥的预感越来越强烈，越来越真切。她总感觉，代宗义正在一步一步走向齐惠云所说的那种自我爆炸。昨天，为组织请愿的事，她第一次与代宗义发生了激烈的争吵。为此，她一直看着他，不让他离家半步。但他用电话也能指挥着那些人做准备工作。她心里也清楚，就凭她，怎么限制得了他的行动呢？她唯有每天提心吊胆地在心里面默默祈祷。

朝阳市场这两天已经不经营了，王咏梅等菜贩子都在为请愿的事做准备，无心出摊了。买菜得到槐荫巷去。如此一来，她又要穿过上次和代宗义一起，遇到齐惠云和她男人的那条小巷。

不知为什么，今天一踏进小巷，她就觉得死不对劲儿。尽管这是条偏僻小巷，但也不至于那么长一条巷子空无一人吧。只有她一个人的脚步咯噔咯噔地回响在空荡荡的巷子里。她越走越感到紧张，不由自主地加快了脚步。

身后传来一阵极轻微的噗噗声，她紧张地扭头一看，是一辆黑色的奥迪轿车从巷口驶进来。她顿时松了一口气，脚步也放慢下来。然而，不知为何，她由奥迪那四个银闪闪的圈儿，忽然联想到齐惠云，心里又紧张起来了。而且，她往回望的时候，发现已开到她身后的奥迪车骤然减速，驾驶座上赫然是个强壮的墨镜男。她心知不妙，刚要撒丫子，车头往右一别挡住去路，后排门打开，里面跳出一个壮汉，拧住胳膊揪住头发就把她往车里塞。

车门一关，只听见里面一阵被憋住的呜噜呻吟，奥迪加起油门，扬长而去。

57

请愿的事大家围住代宗义商量，来的有王咏梅、胡品德、刘二棒等市场里的骨干分子，还有所有的楼栋长。

代宗义是在快商量完时接到那个电话的。

电话说："代宗义吗？李安娜在我们手里……"随之陷入一阵意味深长的静默。

代宗义眉头骤然缩紧，顿了半天，吐了一个字："讲。"

"廖哥让我转告你，凡事不可过，过犹不及。他请你先到××市住一阵子，房子由他提供，半年后，放嫂子跟你团聚。到时候你们要想回来，他在新市场免费送你一个摊位。他说，这是最后的方案。"

"我要是不答应呢？"

"不会吧？"对方惊讶地说，"我让你听听嫂子的声音。"

电话里传来李安娜撕心裂肺的哭叫声："哥，快来救我呀，快来呀……"随后就被人骂骂咧咧地拖远了。

电话里又传来那个男人的声音："今天见了才发现嫂子只有九根指头嘛，你可要快下决心哟，否则，过两天，说不定嫂子的指头就越来越少了……"

电话挂断了。

代宗义紧闭着双眼，陷入可怕的沉默。

有人小心翼翼地问了句："宗义哥，咋的了？"

"你嫂子让廖家武的人绑了。"

"什么？！"酒家里陷入一片难挨的沉默。

代宗义仰天闭眼道："看来，廖家武这狗日的，是非要跟我来个鱼死网破啦。"

他又忽然睁开眼，沉声道："这个事我来解决，你们按原计划继续干你们的。"

胡品德道："要不，你先专心解决这个事，请愿的事再等等。"

"不能等！等了不就等于乖乖听他使唤了吗？！"代宗义睁着眼厉声道。

一个年轻的楼栋长六神无主地说："你不在，万一有啥意外情况，我们咋拿主意啊？"

胡品德厉声喝住他："咱们这么多人连个主意都拿不了吗？！"又对代宗义道，"要不，我跟你一块儿去，万一有啥情况，有个照应。"

"这事儿人多了办不了。"代宗义道，"我去就行了。"

代宗义走到厨房间，从碗架下层隔挡里摸出一把瑞士军刀，别在后腰上，又拿了些钱，跟大伙挥挥手就出了门。

代宗义先给廖家武手下的内线朋友梁发科打了个电话："发科啊，廖家武把你嫂子绑了。"

"啊？"梁发科十分震惊，显然还不知道这事。

"廖家武现在人在哪儿？"

"哥我真不知道，不过，肯定没在红旗大厦。"

"你给我打听打听，打听好了立刻给我打手机。另外，发科啊，廖家武快完了。他的后台林区长在水北区也快混不下去了，听说还牵涉到市里的赵副市长呢，马上要官场地震了，这都是内线可靠消息……你也早做打算吧。"

"好的哥，你手机保持畅通。"

随后的一整天，在红旗大厦、金风大厦、佳梧建材公司等廖家武的老巢附近，都曾有闲极无聊的过客注意到一个戴墨镜的中年男子在那里伺察着、徘徊着。

夜里，代宗义躺在突然空荡的卧室床上，一夜睁着眼，他的脑子里老是李安娜那断指的残根，一想到就一阵心尖子发疼。

第二天一早，他就接到了梁发科的电话："在醴泉山庄住着呢。"

58

出租车司机赵定武一拉上那个墨镜男，就有种奇怪的震慑感。他的身上充满了一股无形的杀气，尤其当他把墨镜摘下来的时候，一股杀气就从他那貌似平静又布满血丝的眼睛里丝丝缕缕地溢散而出，他有些后悔拉这趟活儿，总觉得要出事儿。但那人身上却又有种无形的气场，只要他开口，你不得不服从他。

快到醴泉山庄大门口的时候，墨镜男让车停下，给了100元钞票。赵定武问他有没有零钱，他说没有。赵定武说那算了，下次吧。他本想尽快摆脱这个男人，摆脱这趟活儿。不料，他这话反倒提醒了那个男人。男人又掏出200元，一块递给他，说："你在这儿等着，最多两小时，我还要用车。"他刚想拒绝，但一望着他那黑洞洞的墨镜，他就像被作法定鸡的定住了似的，毫无反应地、木呆呆地接过钱，把车停靠在路边。

廖家武的车从醴泉山庄刚冒出头，正准备提速的时候，大门对面的路沿石上就有个汉子站起身，晃晃荡荡地直朝车头而来。司机被逼得嘎的一声刹住车，三字经还没顾上骂出口，就见那戴墨镜的汉子突然一个鱼跃似的暴起，像一条影子似的飘到引擎盖上，与此同时，一把铁锤从天而降，前玻璃哗然碎落，一股凉风瞬间灌进车内，一只大手在司机毫无反应的时候就把车钥匙拔下。

与此同时，司机听到后门砰的一声，扭头一看，廖家武已跑到三五米开外。

墨镜男几个腾跃就扑到廖家武跟前，一把勒住廖家武脖子，同时，一把寒光四溢的瑞士军刺抵在了廖家武的脖子上。

廖家武的右颈部感到丝丝凉意，他好不容易才压住狂怒，接受眼前的现实。

太快了，他无论如何也没想到他会这么快就来到他的眼前，会以这么一种毫无征兆的方式让寒光四射的匕首侵入离脖子只有一毫米的距离。此时此刻，他拿他毫无办法。他拼命压住他的狂怒，强忍着已经有二十年没有品尝过的羞辱和被动，但他已经下定了决心：只要等来个能动手的机会，只要有一秒钟……他感到，他丧失已久的野性迅速在体内恢复。

他按他的命令打了电话，十分钟后，山庄里开出另一辆车，一个兄弟押着头发蓬乱、脸色惨白的李安娜出了车子。

代宗义对李安娜说："把手伸出来。"

李安娜神色慌乱地、颤抖着向前伸出双手。

代宗义一一数过，还是九根指头，他的脸上掠过一层踏实的微笑。

他让李安娜掏出他兜里的手机，给刚拨过的手机打电话，让他到醴泉山庄门口接人。他勒着廖家武脖子，道："你得送我一程。"把他拖在马路中间，他让李安娜站在他们旁边，这样一来，狭窄的郊区马路被彻底封死。

当赵定武把车开过来，发现现场气氛不对劲时，想在狭窄的马路上掉头已经来不及了。

赵定武记得，车子是在驶到新城区路口，快要进入市区的时候被那个姓代的叫停的，他一把把后来遭通缉的那个姓廖的推下车，然后叫车继续走。

"枪就是这时候打响的，一共响了五六声吧，后玻璃、左侧玻璃都打碎了。光听到女的在惊叫，枪声停后，女的就疯了，拼命抱住那个姓代的叫：'哥，你坚持住！哥，你坚持住！'拼命地喊我加速往医院开……那女的是真疯了，子弹把头都打穿了，还坚持个球呀……"

这就是证人赵定武后来给警方描述的情况。

59

戚爱云接到了石韬的紧急电话。石韬在电话里表现出从未有过的焦虑。他告诉戚爱云，代宗义死了，初步调查是廖家武干的，与拆迁有重大关系。这两天，朝阳厂的人在酝酿着搞一个集体送丧的活动。路线是从家属院到万岁山陵园，参加人数初步调查很可能上千，加上滚雪球效应就更不好说了。他和吴元庆等社区干部已经两天两夜没好好睡觉了，挨家挨户做工作，今天，街道、派出所，还有水北区干部都出人到朝红社区分片包干做工作。眼下，李昌武、胡品德还有几个楼栋长这些骨干分子都坚持非得集体送丧不可，但承诺和平进行，不喊口号，不打横幅，不做过激行为，不从事与送丧无关的活动。但这种群体性活动一旦发动起来，后果谁也无法预料，现在政府这边已经层层汇报上去了。他非常担心他们是怎么汇报的，上面的决策万一有所偏颇，不利于化解情绪和矛盾，反而激化矛盾的话，这个地方的事情就越来越难办，甚至激成大事端也未可知。

星期天的早晨，从朝阳厂家属院到万岁山陵园的三条路段，各个路口都部署了警力，目的是对这三条路段实行交通管制，把车辆分流，以保证这三条路段不会发生送丧队伍与社会车辆或人员之间的接触或冲突。民警们都得到了通知，对这次集体送丧，要保持最大的谨慎和克制，只要不出现打砸抢之类严重违反社会治安的事件，不得使用警力，不得使用强制措施。为此，很多预置警力都是在沿途单位按照隐性用警的原则部署的。各街口上只留下分流车辆的交警。

石韬属于隐性用警的一拨儿，此时正与本所一群民警藏在一家单位的值班室里。石韬他们清晨8点就到位，此后的一个多小时，他一直是在极度的焦虑不安中度过的。他不能像其他民警那样，靠转圈儿踱步来排解焦虑。因为他得一刻不松地把牢临街窗户这个位置，为此，他拉了一把椅子坐在窗前，他的脸一直紧贴在窗玻璃前。

大约是在9时左右，石韬隐隐约约听到一种缥缥缈缈、若有若无的呼喊声从远处传来，他的心慢慢地提了起来。他紧张地把脸贴在玻璃上，鼻子都被压扁了：从远远的街口拐弯处，一支队伍先是冒头，接着出身子，慢慢地、慢慢地，越来越显现出其庞大的规模：雪白的招魂幡林立危耸，长幡低垂，随风翻卷，踽踽前行。一幅幅雪白的幡面上，浓墨饱蘸、淋淋漓漓地写着简单的四个字：宗义千古。

许多熟悉的面孔从眼前飘忽而过，个个披麻戴孝、遍身缟经。他们脸上那表情如果在平时看起来，可能近于沧桑麻木，但此刻却显示出一种特殊的凝重坚忍。

忽然，吹鼓手们奋力吹奏起来，石韬听出，那就是刚才从远处缥缥缈缈传来的乐音。石韬听了半天，越听越不对劲，吹奏的竟然是《百鸟朝凤》这表示喜庆的民间音乐。他曾在代宗义的王者酒家开张的时候听见过。然而，此刻，这曲子听起来却有种说不出的悲伤、凝重、端庄甚至诡异，吹鼓手们个个横眉立目，奋力鼓吹，唢呐笙竽，个个争先恐后，发出高亢的嘶鸣，所有的乐音混杂在一起，呕哑嘲哳、群情激愤，营造出一种悲伤、热烈而又诡异的气氛……

一辆小车忽然突兀地沿着送丧队伍驶过来，有人从车上扶下一个女人。石韬的心顿时回到现实中悬吊起来，李安娜，她不是在医院里躺着吗？送丧队伍暂停了，李昌武、胡品德等人从队伍前头赶过来，表情沉痛地对李安娜解释着什么，李安娜显然是执意要跑到代宗义那里去，一群人簇拥着她向队伍前方跑去，然而，她只望了一眼，就出溜到地上去了，人们手忙脚乱地把她塞进那辆绑着白花圈的小汽车，汽车开走了，队伍又重新行进起来。

此时此刻，在下一个街口，在看热闹的拥挤人流之中，齐惠云的心越悬越高。她远远地就看到了"宗义千古"这漫天飘荡的招魂幡，内心里不祥的预感越来越沉重。她还心存着一丝侥幸，问一个过路的咋回事。过路的说，听说是一个姓代的，为了救自己女人被黑社会给打死了。

送丧队伍越来越近了，她甚至已经隐隐约约认出了当年的几个工友，李昌武、胡品德、王咏梅……她的心越来越沉重，重得像铅锤似的，坠得她胸口发闷、发疼，但她还抱着最后一线希望，她再也等不下去了，她逆着人流奔跑起来，手捂着狂跳的心，一张张苍黄麻木的面孔自上游顺流而下，扑面而来。她顾不得打量，甚至顾不得闪躲了，她就这么磕磕碰碰、跌跌撞撞地逆流而上。她忽然觉得眼前发黑，四周的一切都变暗了，恍惚了，耳边的招魂声也缥缈远去……

看热闹的人发现在人流中出现了一个不合时宜的妇人，直挺挺地僵立在随波逐流的人群之中，不时地与擦肩而过的人发生着磕碰，就好像水流中的石头激起浪花，妇人的双手紧捂在苍白的脸上，泪水正从所有的指缝间渗溢而出……

60

到 10 月 10 日的这一天，正是枪击案发生的第四十九天。在此期间，凶手廖家武在潜逃路途上被公安机关抓获，案件在审查办理中。根据上头的会议精神，朝红社区的棚户区改造方案也进行重大调整，改为经济适用房建设，以原地安置为主。

这天的傍晚，万岁山陵园，在扫墓群众基本都离去的时候，代宗义的墓前来了一对儿年轻人，他们手拉着手来到墓碑前，低头肃立。此时，太阳已落至万岁山顶峰以下。西边天空的层积云在霞光的映照下，燃起了一片灿烂的火光，紫红的霞光从天而降，笼罩着万岁山上蓊郁的树木植被，红红黄黄的秋叶在霞光映照下散发出漫山遍野的、辉煌夺目的异彩。

两位年轻人肃立良久，心中充满了与一个时代告别的感慨。就在他们转身欲离去的时候，姑娘忽然发现了一个奇异的现象：墓碑附近的草地上不知何时形成了一小股旋风，枯萎轻脆的草叶围绕着一个看不见的轴心轻灵地旋转着、舞动着，这股小旋风渐渐地开始沿着山坡移动，那移动的姿态十分安详，恍如一个无思无虑者在山间信步漫游，那旋风沿着山坡草地上扫墓者踩出的若隐若现的小径，渐渐地向万岁山山顶上飘忽而去，最终望不见了。

两个年轻人的眼睛却还在向那旋风消逝的所在遥望着，霞光映照下，他们的眼睛晶亮晶亮，仿佛对所望的远方充满神往。

后记：天道·人道

　　说到这部长篇小说的创作缘起，首先我想到的就是习近平总书记在文艺工作座谈会上的讲话。其中有一段话，大意是说作家应该站在人民的立场上，为人民而写作。尽管在市场经济的冲击下，在泛娱乐化的冲击下，严肃文学正日益边缘化，但这句话让我重拾了一份作家的神圣感、庄严感和责任感，让我对自己多年创作的意义感到一份踏实。

　　记得20世纪90年代中期，我们这个国家处于剧烈的社会转型期。当时中央有一个政策叫"抓大放小"，意思是涉及国家经济命脉的一些大型国有企业保留国有制，而中小企业呢，则充分地交给市场，在市场竞争中优胜劣汰。那个时期有很多中小型国有企业纷纷兼并重组或倒闭破产，产生了一大批的下岗职工。下岗职工如何再就业，如何在人届中年时踏入社会重新奋斗，成为非常普遍的一个社会问题。经过全社会多年来的、多种渠道的努力，这个问题已经度过了它的尖锐期，变得不那么引人注目了。但是，由于我们所处的历史阶段和我们的特殊国情，这个问题注定还会在我们的社会中绵延一个时期。同时，我们看到，随着市场经济的高速发展，也伴生出一些社会问题。比如社会阶层的分化，利益诉求的多元化以及在此基础上发生的诸多复杂纠结的社会矛盾。

文学是关注现实的，因为文学应该对人民、对时代有担当，有使命。而作为一个写作者，我认为，人道主义是文学的永恒主题。文学的人道主义传统，要求作家把目光聚焦于弱势群体，聚焦于社会底层。而我本人曾经10年的工厂生活经历，也让我对工人群体充满感情。

　　倒闭破产，兼并重组，生存竞争，优胜劣汰等等，这是市场经济法则下的自然现象，是市场经济的天道，没办法的事情。但对下岗职工整个群众来说，他们的命运却是历史地形成的，他们被改革和转型的洪流裹挟着，走入了当下的境遇，这不能完全由他们个人负责。党和政府应当更多地关心这个群体，推而广之，更多地关心社会弱势群体。使政策更接地气，更公平、更灵活机动地统筹考虑社会各阶层的利益。这是人道，体现了共产党为人民服务的根本宗旨，也符合社会主义市场经济"效率优先，兼顾公平"的基本原则。

　　在小说的主题上，我大概做了上述的一些考虑。至于写作手法，仍是我一贯秉持的，注重鲜明生动的人物形象塑造，尤其注重对人物内心世界的挖掘。在小说人物形象的拓展和探索方面，正如中国作协创研部原主任吴秉杰所说，在代宗义这个人物身上，赋予了"义"这一传统文化价值，使之较大地区别于当代小说人物形象画廊里其他的面孔。在小说的故事建构上，努力做到跌宕起伏，引人入胜。以一波未平，一波又起的悬念设置，多条线索交织扭结的叙事策略，完成一部"好看"小说。在表现手法上仍然是以现实主义为基础，但在某些片段，也适时根据塑造人物形象、展现矛盾冲突和营造小说氛围的需要，而增添了一些传奇色彩、荒诞色彩和魔幻色彩。